八年的記憶在一場車禍後被遺忘，
她想找回失去的人生，
但真相卻似被層層包裹在蠶繭中，無法觸及……

情繭

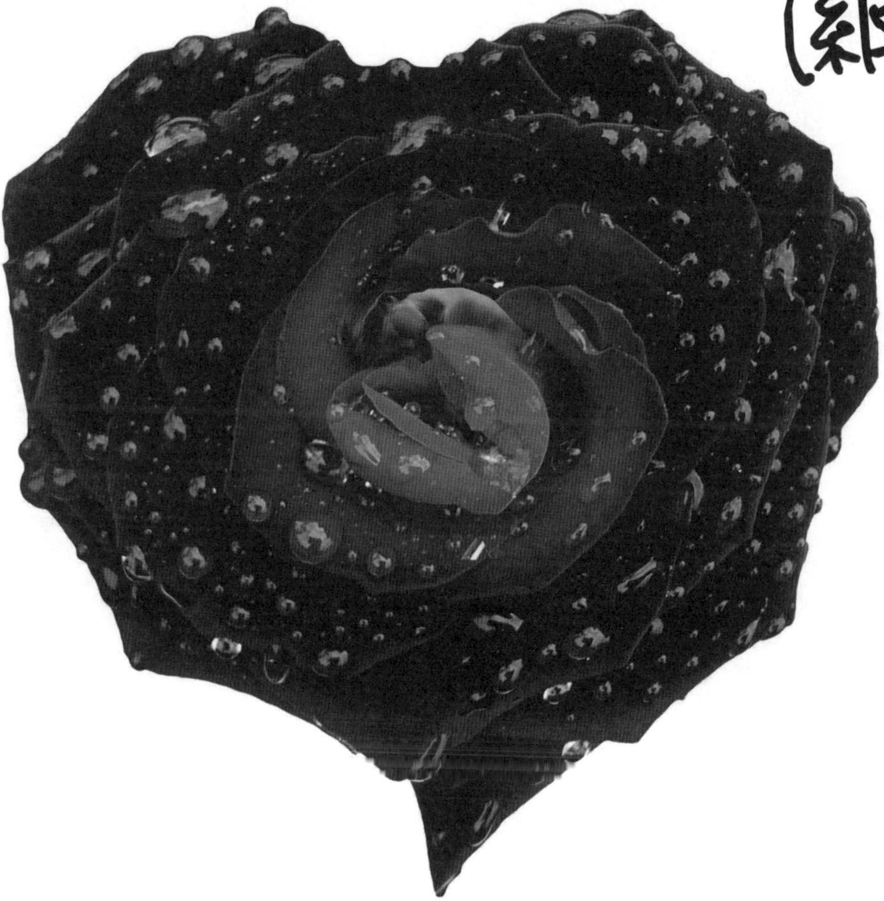

引言

仲夏午後，勻透的日光散漫渙滯於城市每一處，車來人往，忙碌擾攘的廣場、街道氤氳著那一貫淡漠模糊的氛圍——一貫印象式的，繽紛而無從定位的色調，喧鬧但難以辨認的話音。

四點正，鐘聲響起，飄飄揚揚，如一則清亮而遙遠的背景配樂。噹——噹——噹——噹……

倏地，一陣無預警的尖銳煞車聲破空而至，緊伴一聲砰然巨響，這場突來的車禍闖入城市原來沒有主軸般的懸浮構景，停格了匆緩步調；四處人潮開始以事端為圓心不斷收斂、收斂，直至將橫躺地上的受害人緊緊包圍。

混亂之中，又是一次輪胎與路面粗魯磨擦的刺耳聲響。肇事車輛眼見闖禍，急速迴轉，倉皇逃離。

鐘聲已止，圍觀人群前仆後繼俯身相視，只見受害人偏著頭，安安靜靜躺著，後腦勺血液汩汩而出，沿著柏油路面流過細礫，滲染了肩頭靛藍襯衫，並迅速暈染成一大片不規則的血泊。群眾無不駭然，指手劃腳陷入焦躁浮動之局。

而這樣驚心動魄的畫面狠狠擊上了艾羅的頭顱，但覺渾身冷冽而乏力，未及在人潮裡掙扎，已先虛脫暈厥。

少頃，嗚笛四起，趕抵現場的警察及救護人員各自穿梭於雜亂人潮間封場、堪察、救援，朦朧中，艾羅感覺有人過來搬動她那支離破碎的身軀，在失去意識前她眩目地看著染血的天空、染血的大笨鐘、染血的歌劇院以及一雙雙陌生的眼睛快速交替旋轉、交替旋轉、交替……旋轉……

1

「斐恩？」

靜寂的子夜，艾羅在漆黑病房中醒轉，微弱視線裡並沒有她所找尋的身影。她啞著嗓低聲探問，聲音在清冷的房間中自行盤旋消散之後，不聞任何回音。

艾羅半張著嘴，空洞的雙眼彷彿再度聚焦於倫敦街頭：那渙散的日光、熙來攘往、如速寫般的街景，她兀自悠閒徘徊等待，尚在《阿依達》動人的歌劇旋律之中心馳神遊，一身靛藍襯衫的斐恩在對街笑得燦爛，並穿越馬路快步朝她走來。突來的煞車聲、砸碎的街景、逃逸的駕駛、血泊中奄奄一息的斐恩、暈眩而顫抖的自己……這一切，如影帶在她腦中迴還往復，一次比一次更加瘋狂而激烈地播放，終於凝成一股莫大氣力——她大喊：

「斐恩！」

但過了許久依舊沒有回應。

艾羅仰躺著，兩眼平視，垂地淡綠色簾子沿著天頂金屬軌道環床拉攏，將她的視線牢牢困在這個狹窄的長方體之中；耳邊隱約的醫療器材聲規律而細瑣，身上繁雜線路纏繞連結，轉換對應成機器上富含邏輯的顯示數據。

她全身出著冷汗，像遭逢惡兆的恐慌，架空的移動式輪床稍一動彈便隨之搖晃，鐵支桿亦跟著發出咯嘎聲響。她思緒紛亂，不停想著，要不是自己硬纏著斐恩到倫敦看歌劇，豈會發生這樣的慘事？而她竟親眼目睹了事件始末，染血一幕至此也染進她腦海中，成為滲入畫布纖維的顏料無從抹滅修改，像是對她任性的懲罰。

其實——她必須弄清楚斐恩的安危下落，刻不容緩。

有了這個念頭，艾羅再不能安分留置於此。她撐起孱弱的身體、拔去手背上的點滴針管、掀開被單踉蹌地下了床。她揭開床簾，比鄰的病床上床單平坦張展著，枕被整齊疊放，房間裡空蕩蕩，毫無她急尋的蹤影。

她強忍著懊悔以及身上的痛楚，在漆黑病房中潛行摸索，近乎神經質地小心翼翼，深怕錯過任何相關音息。

拉開房門，刨光磨石廊道冷清緘默地向兩端無止盡延展，明亮燈光一絲不苟地投下，艾羅眨眨眼，以適應這瞬間切換的幽暗與蒼白。四顧不聞生息、沒有人跡，她扶著牆搖搖晃晃走著，看見了一扇門，便跌撞而入，以犀利的目光仔細檢索病床上的面孔，那病患見她闖入，嚇了一跳，連問：「妳是誰？」她也不搭理，逕自轉身離開，一任厚實房門在背後自行粗魯地闔上，她已扭開下一道門把邁步走進。

艾羅連闖了幾間病房，遍尋不著斐恩身影，卻驚擾了多名病患。儘管身子搖搖欲墜，她的腳步卻愈發急促慌亂，直到聞訊趕來的護士們將她攔下，問：「尹芳小姐，妳怎麼私自離開病房？」艾羅蹎躓上前，如溺水者攀住浮木般地，緊抓住其中一名護士的雙肩問道：「斐恩呢？」

護士們交換了一個不明就裡的眼神。

艾羅見狀，催促道：「快告訴我呀，斐恩呢？下午和我一起被送進醫院的那男孩呢？」

護士們皆搖頭，道：「對不起，我們沒看到任何人和妳一同送到醫院來。」

聽了這樣的回答，艾羅眉頭緊蹙，心底不祥之感又加了幾分，正想再次開口發問，一名年齡稍長的護士朝眾人走來，一面問道：「發生什麼事了？」原本圍繞著艾羅的護士們齊時回頭道：「護理長。」

年長的護士在眾人身旁停步，神情肅然略帶了責備，說道：「怎麼大半夜在這兒吵嚷？打擾了病患們休息可不好。」一名護士答道：「護理長，是尹芳小姐，她、她……」

護理長視線隨著移至艾羅身上，換上了關切口吻，問道：「尹芳小姐，好些了嗎？怎麼不在病房多休息？雖然只是場小車禍，但還是得好好調養才行。」

艾羅一時啞然，緊貼著牆壁，戒備而充滿疑惑地看著眾人，久久才怯聲說道：「妳……是不是認錯人了？車禍的不是我，而且、而且我也不叫什麼……尹芳小姐……」

護士們面面相覷，護理長微上前一步，伸出手試著安穩她的情緒，並柔聲說道：「妳先別慌，妳仔細看看我。我是護理長麥緹，妳認得我的，對吧？」艾羅搖頭道：「妳能不能先告訴我，斐恩現在情況怎麼樣了？」

一名護士向護理長靠近，在她耳邊低聲說道：「尹芳小姐從醒後便一直念著這個名字。」護理長點點頭，對艾羅道：「妳先回房間休息好嗎？妳要找的這個人，我再幫妳查查住院名單，好不好？」

說著，便要兩名護士過去攙扶，但艾羅仍不死心，續道：「他是今天……嗯，應該說是昨天下午和我一起入院的。他在歌劇院前發生了車禍，後腦勺一直流血……對了，他是一個奧地利男孩，年齡和我差不多，穿著一件靛藍色襯衫，你們有人有印象嗎？」艾羅眼光認真地向眾人巡邏一回，卻不見有人點頭，一名護士道：「尹芳小姐，昨天因車禍入院的就只有妳一人，而且目前醫院裡並沒有奧地利病患。」

「怎麼可能？」艾羅低眉喃著。護理長對攙扶的那兩名護士道：「妳們先送她回去休息吧。」

艾羅並無回房意願，忽然間，她似乎領悟了什麼，凌厲地看著眾人，冷冷逼問：「斐恩是不是死了？妳們怕我受不了刺激才故意瞞我，對不對？快告訴我真相，他死了嗎？下午和我一起送到醫院那個男孩死了嗎？」攙著她的其中一名護士有些不耐煩地說：「從來就沒有個叫斐恩的男孩存在。尹芳小姐，那可能只是妳作的一個惡夢，妳身體正值虛弱，記憶難免混淆不清……」

未待說完，艾羅突然奮力抽開雙臂，掙出眾人，在走廊上賣命奔跑著，一面哭道：「妳們騙我……我、我自己去找……」說著又要伸手去開一個病房房門，但她傷勢未癒，精神不足，護士們很快地便已趕上前攔阻，護理長指揮將她強行帶回病房，並旋即令道：「快通知凱諾醫生。」

艾羅哭哭鬧鬧，死命掙扎，還是給護士們合力帶回病房，並壓制在病床上。她撕裂般地尖聲喊著斐恩的名字，一會，護理長隨著一名英挺的醫生走進，護士們主動讓出了一個位置，只見那醫生手中拿著一只針筒，彎下身，俐落地將藥物注射於她的手臂。艾羅在淚眼迷濛中似見他嘴唇張合，像是在說些什麼安撫的話；他的面容有一種難以言喻的熟悉感，如這荒誕陌生的境地中，她唯一能夠信任的安全庇護。艾羅定下神想將他看仔細，然而在藥物發作下她的視線再不能準確對焦，他的五官不斷擴散、模糊……她慢慢失去了力氣，靜默躺著像失水的魚睜著眼喘著微弱的氣，激動的哭喊也逐漸悄然如囈語：「放開我……我要……去……找斐……斐……」

終於，她沉沉睡去。

＊　＊　＊

艾羅再次醒來，已是當日晌午。邊側窗簾並未拉上，明媚的陽光透過玻璃窗探入房內；她張開眼，身上覆著被單，拔掉的點滴針頭已重新釘回她手背皮膚裡，並以透氣膠帶固定，床邊機器規律運行，彷彿一度遭打亂的拼圖又經收拾拼起。

「妳醒了？」原本站在儀器旁寫著例行紀錄的年輕護士向她問候道，語氣和表情都似招呼一個素舊。

經過一夜折騰，艾羅知道強求不得，況且她渾身鬆軟疲憊，也無力再戰。她冷靜下來，見這護士親切和善，心中不由寬慰幾分，啞聲問道：「請問這是哪裡？」那護士道：「這裡當然是金達爾醫院呀！」艾羅問：「金達爾醫院？在倫敦嗎？」那護士笑道：「是呀！」並問：「要喝點水嗎？」

艾羅點頭。

那護士替她將病床搖起，體貼地把枕頭直豎，遞上插著吸管的水杯，道：「拿得住嗎？」艾羅道：「可以。」接過杯子吸了幾口，看著那護士問道：「護士小姐，我們以前認識嗎？我是指……不是醫病關係的那種認識。」那護士點頭道：「尹芳小姐，我是潔兒，妳真的不記得了嗎？」艾羅仔細回想，口中喃喃唸道：「潔兒……潔兒……」想著，不免一陣頭疼。

潔兒取過艾羅手裡的水杯，放回床邊的櫃子上，淡笑道：「沒關係，這可能是遭逢變故，因驚嚇產生的暫時性失憶。妳現在要做的，是把身體養好、心情放寬，嗯。」

艾羅抬起頭，潔兒溫暖的笑容讓她心防卸下不少。理理思緒，欲重新還原事件過程脈絡，問道：「潔兒，妳能不能告訴我，我到底是怎麼了？為什麼我會在醫院呢？」潔兒道：「昨天下午，妳在倫敦街頭發生了車禍，是路人即時打電話將妳送醫的。」艾羅問：「是在歌劇院前的馬路嗎？肇事的駕駛呢？他逃走了嗎？」潔兒搖頭道：「這我就不清楚了。」又說：「不過妳若想追究，可以聯繫警方幫忙處理。」

艾羅鎖著眉，疑道：「妳確定車禍的是我？」

潔兒瞇著眼笑，好似她問了個幽默的反語，指著她身上多處包紮道：「可不是，不然這些傷憑空而來？幸好沒什麼嚴重內傷。不過妳似乎有失憶症狀，必須進一步檢查才能斷定是否能出院，或者得進行治療。」

順著潔兒手勢，艾羅看見自己身上貼著紗布或纏著繃帶之處，這些傷如此千真萬確，即使層層包裹依然隱隱透著血跡與藥色，卻與她原有的記憶違和。這樣的矛盾抵觸，教她一時之間竟無從判決虛實真偽，原本急切而強烈的念頭也撼動混淆了。

「尹芳小姐，尹芳小姐！」潔兒輕喚陷入苦思的艾羅，安慰道：「別擔心了，我們都會盡全力幫助妳的。」艾羅問道：「潔兒，我到底在醫院住了多久？」潔兒道：「從昨天下午到現在──兩天一夜。」艾羅道：「以前呢？我常住院嗎？我是這裡的常客嗎？」潔兒笑道：「常客，嗯，算吧，但妳健康無恙自然不必住院。」艾羅道：「那為什麼醫院裡的護士們，好像個個認得我似的？」潔兒有些戲謔地笑道：「因為，妳是凱諾醫生的未婚妻呀！」

潔兒的答覆教艾羅微微一震，期艾道：「凱諾醫生……他，他是誰？妳是指……『尹芳小姐』是他的……呃……未婚妻嗎？」潔兒佯板起臉，以宣布鄭重要事的口吻俏笑道：「是。尹芳小姐，『妳』正是凱諾醫生的未婚妻。」

艾羅無心與她談笑，這個突兀的身分令她憂懼不已，霎時又武裝起來，凜然質疑道：「妳們誰能證明我是『尹芳小姐』？」

潔兒眨眨眼，道：「這個簡單，人證不消說了，從院長到清潔工，人人都可為證。物證嘛……醫院病歷算不算呢？」她頓了頓，靈光一現，拿起櫃子上的皮包遞上，說道：「妳翻翻，裡面有妳的證件沒有？」

艾羅一臉疑惑，她甚至不記得擁有這個皮包，但事關緊要——她迫切想證明自己並非那個「尹芳小姐」——她接過皮包，打開拉鏈，從中找到了一只紅色皮夾，皮夾裡有著圖書證、銀行卡、一些商店會員卡等。她看著卡片上的署名，正想著：「就算這樣，也不能證明什麼，這皮夾根本不是我的！」

潔兒彷彿摸透她的心思，湊過來，伸手抽出了一張證件，道：「喏，妳的駕照，上面有照片，還有妳的名字——現在妳該相信了吧，尹芳小姐。」

艾羅仔細看著那證件，雖然她不記得什麼時候拍過這張照片，但那的的確確是她的臉，五官輪廓分毫不差，連微笑方式也慣熟。稍晌，又發覺不對勁，心想：「我怎麼可能有駕照？」

潔兒的話音打斷了她的思考：「好了，妳先別煩惱這些了，醫院已經替妳安排了腦部檢查，嘉洛醫生是這方面的權威，到時候妳有任何問題都可以問他。」

時間在談話之中過了大半。潔兒抱起資料檔案，正欲離開，又折返說道：「對了，麥緹護理長要我轉告妳，她幫妳查過住院名單了，但結果並沒有找到妳說的那個男孩。」

提起斐恩，艾羅不免一陣心悸。另一方面，她原以為查找住院名單僅只是護理長在混亂中試圖安撫她的一句虛話，難得面對一個病患失去理智的吵嚷還認真相待，想來這醫院的人也不少誠信可愛，便為自己昨夜與眾人為敵的鬧騰愧疚起來。

見她沉默不語，潔兒探問道：「那男孩……是什麼人？妳為什麼急著找他？」

艾羅嘆口氣，垮下了肩，道：「他是我們學校的交換學生，今年暑假……」她中斷敘述，像在確認密碼般地問：「現在是夏天，八月，對吧？」潔兒點頭。艾羅續道：「我和斐恩是上個月才認識的，他是來自奧地利的暑期國際交換學生，是個很開朗健談的男孩。初識不久，我們便成了無話不說的朋友。斐恩熱愛歌劇，時常滔滔不絕地講述著歌劇的淵源、流派、各式各樣離奇曲折的故事情節，心血來潮還哼上兩句，斐恩的歌聲低迴鏗鏘，有一種很獨特的魅力，讓我這個門外漢也開始對這門輝煌華麗的藝術心神嚮往……」她說著，沉醉在回憶之中，唇邊不由牽起了笑容，續道：「前幾天，一個朋友給了我們兩張歌劇票，斐恩起先還猶豫著，畢竟從M鎮到倫敦得花上四、五個小時的火車車程，但我卻興致勃勃地不斷慫恿他；斐恩不忍心拒絕我，便答應了。如果……如果……總之是我害了他，我真的好後悔……我好後悔……」

艾羅說著，不禁悲愴哽咽。潔兒則是站在一旁，輕聲嘆氣，不似同情艾羅所陳述的遭遇，倒似幾分迷惑，幾分惋惜她病中幻構的人事，伸手拍了拍她的肩頭，勸道：「不要這樣激動，對身體不好。」

艾羅抓住潔兒的手，苦求道：「現在妳知道事情來龍去脈，應該明白為什麼我那麼急著找他了吧！我把斐恩害慘了，要是不能確定他平安，我怎能放心休養？潔兒，告訴我真相，無論好壞，我總是得面對這結果的！」潔兒好生使力，才將手抽回，答道：「我真的不知道呀……」艾羅察覺她眼神裡的輕率，微慍道：「妳認為這一切都是我的幻想？」潔兒道：

「我不知道，說不定……說不定那男孩給送到了別家醫院。說不定，他回奧地利去了……要不，妳問問凱諾醫生吧。」

潔兒再度提起「凱諾醫生」這名字，使艾羅的憂心分了神。她有些排斥地說：「為什麼要問他？」潔兒道：「妳是他的未婚妻，他自然比我們更清楚妳的事。」

艾羅雖不願接受成為一名陌生人未婚妻的身分，卻覺得潔兒的提議不無道理，應道：「好吧，他在哪裡？」潔兒道：「他一早就到瑞士出席一場重要的國際醫學研討會了，要過幾天才會回來。對了，凱諾醫生說，他很抱歉在妳出事的時候不能留在身邊陪妳，這行程是幾個月前便排定的，希望妳能原諒他。」又建議道：「尹芳小姐，妳還是在這裡好好靜養，等凱諾醫生回來，說不定所有的謎題都會真相大白了。」

艾羅閉上眼，無奈地喃喃說道：「看來也只有如此了。」

＊　＊　＊

傍晚，又陸續來了些人，除了例行巡房的醫護人員，還有些是以熟人身分順道探訪「尹芳小姐」的。包括了護理長麥緹、昨晚和她糾纏的兩名護士、一名未曾謀面（或者遭她遺忘）的醫生、一名學生志工。她沒再向來人問及斐恩的消息，面對這些友善、但卻是懷著關心另一人而來的招呼問候，艾羅著實不知該熱絡抑或者冷淡應對。

吃過晚飯以後，艾羅獨自怔怔坐在病床上，窗外落日斜紅，雲幕層層疊疊、疏淡有致，無聲無息地推移捲湧。

其實艾羅並不認為自己失憶。

「失憶」，當指忘卻過往的人、事，如記憶遭到刪除般茫然空白。但她並無此症候。她清楚地記得她的名姓、生日、血型。她來自M鎮。她毫無困難地默想了一遍家裡的地址、電話、房屋格局以及臨近縱橫的街道名，她父母的名字、年齡、相處時曾有的對話場景、她慣有的日常作息、親戚朋友的臉孔、興趣嗜好……這些，繁簡遠近皆如檔案般完整收納於她的記憶，她隨心調閱，輕而易舉。

再說她此刻置身倫敦的醫院，不正是因為昨天一早與斐恩一同由家鄉M鎮搭車南下，看完歌劇《阿依達》後，斐恩發生車禍，她則因驚嚇暈厥而送醫，這一切仍歷歷在目。為什麼再次醒來，她的世界完全改變了？地點、時間、季節都確認無誤，她卻被賦予了新的名字、身分，有一群與她相熟的陌生人，甚至有個她毫無印象的未婚夫？

尹芳是誰？艾羅是誰？

如果她是艾羅，為什麼身上有著車禍留下的傷處？為什麼斐恩無故蒸散消失？那些證件作何解釋？她才十六歲，還是個高中生，怎麼能考駕照？怎麼會在這時候計劃結婚？醫院那些人又是誰？這是一場惡作劇嗎？那些人其實是演員？假造她的身分？刻意弄傷她的身體？聯手編演這齣戲碼？可能嗎？如此大費周章、天衣無縫？目的呢？

如果她是尹芳……真是荒謬！她甩甩頭，卻不能自己地思索下去：如果她是尹芳，那艾羅又是誰？現下於她記憶中的那些人事時地是真的嗎？艾羅存在嗎？M鎮存在嗎？她的父母（或者說，艾羅的父母）存在嗎？那齣歌劇存在嗎？那場車禍存在嗎？斐恩呢？斐恩存在嗎？想到這裡，她只覺得不寒而慄。

天色漸暗，夜幕高張，深湛天空裡寒星點點，冷月孤寂，流雲如煙似霧，虛實難以臆測。

艾羅倦極了，她躺下來，眼瞼如鉛、精神迷幻。儘管疲睏，卻不敢鬆動警覺。在身心的雙重折磨之下她片刻都不得平靜——她一個人，在異地，身負著傷且舉目無親，連過去的人生也一併遭到撤換。她的心情分秒無不強烈拉鋸，猜疑或者相信，那些誠摯關懷的面孔與說詞孰真孰假？是她記憶真的出了問題，還是這根本是場偷天換日的大陰謀？她腦中忽然出現一個畫面：那些白天曾來與她寒暄熱絡的人此刻正脫下喬裝的白色制服，在她看不見的地方群聚慶功、訕笑嗤哼，高舉酒杯碰杯笑道：「敬謊言！」但旋即又想：「也許他們是真的，我不是艾羅，而是尹芳，那麼斐恩出車禍一事便未曾發生，這何嘗不是件可喜之事？若來當尹芳也未必全然不好。」

如此思緒或正或反，昏昏沉沉斷斷續續，醒醒睡睡也不知輾轉幾回。

及至中夜，似覺寒風如刺，被衾不暖。她翻身側睡，身體蜷縮如蝦，半晌，耳邊幽幽聽聞一聲嘆息：

「眾口鑠金，三人成虎，唉——愚蠢。」

艾羅不及聽辨，話音已止，消散如一縷輕煙。她下意識呢呢問著：「斐恩？是你嗎？斐恩……」

四壁靜寂，毫無回應，但身旁猶似一股刀刃般冷酷鋒利的寒意迫臨。她再無以入眠，掙扎著睡意強張開眼，視線開闔之間，似見冰雪般的一對瞳眸在黑暗裡閃爍著，如燐火般祕異詭譎。

艾羅霎時清醒，發現自己其實仰躺著，而那雙眼睛正以四十五度的俯視之姿直勾勾逼視著她。她不確定地輕喚道：「斐恩？」聲音出了口才想起斐恩俊朗縱逸，那燦如日光的赤子笑靨，壓根與這雙帶著怒意的眼神天壤之別。

一會，她的眼睛慢慢適應了黑暗，憑藉窗外微光，勾勒出床邊人影輪廓來：那是一名女子，身著護士服，口罩遮住了大半個臉，柔順的瀏海斜在額前，呈露著濃密睫毛下，一雙銳利如冰的眼，不眨不轉地盯著她瞧。縱使一身白衣端整，卻與醫護身分格格不入。

艾羅有些怯懾，問道：「護士小姐，這麼晚了，有事嗎？」

雖然光線不足，未能細睹，這臉龐髮質、婀娜的身姿卻清楚透露了年輕的訊息。想來必不是護理長麥緹或年齡長者，而這對瞳眸犀利明盼，炯炯有神，艾羅迅速回想著目前為止她接觸過的每一名年輕護士的眼神……

那護士並不理會艾羅的問話，直起腰桿，身子側了側，微弱的光線投射在她向窗的右半邊身體，從艾羅的方位看去，則是帶著黯淡光暈的左半剪影。

那護士緩緩抬舉左肘，攤開的手掌上置放著一顆球狀物，其表面泛白，曲折不平，大小約如一粒蘋果。她把左掌伸向床邊，那柔荑修指、細鍊銀戒，是一隻很迷人的手。

艾羅輕問：「這是什麼？」

黑暗中依稀可辨，那球狀物紋理脈絡略似一個人腦的縮小模型。

那護士不答，收回左掌，右手握著一把亮晃晃的手術刀。艾羅還未及害怕或疑竇，那護士已低下頭，用刀子切入了球狀物，不消片刻便俐落地從中挖下一小塊來。

此刻艾羅倒不擔心她以那把手術刀傷害自己，直覺這護士縱非善類，卻也無意害人。雖幾番相詢未果，仍再度開口問道：「妳是誰？妳到底想做什麼？」對方仍不答應，艾羅又猜：「妳是不是有什麼話想對我說，妳……妳知道我是誰？還是、還是妳認識……斐恩？」後面兩個問題是在開口提問後忽而閃現的靈感，出口之後艾羅不禁心驚膽跳，聲音逐漸虛微。

那護士依然沉默，收回左掌，低下頭，再次舉起右手將手術刀切入那球狀物，不會又從中取下了一塊。

艾羅屏氣凝神，那護士向床邊挪近了一小步，再次把左掌伸下，並半瞇著那懾魂雙眼緊緊逼視。艾羅躺著，垂眼看她手中那挖截缺陷的人腦模型，心中一凜，伸手欲碰觸，那護士卻已迅速握拳收肘，在艾羅不及反應前似聞嘲諷般地哼聲一笑，緊接著「唰」的聲，床簾已經拉上。艾羅的手還停在半空中——
續舉，收回？她一時竟忘了決定。

2

艾羅放下手臂，好半晌，無從回神。

她凝視著天頂，鏤空的大正方格天花板整齊而規律，銀色軌道切出窄而長的界線懸掛著垂地床簾，簾中是不甚穩妥的移動式單人病床，床中是透著消毒藥水氣味的枕被，枕被中是失了魂失了記憶的她——她忽而有一種遭層層裹纏的錯覺。

她閉上眼，定了定神，試著調勻呼吸，然後坐起身，拉開床簾，四下早已恢復一片靜寂，哪裡有什麼護士的形跡？

「剛才是我在作夢嗎？」她想著。黑暗裡醒夢難以臆測，只聽得見自己心跳怦怦響聲。

艾羅癡坐了一會，嘆口氣，只覺口乾舌燥、心神不寧。她想下床取些水喝，腳一點地，一陣竄心的疼痛倏地由右踝而起，她低頭驚見踝上裹著厚重的石膏，心疑道：「為什麼我先前都沒發現？」想起她昨晚心繫斐恩安危，竟毫不覺痛地肆意行闖，真是不可思議。

艾羅並沒注意到她床邊即有個小小的洗手槽，扶著牆壁及病床護欄，一拐一跳地來到了洗手間，打開水源，彎著身，以雙掌捧飲。水聲嘩啦啦，彷彿破除這醫院荒謬魔咒，支持她記憶正確性的證明。她將掌中的水往臉上潑濺，濺濕了雙頰頭髮，延著下巴流過頸子流入胸腹，其寒透之感清醒著她的意識。

她直起背，雙手撐在盥洗臺上，牆上的鏡子在幽暗窄間裡映照出她肩膀以上的黑白頭像。她放開一隻手，斜身摸索電源開關——「啪」的一響，刷開浴室大燈，頓時滿室通明。她回身，細看著鏡裡的影像，像是小心地確認著，除了記憶之外，還有什麼是遭人暗中調換的。

鏡子裡她容顏憔悴，面色蒼白，黑眼圈大而明顯，她似覺有些齟齬，又說不上來哪裡不對，她臉上雖有幾處淤血、擦傷，這眉眼鼻唇與記憶並無二致（她慶幸鏡裡並沒有什麼驚悚），卻有著隱約的違和。面對著這張臉，她有一種熟悉的陌生感，彷彿將一張張透明投影片疊起，明明同款同樣，其上的字跡圖形就是無法準確拓合。

她俯身向前，鼻尖離鏡面不及一寸，從上而下，左而右，嚴格審視對照著自己的相貌，來回幾遍，卻一無所獲。

艾羅洩氣地收回身子，垮下了肩，漫不經心地站在鏡前。忽然她愣住，想道：「我什麼時候燙了這頭捲髮？」下意識她抬手摸摸髮梢，鏡中人影也跟著一同動作。

右踝上的沉重石膏讓她整個人自始至終朝右半邊微傾，痠麻之感遍及小腿、大腿，整個下盤。她因單足站立而勞累，不得不關上浴室的燈，再度一跳一拐回到了床邊。

艾羅屈著單膝獨坐床上，此刻她早已睡意全消，腦海裡盤旋方才那場似假還真的夢境，那名詭異護士以及她親手剖解的那顆形似人腦模型的球狀物。

「她到底是人是鬼？」艾羅推敲揣測，更覺膽顫心驚。正值破曉前的凜冽孤絕，月落星沉，白霧滿窗，視覺亦更加艱難了。她像盲了眼般枯坐著，連日孤軍奮戰所承受的心理壓力頃刻衝破了臨界，疑竇、恐慌、憤恨、悲觀、傷痛、算計……一時之間排山倒海縱躍而來，交錯紛雜，像千萬支亂箭四面八方射向她。她緊咬著牙冷汗涔涔，弓著背，雙手分別緊握在病床的左右護欄上，心中閃現的猜忌如千軍萬馬奔騰著：

「這裡到底是什麼地方？」

「那些人到底是誰？」

「他們憑什麼用這種障眼法的招數軟禁我？」

「那個詭異護士是誰？她在暗示我什麼嗎？」

「我要逃嗎？要逃嗎？」

她不經意瞥了眼腳踝上的石膏，沒來由一個念頭掠過：「這不會是昨天夜裡他們以為我想逃跑，趁我昏睡時動了手腳加上的腳鐐吧？」想著仍是一陣寒慄，又想：「要是我逃走了，斐恩怎麼辦？斐恩……會不會也正困在另一個房間中遭遇和我相似的劫難？」

艾羅與混亂的思緒奮力搏鬥著、掙扎著，不覺天已大白，窗外晨曦逐漸破雲而出，房裡景物逐一恢復了色調。

不久，她聽見門把轉動聲，門開啟，進來的是潔兒，她端著一只托盤，笑吟吟緩緩走近，一面說道：「早呀，這麼早就起床啦？」並問候道：「昨晚睡得好嗎？有沒有什麼地方不舒服？」

不知道是不是心理作祟，艾羅只覺潔兒的問候語充滿巧合性，且意有所指，表情笑容裡潛隱著機心。她勉強牽動了嘴角，應了個聲。定定神，又是陽光明媚的一天，再看潔兒的表情依然親和，動作如此熟稔，彷彿她一夜苦纏的憂慮徒然是庸人自擾，毫無意義一般。

潔兒掀起床邊的桌板，將托盤放上，笑道：「吃早餐了。」艾羅望著托盤上的食物——燕麥麵包和一杯牛奶，再普通不過的早餐，她卻猶豫著。長夜失眠的勞心傷神與連日積鬱畢竟太深，她內心的陰沉並未隨曙光散去，加上經歷了難以解釋的場景，不免處處提防起來。

見她望著食物愁眉不展，潔兒笑道：「妳身體未癒，還不能吃太油膩或者刺激性的食品，這是醫院準備的營養早餐，妳將就著點吃吧。」艾羅道：「妳是說，這是一份『安全食品』？」潔兒似乎沒聽出她的言外之意，仍一派自然地答道：「是呀！」艾羅道：「我還不餓，一會兒再吃吧。」潔兒道：「先吃了早餐才能吃藥呀。」艾羅道：「可是我真的沒胃口。」心想著：「妳那麼急著要我吃，難不成這早餐裡真有文章？我就此靜觀其變，看妳要怎麼逼迫我。」

然而潔兒並不如她預期中的堅持，反而將托盤端到床邊的櫃子上，道：「好吧，等妳有胃口再吃，吃完記得搖鈴叫我，我會送藥過來。」假設一瞬間被推翻，艾羅不禁又想：「是我太多疑了嗎？」潔兒沒察覺她思緒變化，續道：「病人因為身體不適吃不下東西，這是很平常的事，妳別太擔心，但多少試著吃一點，才不會傷胃，懂嗎？」

看著潔兒一臉誠摯地殷殷叮囑，艾羅忽然好想與她開誠佈公，詢問那名夜半護士的來歷，卻不知從何問起；想了一想，探問道：「潔兒，這裡曾經發生過什麼事沒有？」潔兒道：「妳是指……」艾羅道：「比方、比方有人過世……之類的。」潔兒道：「生老病死本來就是醫院的常事。」艾羅道：「我是指——鬧鬼。」潔兒瑟縮了一下，怯怯然道：「妳別嚇我呀！尹芳小姐。從沒有這種事的。」

再次聽到這個不屬於她的名字，艾羅心中有些彆扭，別過頭，轉移話題道：「我的右腳怎麼了？」

潔兒並不追究適才未完的對白，答道：「原本有些脫臼，但妳前天晚上亂跑亂闖，情況惡化不少，骨科醫生才為妳打上石膏，以穩固傷勢。」

艾羅聽了，難免心中一沉，冷冷說道：「打了石膏，我行動更加不便，連上洗手間都要費上九牛二虎之力了。」潔兒道：「妳可以搖鈴，隨時會有護士過來幫妳的。」艾羅心想：「如此我一舉一動不都得經過你們？」潔兒道：「生病的人總是比較需要幫忙，這是我們護士的職責，妳也別不好意思了，尹芳小姐。」

艾羅道：「你們不是說，我只是出了一點小車禍，沒什麼大礙，為什麼還得住院呢？」在成見作祟之下，她不由地開始懷疑醫院所作的任何決定都有所針對、密謀不詭。

潔兒道：「原來是沒什麼大礙，但妳清醒後似乎出現了失憶、妄想等症狀，我們已經安排好，明天早上會由嘉洛醫生親自為妳做腦部檢查，很快會有結果，所以妳稍安勿躁；現在最重要的便是放寬心，把精神養好。」

艾羅緊張地問道：「腦部檢查？那是要做什麼？」潔兒道：「就是把妳頭腦剖開來檢查一番呀！哈哈，開玩笑的啦！別擔心，只是一些腦波、腦神經超音波檢查，看看妳是不是有大腦放電異常，或者顱內血管阻塞等現象而已。不要怕，很容易的。」

艾羅一顆心隨著起起浮浮，問道：「如果，如果檢查出我大腦不正常，你們打算怎麼辦？」說著，眼前不禁浮現那護士拿著手術刀挖下那顆腦型球狀物的畫面。

潔兒道：「這些要等報告結果出來，嘉洛醫生會根據資料決定是否要做後續治療，以及用什麼方式進行治療。」艾羅忽地痙攣了一下，啞聲道：「嘉洛醫生又是誰？」潔兒道：「嘉洛醫生是本院的腦科主任，他可是國內腦科研究的權威呢。」艾羅兩眼空洞地喃喃著：「腦科……研究……權威……」

潔兒續道：「是呀，嘉洛醫生在這方面有多年臨床經驗，妳真的不需要這麼緊張，放心把問題交給他便是了。」

艾羅抬起頭，神情苦澀道：「潔兒，拜託妳，實話告訴我這裡到底是哪裡？」潔兒笑道：「這裡是金達爾醫院。」艾羅道：「真的？」潔兒道：「真的。」艾羅失望極了，道：「好吧，早知道問了也是白問，妳們說這裡是醫院，這裡便是醫院；醫生、護士、病人全都齊了，設備、格局也有模有樣，建築物外面應該還掛著招牌，是吧？要再給這『醫院』編造五十年、兩百年歷史，我也莫可奈何，說不定妳還拿得出檔案、照片什麼的，像證明我是『尹芳小姐』那樣，我根本無從辯駁。」

潔兒並不與她爭論，抿嘴笑了笑，說：「我還得去巡房，妳好好休養，別想太多，等明天檢查之後，所有事情就比較有方向了。」說著即欲離去，開步又回身叮嚀道：「還有，早餐記得吃，我一會兒再過來送藥。」

潔兒離開後，艾羅偏頭看著櫃子上的早餐。少頃，她起身將牛奶倒進病床邊的洗手槽，又把麵包捏到最小，用衛生紙包好，扔進房間的垃圾桶。

＊　＊　＊

午餐和晚餐是熱食，包含烘豆、馬鈴薯泥、簡單調理的肉片，幾樣清淡配菜，和一杯新鮮果汁。艾羅倒掉果汁，將其餘餐食用塑膠袋打包好，艱難地跛行至房門口，開門探了探，趁走廊上空蕩無人時，悄悄將袋子丟到轉角的垃圾桶。當然，醫院為她配置的藥也隨著自來水流進洗手槽的排水管，小小幾顆膠囊，處理得毫不費力。

整天下來，她粒米未進，早已餓得發慌，只好拼命喝水聊解饑餓之感，加上終日惶惶、草木皆兵，心中無刻不擔憂這究竟是不是一個陷阱，自己是否身陷危機，將她折磨得心力交瘁。她本來並不是個多疑之人，她所出生、居住的M鎮是個山明水秀、民風淳樸的城鎮，自小在父母呵護下長大，正值青春年華，哪懂得什麼病痛疾苦？怎料到第一次自行離家便遭逢如此離奇際遇，本來只是倫敦一日之行竟徹底毀滅了她原有的生活。

艾羅悔恨交集，開始惦念起家鄉的一切：「爸媽應該早就回家了吧，他們發現我失蹤了，一定心急如焚，到處找我吧。唉，也許此刻他們正廢寢忘食，在街上四下搜找，喚著我的名字，憂心忡忡卻始終得不到回應……」思及此，她不禁潸然淚下，有一股強烈的衝動想就此逃跑，卻硬生生壓抑下來——她必須留下來確認斐恩的消息，而此事似乎可以從凱諾醫生那裡追尋蛛絲馬跡。艾羅心裡矛盾極了，潔兒話中的真假、「潔兒」這個人本身的真假、甚至整個醫院的真假都還有待商榷，但她對於這個建議卻不得不姑且信之。因為她，斐恩才慘遭橫禍，她豈能再自私地棄他於不顧？

再則，關於「凱諾醫生」，艾羅忿忿想著：「這人看來也真絕情，竟丟下傷病的未婚妻自己出國去。」悵然尋思道：「倘使他在，我還會這般孤伶伶的，求助無門嗎？」在經歷身、心長時間的雙重折磨之下，艾羅有些恍惚地對著一個陌生的名字氣惱、失望起來；但很快地便意識到了荒謬，自嘲想道：「神經病，妳在對尹芳小姐的未婚夫發什麼牢騷？搞不好他也是這場陰謀的參與者，甚至幕後主導者呢！」

傍晚時護理長麥緹來訪，她給艾羅帶來了一組拐杖和一張輪椅。才進門她那宏亮爽朗的嗓音已先聲奪人：「嗨，尹芳小姐，好些了嗎？老早想來看妳卻總抽不開身，忙唷！」揚了揚手裡的拐杖，道：「聽潔兒說妳抱怨行動不便，我給妳送了這個來，妳要是有時不想假手他人，就試著用用看這拐杖吧。來，我示範給妳看，首先雙手先握住這裡……用這裡托住腋下……然後這裡這樣……」

麥緹一面說著，一面在艾羅床前演練示範起來。這讓原本鐵了心認定醫院刻意給她上石膏、以防止她逃跑的艾羅，再度困惑不已。未及細想，麥緹已提著拐杖走近，欲攙扶她下床操作。艾羅別無選擇，起身跟著麥緹的指導反覆練習，並在她耐心的耳提面命下漸漸順了手。

麥緹喜道：「很好，這樣我就放心了。」將艾羅攙回床上，推過輪椅道：「這個也給妳，不過使用的時候要小心，不要從床上按住扶手，然後就想直接跳到椅子上。這樣輪椅容易因失衡而翻覆，很危險的，要記得！」

麥緹接著問了醫院伙食、服務、床是否睡得習慣、被單夠不夠暖等；又叮囑明天一早要做腦部檢查，其時間流程、注意事項種種事宜，艾羅也都隨口附和應答了。

「好了，那妳早點休息，我不吵妳了，明天一早見！」麥緹說完，即要離開，艾羅從背後叫住她：「護理長。」麥緹回頭，問道：「還有事嗎？」艾羅唇邊勾起一個淡淡的微笑，真心誠意地說：「謝謝妳。」

＊　＊　＊

是夜，艾羅方睡下，卻聞簾子之外若有動靜。

首先是房門開啟，門外似乎有一群人七嘴八舌，試圖在一團混亂中處理某件要事，她隱約聽見嘈雜聲中有人說道：「快！推過來這裡！」「推進去！推進去！」

接著是幾個碰撞聲，像是移動病床推入時不經意敲到門邊的扣扣聲響。然後是輪子在磨光地面上的滑行聲、接著病房外側的燈光打亮——現下艾羅住的是一間雙人病房，她居於內側近窗床位，隔床一直空著，此刻想是送來了新患者。艾羅不動聲色，她的床帳是拉起的，隔著青色布幔她只依著聲、依著光，揣測簾外情景。

眾人聲音由遠而近，窸窸窣窣地忙亂了一陣子，才熄燈關門退去，房裡又回復了一片闃寂。

艾羅本來不甚在意，畢竟這公用病房病患來去皆屬常情，但細想後總覺不對勁。她明明記得隔壁已擺了張空床，何以他們又送進一張新床，卻未聞將原床撤出，若非將兩張床上下疊起，那空間可容不下二床並列而置。何況有了燈光，應該有投影，但自始至終，縱使談語近在耳邊，甚至她簾子還時不時因他們動作觸及而左起右伏，卻不見任何倒影。再則，說及「談語」，艾羅才發現「那些人」進房後，曾在隔床忙碌一陣，可是他們交談聲雖近，她卻一句也聽不懂，那些聲音叨叨絮絮，有時也不失清晰，當下她意識迷茫，並不察有異，事後想起，無論細瑣或清楚，她總沒一句聽辨得出。

隔床真的來了病人嗎？

疑心驅趕了睡意。艾羅翻來覆去，心想：「如果這醫院是假的，那隔床的病人是什麼？另一個演員？還是和她處境相等的受害者？」躊躇自問著：「我該和他交談嗎？」

艾羅尚在琢磨，即聽見簾外傳來一聲嘆氣：「唉——」聲音瘖啞虛弱，尾音漫長而拖延，如同由痛苦的最深底緩慢地、無邊無際地釋放而出，讓艾羅即使只是聽聞，已如親身承受那般愴然而絕望。

前音未絕，又是一聲長嘆：「唉——」

漆黑中這般悲苦的呻吟總格外教人不舒坦，艾羅半是同情，半是厭煩地問道：「老先生，你很不舒服嗎？」她由嘆息聲判斷了對方的性別與年紀。

那人道：「頭很痛。後腦破了一大塊，怎麼不痛，唉——」長嘆完續說道：「下午這場車禍真是苦煞人了。」艾羅道：「你是因車禍入院的？」那人道：「對。妳呢？」艾羅道：「我也……」她「是」字還未出口，當下心中一震，忙收住話，想道：「怎麼才過兩天，我已經給洗腦，接受眾人的說詞了？」趕緊改口說：「我是驚嚇過度暈倒才住院的。」說著竟有心虛之感。

兩人在黑暗靜寂的病房中，隔著雙重床帳秉夜而語。

那人質問道：「是嗎？驚嚇過度怎滿身是傷？還得住院、上石膏？」艾羅道：「我明天一早得做腦部檢查。」那人道：「是不是像這樣——」一邊說，一邊伸手至後腦摘下破片，艾羅怵目驚心，尖叫道：「你別這樣！」

那人也不理會，逕自喃喃抱怨道：「痛死我了！怎會這麼倒楣，聽個歌劇弄到這下場，早知道就不來倫敦了。不，早知道我好好待在奧地利，連英國也不來了！」

艾羅在驚魂未定中聽了這等陳述，不由起疑，暫時按下恐慌，問道：「你是怎麼發生車禍的？」那人道：「我朋友在對街等我，我忙著對她笑、忙著過馬路與她會合，一不小心就給車撞上了。」艾羅道：「那肇事的駕駛呢？」那人道：「早逃之夭夭啦。」艾羅道：「那你朋友呢？」那人道：「她嚇暈了。」艾羅心疑著：「哪裡有這等巧的事？莫非他在戲耍我？」忙問：「你在什麼地方發生車禍的？」那人道：「西區歌劇院前的馬路。」艾羅近乎歇斯底里地問道：「快告訴我，你車禍前聽了哪齣歌劇！」那人道：「阿依達。」說完便旁若無人地哼起了劇中橋段，卻因喉嚨沙啞而斷續不能成歌。

艾羅驚跳而起，叫道：「斐恩？」

隔床歌聲未止，拙劣嗓音在高低音域中左支右絀，分明難以成調，偏偏要拉扯嘶沙。

艾羅下了床，不假思索地連著揭開兩道床帳，看見白髮蒼蒼、滿臉皺紋的老人正動不動地躺在與她比鄰的病床上，唇瓣開合，不斷清嗓，勉強由老邁的喉嚨擠出聲來歌唱。她一眼認出那正是她朝夕懸記的斐恩，她激動地撲上去，哭道：「斐恩！斐恩！太好了，你活到這麼老了，那場車禍並沒有害死你——」說著，卻察覺有異，想：「不對，斐恩和我明明同齡，我們今年才十六歲！」忙問：「斐恩，你怎變得這麼老？」老人道：「我們在這醫院住了六十年，妳忘了嗎？」又細碎說著：「進來了，就出不去了，再也出不去了……」艾羅猛搖頭道：「不對！不對！不對！你說你下午在歌劇院前車禍才送醫的……」

老人不再搭腔，繼續自顧吟唱。艾羅抬眼瞥見他左掌握著一塊頭蓋破片，鮮血由他後腦不停液出，染紅了枕被，沿著床桿答答滴下，滴在磨石地面或者她的腳背上，暖暖溫熱濃稠之感滑過她的皮膚。

機器聲尖銳鳴響，很快地他心電圖已平成直線，而他還是不斷不斷地唱著歌，空氣裡迴盪著如錯頻收音機發出的碎屑旋律。《阿依達》的橋段。

艾羅再不能克制地高聲尖叫，下意識衝撲到床頭，伸長手臂使勁搖鈴……

她驚醒，伸手撩開床簾。隔床空空如也。她心有餘悸地躺著喘氣，慶幸方才只是惡夢一場，卻又有些氣餒，與斐恩的重逢終究只是虛幻。

一會潔兒敲門而入，問：「尹芳小姐，有事嗎？」艾羅有些遲疑，想道：「她是聽到我在惡夢中尖叫，才進來照應嗎？」不逮回答，潔兒續問：「尹芳小姐，妳不是搖鈴叫我嗎？怎麼了？哪裡不舒服？還是要上洗手間？」艾羅滿是疑惑道：「我搖鈴？」心想：「難道是睡夢中伸手誤觸的？」想想也罷。她一日一夜未曾進食，且分秒苦戰心魔惡夢，早已餓得兩眼發昏，手腳顫抖。此刻也顧不得食物好壞了，若再不吃點東西，不必等到外來加害，渾身便要給強烈胃酸腐蝕，因說道：「能不能幫我送點吃的來？」潔兒笑道：「噢，肚子餓了呀！沒問題，我去拿些食物給妳，等我唷。」說罷便轉身出去。

艾羅撐坐起身，從一旁黑色玻璃窗倒影看見了自己憔悴消瘦的臉。還好，只是憔悴消瘦，並沒有「在這裡過了六十年」的駭人發現。惡夢畢竟只是惡夢，夢醒了一切苦難也隨之結束，不會在現實中落地生根，結果繁衍。艾羅試圖平撫情緒，回過神來，最令她憂心的還是這真實世界裡未解的種種疑團——她的真正身分以及這醫院所有人的真正身分。

她回想起潔兒離去前的神情應答，好似帶著一種意料中的嘲弄，彷彿已知道她偷偷棄了餐食，最後終於耐不住饑餓開口求援。而那頭說不定早早準備就緒，像看笑話般地竊喜著：

「看吧，她遲早還是得吃的。」

沒多久潔兒回來，並端來一份簡單的餐食，道：「不好意思，大半夜的餐廳都關了，還好廚房裡還有些乾糧和水果，妳將就著點，先墊墊胃吧。」

不待她話落，艾羅已先狼吞虎嚥起來。潔兒笑道：「小心點，別噎著，呵，妳怎麼像掉了好幾餐一樣？我明明都有準時送飯來呀。」艾羅聽了，霎時緩下動作，才就口的蘋果也不知應不應當咬下，抬頭看著潔兒，警戒道：「妳怎麼知道？」潔兒一臉無辜地眨著眼，反問道：「知道什麼？」艾羅雙手捧著蘋果，食不知味地慢慢啃著、啃著，房間裡一時只有她清脆的咀嚼聲。她漸漸將視線由潔兒臉上移開，低下頭，赫然發現她手裡捧著的哪裡是顆蘋果，那根本是昨夜那名詭異護士在她面前活生生解剖的球狀物，此時近看更像顆人腦。

艾羅急拋下那噁心的東西，尖聲問道：「這是什麼？」潔兒依舊笑著，只是笑得不懷好意，笑得猙獰，低著嗓音緩緩說道：「妳不是，早就知道了嗎——」

艾羅翻身半跌下床，彎著背，扶著床邊護欄拼命乾嘔，又聽見潔兒長緩的聲音由上方傳來，問道：「要幫忙嗎——尹芳小姐——」說著，那雙腳也一前一後、一前一後，慢慢走進艾羅的視域。艾羅嚇得魂飛魄散，踉蹌奪門而逃，一心只管把潔兒遠遠甩在背後。

她飛逃出門，扶著牆上把手蹎跛而行，邊跑不忘邊回頭看望，所幸潔兒並未尾隨其後。

整個醫院如迷障，重重疊疊、縱橫交錯的過道條條皆如複製，一樣的寬窄短長、明亮冷靜的燈光、四下杳無人跡，同等濃度的藥水氣味均勻擴散，左右兩邊嵌著同數量、同間距的病房房門。艾羅在其中如鬼打牆般地忙得暈頭轉向。忽然想起夢中那個老邁的斐恩悲觀而宿命的話來：「進來了，就出不去了……」

行了一陣，艾羅好不容易闖出了走廊，前方有一個長長的諮詢櫃檯，檯高約及胸肩；艾羅舉起雙臂，整個人撲趴到櫃檯上喘氣著。少頃，似覺左肘觸及某物，回頭一看，是櫃檯桌上放置著一個六角形筒狀物。那是個空心六角筒，正中央有一根支桿貫穿上下兩端，筒子可以轉動，支桿下端連著底座，上端則固定著一塊小牌示，其上寫著：住院名單。

艾羅好奇心起，側身伸手轉動這個六角筒，一一瀏覽著每一面密密麻麻掛牌上的陌生名字。轉到第五面時，她視線忽地收住在最下排右方的牌子上——

斐恩

她注視著這名字幾秒，乍生怒意，來到櫃檯中央，用身體抵著檯壁，雙臂直伸，十指扣在檯桌內側。櫃檯裡一名護士正低頭寫著巡房記錄，並未注意艾羅到來，艾羅於是以手掌拍打著桌面，在這名唯一值夜的護士的頭頂叫道：「斐恩明明就在醫院裡，你們為什麼要騙我？」

她叫嚷完畢，那護士才不疾不徐地放下筆，合上本子，緩緩檯頭——艾羅從櫃檯外逐漸看到她的髮頂、瀏海、眉、眼、鼻、唇……竟是潔兒！

潔兒半睜著眼，面無表情地盯著她，冷冷緩緩地說道：「吵什麼，不是早把他送到妳房間去了嗎？」

櫃檯內外忽然擠滿了人，有身著白衣的醫護人員、缺手破腿的病患、醫院的志工雜工、老去的斐恩……個個面白如紙，人人一號表情，將她團團圍住，指指點點。

＊　＊　＊

艾羅還未及驚叫逃跑，依稀感覺有人搖著她的肩膀，在她耳邊輕喚道：「尹芳小姐！尹芳小姐！」

她睜眼，潔兒的面容由朦朧而清晰，還是那一貫親切的笑顏，並沒有方才夢中的猙獰或冷漠。而她依然好端端坐在病床上，半步也未曾離開這房間。

「怎麼我才去了一會妳就睡著了呢？」潔兒說著，一面將托盤呈上，道：「來，吃點東西吧，我給妳找一些簡單的餐食來了。」

艾羅伸長頸子探了探，托盤中沒有夢中的乾糧水果，而是一份熱食，她這才鬆了口氣。在經歷了重重夢境困險，她忐忑之情難釋，冷不防問了句：「為什麼總是妳？你們醫院其他護士都上哪去了？」潔兒道：「我是妳的主護，妳最常見到的自然是我呀。」

艾羅拿著刀叉，慢條斯理地吃著食物，一方面不免小心翼翼提防著，深怕這又是另一場惡夢延續。

潔兒在一旁忙東忙西，一面與她閒話家常，一切似無異狀。

艾羅隨口問道：「為什麼我旁邊這張床一直空著？」潔兒道：「這樣不好嗎？沒人在同個房間吵嚷，不是比較清心？」艾羅道：「你們通常會把同是車禍的傷患分在一起嗎？」潔兒道：「不一定。要看實際住院情形。」艾羅道：「有可能哪個病人在這裡一住六十年嗎？」潔兒道：「沒有，要是植物人也得送到特定安養中心。」

在饑餓的催促下，艾羅三兩下便將那份不甚可口的餐食吃個精光。她放下刀叉，道：「潔兒，謝謝妳。」潔兒笑道：「不客氣，食物還可以吧？」艾羅點頭道：「很好吃。」潔兒道：「好吃就好，免得妳又扔到地上，頭也不回地跑掉。」

潔兒此話一出，艾羅渾身瞬間冷下，立刻明白這要非又是另一場夢境，必是什麼鬼魅陰謀，否則潔兒怎會知曉她上個夢中的情景？

她轉頭去看潔兒，潔兒仍站在那裡，神情泰然自若，好似她們的對白並未出現差錯，還等著她答腔一般。

艾羅連著幾回橫衝直撞，這次她不尖叫也不逃跑了，她有個強烈的直覺：若想逃出這無邊無際的層層惡夢，唯一的方法便是離開這醫院。

她緩緩下了床，細步朝房門走去，一旁的潔兒低垂頭顱，面如死灰，在她通過時甚至欠身讓出道來，不留不問，也不欲跟上。

艾羅慶幸夢中她有一雙毫無傷損的腳。出了房門，她站在空無一人的過道上仔細揣度該往哪個方向走，才能通往醫院大門。想了又想，決定往右邊看似連接大廳的路去。

她右轉，沒多久即出了走廊，來到大廳。心道：「冷靜行事果然比莽莽撞撞來得有效率。」

大廳正前方是長長的諮詢櫃檯，檯高約及肩胸，檯後隱約有個值夜的護士正低頭做事。艾羅心臟怦怦作響，不斷地告訴自己：不要怕，這只是夢，夢中什麼光怪陸離的荒誕事皆不足為奇，現下要緊的只有趕快找到醫院出口。

她躡手躡腳地穿過大廳，幸而沒有教櫃檯後的護士發覺。夢裡景物有些飄浮輕巧，少了點稜線和立體感，色彩也如同用水洗過一般較著淺淡明透。

過了大廳，轉角處有兩部併排的電梯——這棟樓共有十五層，她位在七樓，兩部電梯燈號皆亮在「1」的位置，看來是無人使用的待機狀態。

艾羅按下「往下」箭頭鈕，心中不停默想著：「再忍耐一下，等過了這關，便能永永遠遠離開這家鬼醫院了！」

左邊那部電梯燈號開始上升，艾羅煩躁地等著、等著，終於聽到「叮——」的一聲，電梯門嘩然開啟，裡面已乘著一架病床，床上並無病患，一名護士背對電梯門，舉著雙手調整著床頭懸掛的點滴幫浦。

艾羅斗膽問道：「護士小姐，能不能挪個位置讓我進去？」

那護士把點滴滴管在床頭鐵欄杆上繞了幾圈，並打上了個結，用雙手拉提了被單，再撫撫被子中央，像是正替人蓋被哄睡一般。接著，她直起腰，慢慢回身，伸長右臂對艾羅招手，示意她進來。

艾羅一眼認出那正是前夜來她房裡裝神弄鬼的詭異護士，她仍是口罩遮臉，雙目熠熠，艾羅不能確定這護士和整個醫院到底有何關聯？於她究竟是敵是友。而對方仍不發一言，只站在電梯裡不停向門外的她招著手。

艾羅躊躇不前。一晌，電梯門嘩然關上，直到那兩扇門密合前的最小空隙，艾羅仍看見那護士站在另一端不停地招著手、招著手……電梯關上後繼續往上升，艾羅甚至不能確定此刻那護士是否已經把手放下。

她試著鎮靜，再度提手按鈕。這一回，是右邊的電梯升上。不久，又是「叮──」的聲，門開啟，艾羅驚見裡頭一張病床，床上空無一人，床頭鐵欄杆上繞著點滴滴管，並打上了結，被子中央留著被人撫過的平坦痕跡。

艾羅回頭檢視電梯外的燈號，左手邊那部電梯自從門關上後便由七樓繼續上升，目前正在十二、十三、十四樓……不停往上，而這部是她重新按鈕之後才由一樓升上，兩部電梯並無交集樓層，這病床何以從中移換的？

是夢。艾羅再次提醒自己，別忘了這只是夢。她探了探，這回那名詭異護士並不在電梯中，她猶豫了一下，走進。門關上後，她抬頭緊盯著電梯內側最上端的樓層指示燈，數字不斷下降，她離解脫之門也愈來愈近了。

一樓燈誌亮起，艾羅興沖沖地旋身，卻不見門開啟，再一細看，那兩扇門竟已密合如一，毫無裂隙。她欲伸手去摸那平整的門板，忽覺背後一股冷颼颼的氣息，猛然回頭，正是先前那名護士，原來她自始至終隱在樓層鈕前的死角，直勾勾地瞪視著艾羅的背影。

艾羅「啊！」地驚叫一聲，那護士並不理睬，輕輕巧巧地移步穿出電梯之外，沒一會又穿了回來，像在對她招攬與示範。艾羅跟著執行，卻讓厚篤隔板狠狠撞上。那護士上前使力朝她肩頭推了一把，艾羅仰跌在那張空床上，再爬起時，只覺全身輕飄飄的，原本扎實的軀體竟仍動也不動地躺在那張床上。

那護士把手掌伸向她，示意要牽著她離開，艾羅指頭動了一下，旋即收拳，疑道：「不對，我若遺下我的身體，那我不就死了嗎？」

那護士眼角微微牽動，像是動了怒意，舉起手狂肆地在樓層鈕上拍打了幾下，消失在牆垣裡。

那護士離開後，電梯裡還留著她拍打之後引起的強裂震動；緊接著那些按鈕忽成了年表顯示，持續不斷胡亂跳昇，每昇一格即是一年過去。艾羅束手無策地看著四周牆面正迅速斑駁掉漆，病床上的鐵桿倏地鏽蝕、枕被褪色、燈光閃爍，床上的她髮色刷白、齒牙脫落、皮膚乾縮皺起……她掩面不忍細睹，無助地痛哭失聲。

＊　＊　＊

這場惡夢在黎明到來時結束。窗外刺眼的陽光投下，艾羅疲累不堪地揉揉眼，滿室整齊明亮，窗外藍天白雲，她總算沒在密閉的電梯裡死去，沒讓那詭異的護士帶走。但她卻不由自主地想著：「為什麼無論我怎麼死命逃亡，最後終會回到這張病床上，難道我真的永遠無法離開這裡嗎？」

意識再清醒些，她感覺有隻手按在她臂膀上，一個熟悉的聲音憂急喊著：「尹芳小姐，醒醒！尹芳小姐！尹芳小姐，妳聽得到我說話嗎？」艾羅偏了頭，微見麥緹一臉憂心地站在床邊，其背後還有兩名跟班護士，艾羅虛弱應道：「護理長。」

聽聞回應，麥緹才舒展了眉頭，道：「妳怎麼了，喊妳半天也喊不醒，急死我了！」艾羅蠕動了下身體，只覺飢腸轆轆、頭痛欲裂，想及夢中經歷的死生劫難，不由哇的聲哭了起來。麥緹見狀，彎下身將她一把抱在懷裡，慈藹地問：「怎麼哭啦？」艾羅道：「我作惡夢。」麥緹道：「別怕，說說看妳夢見了什麼。」艾羅難以啟齒，只說：「我想出院。」麥緹安慰道：「我們正是來帶妳去做檢查的。一會嘉洛醫生如果說沒問題，我立刻替妳辦出院。」艾羅半信半疑道：「真的？」麥緹給了她一個肯定的微笑。

一待她情緒緩和了，那兩名跟班護士便依著麥緹的指示將病床推出，沿著走廊、大廳，進出電梯，來到一間看診室裡。沿途設景與她夢中所見時而相似、時而迥異。

麥緹拉上診間中的床簾，先招呼艾羅更衣，又拿來剃刀要給她理髮，艾羅不肯，麥緹好言勸慰：「做腦部檢查得要由頭皮連接機器，妳不理髮，到時結果不準確，還得重做那怎麼辦？」推拖一回，艾羅不得不忍痛看著自己的長髮給一撮一撮地削了下來，直到頭頂光涼。

剃了髮，護士將她推出床帳，一名醫生已坐在辦公椅上等候，並向她問候道：「妳好，我是嘉洛。」艾羅一心記掛著自己現在已成為一個難看的光頭，速速瞥了嘉洛醫生一眼，尷尬地笑了笑，便連忙低下頭去。

那嘉洛醫生算年輕，決計不超過四十歲，長得相當溫文儒雅，聲音舒和而誠懇，言談不疾不徐且字字清楚，與艾羅先前因著「主任、權威」等身分所猜擬的形象相去甚遠。他耐心而專業地對她解釋了一回等會要做的檢查流程，艾羅似懂非懂地聽著，末了他道：「大致上是這樣，有什麼問題嗎？」艾羅道：「檢查完，我就可以出院了嗎？」嘉洛醫生道：「沒嚴重問題一定讓妳出院。」艾羅心喜。

兩名護士上前，在她的頭上塗抹著膏物，涼滑而悶膩，艾羅不喜歡這種感覺。

接著則是由嘉洛醫生起身親為，將機器上的接收器一顆一顆貼上她頭頂各個部位，並說：「我現在要為妳做大腦認知功能檢查，一會妳所有症狀都會透過超音波顯示出來。」說著伸手按下辦公桌旁一顆圓鈕，牆上有扇厚重的鐵門由下而上轟轟升起，門後是一個狹窄的長方體空間，其大小正好容下一張病床。

艾羅想起夢中電梯經歷，惶惶地問：「你們要把我推進去嗎？」嘉洛道：「是的。」艾羅道：「不，我不要進去。」嘉洛道：「別擔心，很快的，大約三十秒就完成了。」

艾羅被推入後，鐵門又轟轟閉下。她聽見精密儀器聲細細作響，身側有個電子銀幕，顯示著她的腦電圖，其上有密密麻麻不同顏色線條，這些線條隨著儀器運作聲不斷錯位變化。

少頃，機器和銀幕都停止了，麥緹和那兩名護士隨著嘉洛醫生相繼走進，四人臉上皆換上了慍怒的表情。

艾羅道：「檢查完成了嗎？我可不可以出去了？」麥緹冷冷道：「妳自己知道做了什麼好事！」艾羅未及細想，嘉洛醫生拍了下銀幕，怒道：「妳自己看！」

只見那銀幕已由她看不懂的繁複線條轉變成一幕幕清晰可辨的畫面，不停跳躍播放著，而那些畫面都是她先前曾有的念頭或實際動作，像個監視錄影機般錄放了她裡裡外外的情境，包含她四處亂闖尋找斐恩、她半夜下床對鏡而視、她反覆懷疑著醫院人事的真假、和人打招呼時內心其實充滿不願、她私下扔了餐食、她每個惡夢細節等等。

隱私遭到如此侵略，並在這麼多人面前公然播放，艾羅有種一絲不掛的難堪，頻頻喊停，卻沒人理會。

眾人盯著銀幕憤怒批評著她的所做所想。麥緹道：「啊，我好心教妳用拐杖，妳竟還懷疑醫院故意打斷妳的腿！」接著，一名護士道：「這菜我洗了又洗，手都破皮了，竟讓妳想成有毒，還整盤倒掉！」另一名護士道：「原來排水管堵住，就是妳硬把膠囊塞進去的！」嘉洛道：「妳竟把我想得又老又醜！」忽然有個聲音道：「妳把我當傻子耍，我的話全讓妳曲解成不安好心！」這人正是潔兒，她不知何時已加入戰況。

銀幕上的畫面還在持續變換，眾人早已怒不可遏。麥緹粗聲說道：「既然妳愛猜忌，那也沒什麼好再偽裝的了。」說罷，五人魚貫而出。艾羅這才注意到，那道鐵門從她進來後根本沒冉開啟過，而此室窄小，哪裡容得下這麼多人，他們剛才都是穿透她的病床而站立的。

眾人穿出後，艾羅才警覺上了當。她驚坐起，密閉的空間裡有著絕望的死寂，她不斷搥打著牆壁，高聲叫道：「放我出去！不是做完檢查就讓我出院嗎？」

四下靜寂。俄頃，半空中迴盪著一個熟悉的聲音：「進來了，就再也出不去了……出不去了……出不去了……」

＊　＊　＊

她驚坐起，在原來的病房。窗外無星無月，正值天亮前最難忍的漆黑。艾羅急促呼吸著，只覺天旋地轉，耳邊還轟轟作響，縈繞著那「出不去了」的聲聲詛咒。

縱使心力交瘁，艾羅不敢懈怠，打開床前小燈，掃視一回，房裡沒有人進出過的痕跡，地上沒有她扔下的蘋果或人腦模型，櫃子上不遺潔兒送來的托盤，床頭的鐵桿也未捲繞著點滴滴管。她又重覆夢中的動作——伸手撩開另一側床簾，隔床空坦，枕被整齊疊置，機器也未曾啟用。

艾羅望了望時鐘，心中悁悁惴惴。眼前雖然暫且寧靜，不代表會這麼持續下去，再過一個小時天就要亮了，她還得重新輪迴夜以繼日的憂慮。此外，天亮後她便要面對真正的腦部檢查了。

她摸摸肩頭，幸而一頭長髮仍在。

「不！我絕不能做這個檢查。」艾羅想著。在還未弄清事情真偽之前，冒然接受治療絕非明智之舉。此刻她心裡僅有一個念頭——逃！，她要離開這裡，離開種種懷疑和不安。她要回家，她要去找識得她的人證明她是艾羅，不是尹芳；她要證明家鄉M鎮的存在、她所有記憶的存在、以及斐恩的存在。思及斐恩，她熱切的衝勁罩上了陰霾。她佇留於此，不為別的，只想查訪斐恩的蹤影，但未及等到凱諾醫生回來，她卻必須逃跑了。艾羅愧責想著：「斐恩，對不起，我不能在這裡坐以待斃，就算只是個誤會，再留下來我早晚要把自己逼瘋。如果這一切是個陰謀，那麼那個凱諾醫生便只是要我留下的幌子，我不要上當，等我逃離了這裡，弄清事情的來龍去脈，一定回來救你。」

事不宜遲，艾羅看著床邊的輪椅和拐杖，考慮著四處是門檻路障，當機立斷選擇拐杖，背起櫃子上那只「尹芳小姐的皮包」，頭也不回地離開了病房。

艾羅牢記病房門後的醫院平面圖，沿路躲過幾名護士和雜工，乘著電梯下樓，步出醫院大門。一切竟是如此簡單順利。

清晨的街頭行人寥寥、停雲冪冪。艾羅站在大樓下，雖然身著單衣她冷得發顫，卻有一種如獲重生的狂喜。她曾以為此生再不可能離開那間病房，住院的短短幾天，想來真如幾生幾世那般漫長。

她低頭看見自己身上還穿著病人服，深怕一會遭人認出押回，於是拄著拐杖沿路行走，終於遇著一家剛開門的服飾店。她走進去，隨便挑了件過膝風衣穿上，並從那只紅色皮夾掏了鈔票付帳。

走出服飾店，她定了定神，冷靜想著，現下她要做的事有二：其一，遠離金達爾醫院。其二，回家。兩件事情其實一體兩面，如果要回家，她必須先乘坐火車回M鎮，如此一來，自然遠遠離開金達爾醫院。思量既定，艾羅毫不猶疑地攔了計程車，直往目的地。半小時候，她已順利下車，站在人潮來往的火車站裡。

艾羅有些不安地來到售票臺前，想著：「萬一他們說，根本沒有M鎮這個地方，該怎麼辦？」幸好，她不一會便在路線圖上看到「M鎮」標示，其所需行駛時間亦與她記憶中完全吻合——四小時又二十分。她幾天前才與斐恩一同由那兒南下，此刻她將循此路線而回，斐恩卻是不見蹤影，生死未明。這番物是人非不禁教她愴然而悲。四下一瞥，又覺連這車站也和幾天前大有不同了。

艾羅收回心神，深知現在不是感傷的時候，她還未完全脫離險境，金達爾醫院的人隨時可能發現她逃跑而將她捉回。她強行專注於購票事宜，這才發現她用皮夾裡的錢付了風衣和計程車費後，所剩現鈔已不足支付到M鎮的票價。

她看見有個旅客在前方那臺箱型機器上摸弄一會，不假他人之手便由機器裡取了一疊紙鈔，她的記憶中並沒有使用這種機器的經驗。她半信半疑地來到那陌生的提款機前，抽出銀行卡，想著：「我要真的是尹芳，就當知道這卡片密碼。」但心中矛盾又生，一方面希望能成功領錢購票，卻又不願自己是那卡片署名的持有者。她依著機器上的步驟指令操作，試了幾回，皆不見效，最後連卡片也因多次密碼輸入錯誤而給機器扣去。

如此一來，她更確信自己並非人人口中的「尹芳小姐」。可是現在怎麼辦呢？艾羅暫且無暇去思考她身分的問題，只不停盤量著種種可能：「要告知站臺，請求他們讓我賒帳嗎？還是找個看起來和善的行人借錢？要說謊嗎？有人會相信嗎？萬一遇到金達爾醫院的伏兵呢？」

心慌意亂之際，有個老婦人朝她走來，道：「小姐，妳要去M鎮嗎？我買錯了車票，櫃檯不給退，妳要就便宜賣妳吧。」艾羅打開皮夾，翻出了僅剩的一張紙鈔道：「可是我只有五鎊。」老婦抽過錢，道：「五鎊就五鎊吧，唉！問了那麼多人就妳一個肯買。喏，票給妳。」說罷，匆匆將車票交下，自行離去了。

艾羅尚未釐清為何這麼好運，車站的廣播聲已先響起：「開往M鎮的列車將於五分鐘後抵達，請該車乘客提早至第三月臺候車。」

她起身，拄著拐杖隨著人潮往前，通過了閘門，來到了月臺。她臉上平靜，心中卻是澎湃洶湧，想著再過幾個鐘頭，她便能進到那棟熟悉的房子，見到父母，永遠擺脫在金達爾醫院的荒謬際遇，重新找回原來的人生。她渴望得簡直要瘋了。

火車隆隆進站，艾羅在其他乘客幫忙下，很快地上了車，並在自己的座位坐定。少晌，列車啟動。就這樣，她離開了倫敦。

3

艾羅始終不能明白，在她經歷了重重險阻，風塵僕僕地自倫敦金達爾醫院逃回M鎮的家時，父母那驚奇、錯愕的表情與反應。

那日早晨，她終於通過了層層關卡，搭上由倫敦開往M鎮的火車。非假日的長途班車冷冷清清，乘客散坐各處，各自打盹或者翻閱早報。艾羅依照票據找到了對號車廂座次，癱瘓般地將自己安置於那不甚舒適的座椅之中。她的座位臨窗，隔壁沒有坐人，走道上時不時有零散而響亮的腳步聲經過，合情合理的公眾場景令她安心不少。

她把拐杖在座位內側倚放好，放下踏墊，左腳踩上，再用雙手搬起紮著石膏的右腳，疊在左腿之上，兩臂環胸，側頭枕靠著椅背，算是暫且找到了一個最適宜的姿勢。

在等候發車這段時間裡，分秒都顯得漫長。艾羅不停在心中自問著：「這車真的會開動嗎？我真的要離開倫敦了嗎？」她深恐有變，深恐一眨眼又回到那張如下了咒的病床上，腦中不由自主地盤算著千千萬萬應變對策。少頃，鳴笛聲起，列車總算啟動了；艾羅屏息看著窗外，看著車身緩緩駛離月臺，沿著軌道加速前進，明淨玻璃窗外景色飛馳而過，如以秒速撕過一張接一張的連續圖像，終至將倫敦原相撕毀殆盡，刷過的新景連帶地刷去這幾天來留存於記憶中的苦難。她聽著火車行駛的規律篤篤聲，感受著行進間的搖晃。也不過一刻鐘前，她尚與連日來的不幸遭際搏鬥著，而此刻的安穩讓倫敦的一切忽而變得遙遠虛幻起來，她有一種如釋重負的快感，大口呼吸著，以前她從不知曉，原來有意識吸吐竟是這麼大的享受。

隨著列車北上，與倫敦距離愈來愈遠，艾羅心情由初始的解脫之感逐漸轉成一股難以言喻的惆悵；她釐不清其中緣由，是對於這一走了之的猶豫，還是對未知前程的不安？也可能只是疲勞引起的心緒不佳而已——自受傷以來，她從未曾好好休息過，加之將進兩日沒有進食，也許是餓過了頭，她不再有先前那種空腹翻攪的強烈飢餓感，只覺渾身鬆軟無力；而在醫院因時時刻刻處於防備狀態，對身上傷處倒是沒有特別注意，此刻心情安靜了點，那些傷卻開始疼痛起來，彷彿要以加倍的苦楚討回她的忽視。

路程中她愈發昏沉恍惚。身體的痠痲痛楚清晰深刻，腦袋卻渾渾沌沌，意識模糊。睡睡醒醒幾回，疲累之感不減反增。她強忍著不適，最害怕的仍是回不了家，一切努力白費。

漫長的四個多小時過去了，廣播報出即將抵達M鎮的訊息。艾羅撐著拐杖艱難起身，一名也要下車的中年婦人好心地過來攙扶她，並問：「小姐，妳要上哪？需要順道載妳一程嗎？我先生的車就停在車站外等我。」艾羅遲疑一下，婉拒道：「不用了，我家人會來接我。」那婦人便離去。

下了車後，艾羅坐在車站大廳的公共塑膠椅上，打開皮夾，裡面早無現鈔可乘坐計程車。她思忖，要不要叫車搭到家門口，再請父母代為付帳？卻擔心著，萬一根本沒有那個門牌號碼，或者那門裡住著的並不是她的「家人」呢？

她抬起頭，望著前方的公共電話，皮夾中還有些零錢，她猶豫著打電話請父母到車站的可能性，又忍不住胡思亂想：要是打過去對方根本不認得她？要是接通了竟是金達爾醫院？

要是約妥了接送事宜，來人卻是麥緹或潔兒……艾羅恨透了這些揮之不去的弔詭雜念，短短三天，她竟給人洗腦，原本堅穩的記憶變得混亂不清。她在心裡大聲自我斥責道：「笨蛋！妳人已經離開金達爾醫院，怎麼反把心遺落在那？無論如何，所有荒謬事端早就在火車啟動那刻起正式輾碎，妳已回到M鎮。現在只消從這火車站出發回家，見到了父母，就能徹底證明這些擔憂疑慮有多無謂。和從倫敦逃回M鎮的浩大工程相比，現下所剩的這小段路程根本微不足道。」

想著，她精神不由地為之一振，立即起身，拄著拐杖興沖沖離開車站，往家的方向出發。

時近下午一點，夏日陽光閃耀耀，照予大地過度的明亮。在沒有遮蔭的路段上，艾羅只得於艷陽下曝曬行走，風衣之下早已汗流浹背，又不能脫了呈露出裡面的病人服。她心想：「為什麼總是這樣？不是無盡幽暗，就是過頭的光明……」

M鎮並不大，由火車站到艾羅的家也僅是十分鐘左右車程，但她帶著傷信步而行，就顯得路途漫漫而遙不可及。原初的迫切之情很快退散殆盡，取而代之的是疲倦、煩躁，一條又一條，愈走愈長且永無止境的道路。艾羅揮著汗，氣喘吁吁，沿途磕磕碰碰又弄出了幾多傷處。上下坡路段尤其艱難，她柱著杖摔了幾回，有時碰巧有人經過幫她一把，否則她便得自力救濟，徒手爬行拾回拐杖，再奮力站起繼續趕路。到後來她膝蓋、手掌皆擦得鮮血直流，傷口凝了又破、破了又凝，臉面四肢到處青青紫紫、泛紅泛黑。

艾羅愈走愈灰心，跌坐在路邊，淚流滿面，不住想著：「我大概要死在這路上，再也回不了家了。早知如此，不如留在金達爾醫院等死，還能少受點罪。」想起金達爾醫院，如一記當頭棒喝打醒她頹危消沉的意志，心道：「我要是放棄，斐恩怎麼辦？他給車撞上，可比我這些零碎小傷還痛千萬倍。我絕不能死，說什麼也要再見斐恩一面，親口向他道歉。」

悲憤帶來的鬥志，竟遠遠強過正向的吸引。艾羅用手背隨便抹乾了臉上的淚，爬起來，機械般地往前走，此後摔跌碰撞挫折種種都咬牙絕決壓抑而下。

原本理應不過四十分鐘的路程，在踉蹌地走走停停之下，耗費了近兩個鐘頭。她總算不負苦心地佇立在家門前了。

艾羅拖著虛脫的身體，和幾乎崩散的神志，蹎跛地穿過小庭院，靠著牆，以殘存的一點力氣舉手抓住門上鐵環，並使力扣響。此時此刻，她只覺形體與意志皆已分崩離析，再無餘力懷疑、多想，揣度或者算計。

會，門開了，她渙散視線裡還依稀分辨得出前來應門的一男一女正是她的雙親。他們見了她，這等破損、狼狽，當下反應不是即刻迎她入門，而是將她上下來回打量，臉上的驚異、疑惑，就像她是名意料之外的訪客般。好半天，門內那男人有些不確定地開口問道：「艾……艾羅？是妳嗎？」艾羅不能理解父親為何費了這半晌才認出她來，聽見這個失而復得的名字，心情不由一寬，氣若游絲地答道：「是我。」那女人霎時紅了眼，伸手欲碰觸她，並哽咽道：「天啊，我的女兒，妳終於回來了。八年了，妳究竟到哪裡去啦？」

艾羅再也苦撐不住，尚未聽清母親的話語，渾身一軟，鬆脫了拐杖，整個人委倒在地。

＊　＊　＊

抱傷由醫院脫逃的下場，便是加重傷勢重回醫院。

當艾羅再度有了意識，已是三天之後。她還未張開眼，迷濛中，鼻尖隱約嗅聞一股熟悉氣味，幾次吸吐，那味道愈發清楚強烈，剎那間，她記起來了——金達爾醫院。是的，這味道正是醫院裡一貫瀰漫的藥水氣味。

她驚醒，猛然睜開雙眼，發現自己正躺在一架移動輪床上，全身羸弱動彈不得。她心上猛地抽搐一陣，當下念頭是：「完了，我又回來了嗎？」她轉著眼珠，迅速將視線所及範圍瀏覽一遍：這病房似乎比記憶中小得多，陳設更加老舊、簡單，低低的天花板是敷實的泥牆，而非正方格鏤空夾板；垂在左側的床簾是淺橘色的，隔著這床幃她不知道另一端還設置幾張病床。她的位置仍然臨著窗，她看向右側，窗外日暮西山，晚霞滿天，正值黃昏時候，窗下有個女人正坐在一張椅子上，雙腿交疊，低著頭專注閱讀著手中的報紙。艾羅張開嘴，啞聲喊道：「媽……」

那女人聞聲抬頭，急急放下報紙來到床邊，充滿憐愛地看著艾羅道：「妳終於醒了，餓嗎？還是哪裡不舒服？媽這就去請醫生來。」

艾羅仍渾渾噩噩，卻忙於確認一件事，她問道：「這裡是哪裡？」這提問方式如此熟悉，她想著：「為什麼我老是為自己身在何處這種基本問題煩惱？」母親道：「這裡是醫院，妳已經昏迷三天三夜了，可把我們給急壞了。」艾羅無視其餘陳述，續問：「這是金達爾醫院嗎？」母親搖頭道：「不是，是M鎮的公立醫院。」

艾羅心上的大石頭總算落了下來。她因為卸下防備而顯得鬆脫亢奮，想來這次是真的擺脫金達爾的重重迷障，突圍而出了，還有什麼比這更值得慶賀的呢？她幾乎想起身手舞足蹈，才一動彈，劇烈疼痛便由四肢百骸蛇竄而來。她輕呼出聲，母親見狀，忙道：「快躺好，妳這是怎麼了？」艾羅道：「媽，我要出院。」她說得太急而有些上氣不接下氣。

母親鎖著眉，道：「妳高燒未退，且渾身是傷，得休養幾日。」艾羅這才注意到她通體躁熱，頭昏腦脹。但自惡夢中解脫的狂喜很快地被一股迫切的責任感取代，再顧不得傷病交迫，她拉著母親的手，懇求道：「媽，我一定得立刻出院，我還得趕回倫敦去救……」她一口氣提不上來，猛烈咳嗽著。母親憂心忡忡，令道：「艾羅，別胡鬧了，快好好休息！」艾羅抓著床緣欲起身，一面說道：「媽，妳和爸爸能不能陪我……去一趟倫敦，斐恩……斐恩還在倫敦……等我……」母親聽不懂她在說什麼，按住她的肩膀，微慍道：「瞧妳病成這樣，還想上哪玩？妳不好好調養，恐怕右腳要廢了，到時變成個跛子，我和妳爸爸陪妳柱著拐杖一拐一跳地上倫敦去？」

這席話成功讓艾羅冷靜下來，她記起了由倫敦到M鎮這段受盡磨難的旅程，那些慘烈的磕跌翻爬只消輕觸便教她驚心。她發誓，寧可死了也不要再經歷那種痛苦，像斐恩那樣，狠狠給車撞上也好過漫長的苦刑。

母親通知醫生艾羅清醒的消息。這回艾羅相當合作，該吃的藥、該作的檢查和治療、該回答的問題，她都一一配合執行，絲毫不馬虎敷衍。除了對於人事環境的信任讓她終於能放心休養，另一方面，則是迫切想著，一定要趕緊好轉，才能去救斐恩。

艾羅原來的傷勢雖無大礙，但因疏於調養，加之鎮日勞心傷神、精神緊繃，在倫敦時已是每下愈況。這趟「逃亡」無疑是雪上加霜，長途跋涉的後果不僅讓她元氣大損，更弄得渾身傷痕累累。此時她看上去就如剛由煉獄慘遭荼虐般，原本裹著石膏的右踝骨徹底斷裂了，醫院為她開了刀重新接合，打上鋼釘。手術時她還因其他傷口感染引起高燒昏迷著，毫無知覺，清醒之後那具在路程中髒污的石膏已被撤除，重新換上了一副潔白的新石膏，將錐心痛覺牢牢密封於她右踝骨血中。

麻醉劑及各種藥物引起的副作用導致她無法正常進食。接連幾天，不論她吃下什麼，兩小時內一定嘔將出來，即便只啖幾口麥粥，須臾噁脹之感滿過胸、喉，立即吐得滿床滿地。折騰完了，她便如虛脫般地躺平，連呼吸都覺困難費力。醫院只得持續為她注射營養針，暫且維護其身體機能。

艾羅雖然淒慘，日子在疲累昏迷與傷口帶來的痛楚間疊掩輪替，但這樣的折磨遠比在倫敦時的處境好得多。她再不必整天惶惶不安、疑神疑鬼，也不必獨自在陌生異域孤軍奮戰，分不清虛實真假。睡著時她仍經常作夢，但內容已不是那些驚魂怪異的無限迴圈，而是極可能在日常生活發生的親切情境。比方說一個悠閒的午後，她來到一家裝潢得古色古香的書店，揀個臨窗位置閱讀一下午的海涅；又比方坐在庭園帆布鞦韆上仰望滿天星斗，晚風輕徐拂面。這些宜人的夢境聊解了她長時間臥床的陰鬱，無形間撫慰了她不得自由行動之苦。

換言之，現在艾羅身上傷勢的確加重了，但心情卻是寬緩寧靜的。這裡是她熟悉的家鄉，她天天都能見到父母，所有記憶與現實世界正確吻合，更不再有些莫名其妙的人前來與她相認、喊她「尹芳小姐」，或者強塞予她陌生身分和人生歷史。而身體的不適早晚會好轉，她現在不用再擔心受怕、寢食難安，更能全心全意養傷。即使迷迷恍恍，艾羅仍不時想著：「這般辛苦終是值得。」並開始為先前的義無反顧感到欣慰不已。

＊　＊　＊

在醫院專業的治療、父母悉心照料，以及病患合作，三方面相得益彰之下，艾羅傷勢一天天有了起色。高燒退去，精神也慢慢修復，頭暈心悸症候日漸減少，作息時間穩定下來，不再總是昏昏沉沉、日夜不分。到了第四天，她已可以少量進食；第七天，醫院又為她做了一次詳細檢查，確認她恢復狀況良好，終於允許她於隔日出院。

算起來，連同前三日的高燒昏迷，艾羅總共在鎮立醫院足足待了十日。這十日來，由於她初醒時極為焦慮恐慌，缺乏安全感，她父母只得輪班至病房相伴，分秒都不讓她落單，這才讓她卸下不安，放心養傷。如今這場艱苦戰役總算有了報償，一家三口愉悅地收拾行囊，準備出院事宜。

艾羅的家是一幢雙層寓所，一樓是廚房、客廳，以及一個小偏廳，全家人起居室皆在二樓。現在艾羅雖獲准出院，她身上外傷其實尚未痊癒，尤其骨折的右腳仍紮著石膏，行動都得倚靠拐杖或輪椅。父母商量之後，決定暫時將她安置於一樓，以免日後出門、上醫院復診還得爬上爬下，徒增風險。

商議既定，他們即著手撤去小偏廳裡長沙發等大型傢俱，將女兒房間的床墊搬來，並鋪上乾淨、柔軟的被單、枕套。當艾羅離開醫院，隨著父母回家時，這裡已佈置成了一間溫馨舒適的臨時寢室。

「真的是恍如隔世。」

翌日，艾羅一直睡到日上三竿才醒來，她貪婪地賴床不起；上次這麼舒舒服服地睡在自家床上已經是多久以前的事了，她竟然推算不清。

她將雙臂枕在腦後，望著落地窗外草木蒼鬱、天空湛藍，一隻野兔由庭院草叢竄出，沒一會兒即越過圍籬，消失得毫無蹤影。她慢慢想起來「生活」是怎麼回事，空氣、色彩、食物的味道、衣服的觸感，這些，在短短的兩星期竟遭她徹底遺忘。無論是M鎮公立醫院，或者金達爾，人一旦必須為生命「量」的多寡煩惱，便無暇兼顧「質」的好壞問題，因為有了「量」，才來籌碼談「質」，一切有其先後順序。她如是想著。

想及金達爾醫院，不禁勾起艾羅疑惑而恐懼的記憶，至今她仍不知如何解釋那段離奇際遇。她既已證實了「艾羅」的存在，那麼「尹芳」這一虛假身分自然不攻而破。現在無論空間、時間，她都徹底與倫敦的種種劃開界線，偏偏她就是無法完完全全地把那段經歷從腦海中刪除抹滅。她再度細細回想，雖是餘悸猶存，但已不似先前驚心動魄。隨著環境與心境的轉換，那遭遇悄悄化成心中一股與惡夢等值的重量，雖然沉甸甸，到底不與真實生活連結。

「金達爾醫院真的存在嗎？」艾羅翻了個身，慵懶地趴在床上，繼續賴床，有些自嘲地想：「我怎麼老發這種疑竇？以前在倫敦，也拼命想著M鎮存不存在這種傻問題。」

她的視線調回室內，看見擱置牆角那對拐杖，那不正是護理長麥緹送到她病房，還親自教她操作使用的原物？後來它們成為她逃亡的工具，沿途撐著她走了不知多少里路。

一會，她瞥見矮几上的皮包。艾羅微側了身，伸長手臂把這另一個「證物」搆來，拉開拉鏈，將裡頭東西全數倒到床上。

她開始逐一檢視著眼前林林總總的雜物，心底有股隱隱罪惡感斥責著：「我怎麼可以隨便翻看『別人』的東西？」但好奇之心立即辯駁道：「是他們說我是這只皮包的主人。」

她首先拾起一張票據，那是十天前由倫敦開往M鎮的火車車票，除了再度證實這段旅程確實存在過，並無其他新意。她放下票根，隨手拿起一串鑰匙；鑰匙本身並不稀奇，倒是串連其上的鑰匙圈相當別緻可愛——那是一個以白色絲線交纏而成的蠶繭造型，其形狀、大小、重量皆仿得逼真。可能因為使用得久了，顏色已有些灰淡，但不難想像原來的潔白新品是如何幾可亂真。其上掛著四把鑰匙，兩兩以銀色鐵圈扣起，再統一串在這鑰匙圈上。

接著，艾羅順手摸到那只紅色皮夾，旋即又丟下——她知道裡面只有一堆「尹芳」的證件，以及幾些零錢，在倫敦為了湊錢買車票，她早把這皮夾來回翻遍。

以一只皮包「主人」身分翻看其中「他人」私物，如偵探般拼湊、想像著曖昧的真相和不屬於自己的人生，到底是理直氣壯抑或者厚顏無恥？艾羅沉吟了片晌，伸手抽過一張雙次對摺的粉紅色薄單。她打開單子，那是一張由商家開立，一式兩份的複寫聯，也是「客戶取貨聯」。她無法由店名判斷出店家性質來，單子上僅載明了訂貨、取貨日期、貨品編號、價格，右下角有「尹芳」簽名字樣。艾羅以手指點著商品價位，不禁咋舌想道：「好貴呀，尹芳小姐竟然這麼有錢！」

正驚歎間，敲門聲響，門外傳來她母親的聲音，道：「艾羅，妳起床了嗎？」艾羅將手中單據摺回、放下，應道：「媽媽，請進。」

母親推門而入，手裡端著托盤，盤上是一碟碟色香味美的熱食。母親將托盤擱置在床前矮桌上，問道：「昨晚睡得好嗎？」艾羅道：「再好不過了。」母親指了指食物，道：「給妳弄了些早餐……嗯，也快中午了，妳沒出聲，我以為妳一直睡著，不想吵醒妳。」艾羅笑道：「謝謝媽。啊，每樣東西看起來都好好吃喔，我要先吃什麼好呢？」她伸手在托盤上猶豫著。和醫院千篇一律、裝在塑膠盒裡半熱不冷、色調貧弱的伙食相比，眼前菜色真如人間極品。這是她出院後第一餐，只是觀其色嗅其味，已讓她那久遭冷落的味覺再度活絡起來。

艾羅揀了片烤得熱騰騰的大蒜麵包大口咬著，接著，拾起刀叉享用餐盤上的煎蛋和培根，就連餐具與瓷製器皿撞擊聲也如此清脆悅耳；她一口氣喝掉了半杯柳橙汁，一面讚不絕口。用餐過程母親只是鎖著眉，既憐愛、又心疼地看著她狼吞虎嚥，心道：「可憐的孩子，她到底受了多少苦？」

餐末，艾羅緩下速度，拿著湯匙一小口一小口挖著乳酪蛋糕，心下盤量：「等一下一定要找個適當時機，請爸媽儘快陪我去倫敦救斐恩。」

這件事對她而言刻不容緩，曾多次讓她不計安危企圖逃院，耽擱了這麼多時日，現在她終於出院了，更覺迫在眉睫；但幾番橫衝直撞未果，令她不敢造次。她告訴自己要謹慎行事，免得又弄巧成拙。

猶記得剛在鎮立醫院清醒時，她也曾經心急地提起，那時她病得很重，母親不悅地回絕了她的請求，經過多日調養，她雖得以出院，但畢竟尚未痊癒，連行動都還不能自理。艾羅悄悄對母親瞄了一眼，察顏觀色，躊躇著，該如何開口，才能向母親清楚說明原委，讓母親不再認定她在胡鬧，且答應陪她上倫敦。

心中權衡未定，母親倒先開口問道：「吃飽了嗎？」艾羅點頭道：「謝謝媽，好久沒吃這麼飽啦！」母親摸摸她的頭，道：「這幾天妳要是精神不錯，找個時間我們帶妳上相館拍照，要補繳給醫院製作病歷表用的。」艾羅道：「我房間抽屜裡還有一疊證件照呢。」母親笑道：「傻孩子，那麼多年前的照片怎還堪用？」艾羅道：「怎麼會，上個月才照的不是嗎？」母親停了一會，問道：「妳自己去照的嗎？」艾羅笑道：「媽真健忘，上個月妳和爸一起帶我去照的，在城中那家哈萊相館不是？」母親坐直了身子，神情流露出憂慮和不解，像是在慎重考慮接下來的話到底該不該出口，良久方道：「哈萊相館早在三年前歇業了。」

這回換了艾羅無言以對，母女倆隔著長長的沉默。

母親終於又開口，道：「艾羅，妳……是怎麼了？妳到底為什麼離開家，不告而別？」

艾羅望著母親憂傷的臉，愧責地低下頭，說：「對不起，我只是上倫敦看歌劇，那時候妳和爸爸去桑德蘭拜訪朋友，我不知道電話號碼。我原本也想過留字條，但想起你們說過週日晚上才回來，而我的倫敦之行也不過週六一天而已，誰知道……出了點意外。」

母親道：「出了什麼意外？讓妳狠心離家八年，也不打通電話或捎個信和我們聯絡？」

「八年？」艾羅驚叫出聲。十天前她剛由倫敦逃回家時，母親亦曾在家門口說過類似的話，那時她又傷又病，氣息奄奄，早已不記得有過什麼對白，住院期間雙親也未曾再提起。

母親道：「可不是，整整八年呢！」

艾羅張口結舌，內心不斷掙扎否認，小心地問道：「妳……妳說我離開家八年，這八年來，我音訊全無，不曾回家過？」母親長嘆了口氣，道：「是呀！」

艾羅機伶伶地打了個冷顫，想著：「不對呀，我明明兩星期前才和斐恩上倫敦看歌劇。就算後來發生車禍，在金達爾醫院耽擱了幾天，但怎麼樣都不可能是八年呀。」她急促呼吸著，偶然間，她瞥見牆上的月曆，月曆上印著「一九八一」字樣。

艾羅身子微向前傾，緊抓著母親的手，激動問道：「媽媽，快告訴我，今年是哪一年？」母親答道：「一九八一。」艾羅瞪大了眼，道：「不，今年是一九七三年，上個月，我才剛過完十六歲生日，妳和爸爸在家裡替我辦了個慶生會，邀請了好多朋友。」艾羅愈說愈急，彷彿害怕一個停頓便宣告敗陣，「那生日會上，我穿了件新買的鵝黃色洋裝，蛋糕是特別訂製的，是我最喜歡的提拉米蘇口味。我收到了好多禮物，其中一樣是……」

「艾羅！」母親終於出聲制止，憂心忡忡地看著她，道：「那是八年前的事了。」艾羅住了口，瑟縮一下，怯懾地說道：「不，這……絕對不可能！」

母親起身，離開了房間，不久折回，手裡抱了疊雜誌、報紙，將其一一攤展在艾羅面前，道：「看看這些，這都是近期的刊物。」

艾羅有些顫抖地欺身翻看，眼前鐵證如山，讓她無從辯解。她再次挑出床上的車票票根和取貨單，察看先前她所忽略的日期，結果竟如出一轍。

以前在金達爾醫院，發生這種與記憶抵觸之事，她可以全數想成那是個佈局、是陷阱，而今面對自己母親，她連疑神疑鬼的權利也失去了。艾羅挫敗地垮下肩，看著母親，這才發現母親白髮皺紋添增，要非經年累月勞心憂煩，歲月痕跡豈是一夕而成？她想起在金達爾醫院時，曾在鏡中發覺自己容貌改變，當時不明所以，加了這八年，好像一切便合情合理了。

面對這突來的轉折，艾羅一時不知如何是好，原以為脫離了金達爾醫院，一切荒誕隨之落幕。她忽覺心煩意亂，只想暫且拋下這些事。她虛弱地對母親說：「媽媽，我好累，我想休息一下。」母親點點頭，端起托盤朝房門走去。艾羅霎時又記起搭救斐恩一事，叫道：「媽媽。」母親回過頭，問：「怎麼了嗎？」

對於年歲混淆若此，她開始弄不清，斐恩的車禍是否也是八年前的事？艾羅遲疑片刻，久久搜找不出脈絡，只好按下心事，答道：「沒事。」

接著幾天，父母依然對她悉心照料，定期帶她上醫院做復健、檢查；家裡不再有人刻意追究這八年空缺以及她記憶的謬誤，像是一種無奈的默契，又似一場風雨前的寧靜。

這樣的沉默讓艾羅相當難受，有時母親笑吟吟送來餐食，見她沉悶，殷殷叮囑著：「放寬心休息，等身體康復了，精神自然爽朗。」退出房間之後，卻換上滿面愁容，對守在門外的父親嘆氣、搖頭。艾羅從半掩的門縫看見父母落寞失望的背影，低聲交談相偕離開，她坐在門內床墊上，內心百感交集，滿室食物香味她卻再無胃口。

「我到底是怎麼回事？」艾羅愕然自問著。失憶？妄想？大腦連結失常？她有種再度面臨當初金達爾醫院加諸她嫌疑的壓迫，而這回，可是真心關愛著她的父母。她哀傷地想著：「爸爸媽媽恐怕也認為我有精神方面的問題吧。」

夏去秋來，隨著時間過去，艾羅身體傷勢一天好似一天，但心中的結卻是愈拉愈緊。

這天，又到了上醫院做檢查的日子，艾羅父母照例相伴。結束後，三人一同走出醫院大門，艾羅仍坐在輪椅上，父親在背後推著，母親則走在一旁，說道：「孩子，恭喜妳，下星期就能拆石膏了，這些日子妳可辛苦了。」艾羅道：「爸和媽媽才真的辛苦呢！」

秋雨初晴的午後，天氣已有些許涼意，三人一同通過了醫院前庭，走上長長的露天過道，過道沿路搭著鏤格木架，架上覆滿了爬藤類植物，恰如一座蔥蘢隧道，雨洗之後格外清香翠綠，偶然幾滴水珠無聲地墜下。

即使看不見背後父母的表情，艾羅卻知道他們道喜的同時臉上並無笑意。長長的過道亦是長長的緘默。路盡，有一座小亭子，父母停下腳步，在亭子裡並肩坐下，並轉過輪椅，使艾羅與他們面對著面，問道：「在這歇會好嗎？」艾羅點頭。

輕風徐徐，亭中三人各懷心事。終於，母親首先開了口，打破這將近一個月來，大家心照不宣的話題，道：「艾羅，這段時間我們怕妳不能安心養傷，一直沒敢和妳提那件事——嗯，妳知道的，我指的，是妳無故離家八年這事。現在妳療程終於要結束了，艾羅，我的女兒，看在我們這樣為妳操心煩惱的份上，能不能告訴媽媽，妳究竟上哪去了？這八年來妳都做了什麼？」

看著母親盡了力婉轉以避免聽來像責備的問話，艾羅不知如何作答，她結巴道：「我……我去倫敦看歌劇……」父親道：「艾羅，妳不要怕，誠實告訴我們，妳到底發生什麼事，爸爸保證不責備妳。如果妳犯了什麼錯誤，那都過去了，或者還留著殘局，我們一起幫妳彌補；如果妳是受了……嗯，受了什麼傷害或威脅，我們只會更加心疼妳。所以孩子，勇敢一點，告訴我們真相，我們可是妳至親家人啊！」

父親這番剖心的表白怎不令艾羅動容，想來他們不知早已私下商量了多少回，只是這般用心良苦她卻無以報償。她愧疚地低下頭，道：「我……我真的去倫敦看歌劇，原以為能趕在當天回家，才沒給你們留字，可是和我同行的朋友發生車禍，耽擱了幾日，我再回家，竟已經過了八年。我也不知道為什麼這樣，我真的沒說謊。」艾羅說著，幾乎要無助地掉下淚來，她略去在金達爾醫院那段，她不知該怎麼在這一團混亂下再添一層複雜。

艾羅父母聽罷，更加憂心地交換了個眼神，商量道：「怎麼辦？要不要安排腦科之類的檢查？」

艾羅未及思考，大叫道：「不要！」她忽然全神貫注起來，也不知哪來的決心，毅然開口問出了這個月來成日積壓躊躇的記掛：「其實我是和斐恩一起去倫敦的。爸、媽，你們也認識斐恩，就是那個到我們學校作交換學生的奧地利男孩，他那時在倫敦出了車禍，我回來後一直想和你們說這件事，你們有他的消息嗎？」父母又是對看一眼，這回眼神裡除了憂慮，還有疑竇、不解等等複雜情緒。好半晌，才相繼搖了搖頭，答道：「我們從不認識一個叫斐恩的男孩呀！」

＊　＊　＊

腳傷痊癒之後，艾羅終於重新回到二樓，那個屬於她的臥房。

打開房門剎那，她有一種近鄉情怯的不安，但門內並無遷異。這房間的擺飾、氣味、地毯顏色，甚至櫥櫃裡衣物懸掛次序都與記憶完美疊合，分毫不差地維持著她離開時的樣貌。

「哪裡來的八年呢？」艾羅兀自想著。心底隱隱生起一股希望，也許所有齟齬只是誤會一場。

她走到窗邊，拉開雪紡紗簾幔，握著鎖把將窗戶向外推開了些，秋季殘存的日光不帶暖度地投射進來，窗外風景一目了然——她的房間面對著與之前暫居的偏廳截然不同的方向，她向下眺望，那柏油道路與路旁蔓生的雜草野花、藍底白字的街名指示牌、對門住戶的彩繪玻璃和拱形車庫……這些，皆如此熟悉，她甚至可以閉著眼默數出這街上每幢房宅樣貌，可以預見樓下那盞筆直路燈到了夜晚仍將亮起微弱光線，在靜寂柏油路上投映出一個等邊三角形。燈旁依舊拴著鄰人停放的越野車，車前自行安裝了灰色塑膠置物籃，「多麼不搭調的組合呀！」她記得每回臨窗俯望時總是這麼想著，現下亦是如此。

她雙手撐在窗臺上，空蕩平整的板架攪起她敏銳的直覺，彷彿提醒了她所忽略的毫末訊息。艾羅低頭調回視線，發現窗臺上那盆鳶尾花不見了——這房間，總算有一處與她的記憶產生了分歧。她拉了把椅子臨窗而坐，支著下巴怔望前方敷著厚實白油漆的窗臺，凝神之下竟無中生有，產生了錯覺，只見一只深褐色瓷盆在眼前慢慢堆疊成形，窄小盆口竄出繁盛的枝桿與長劍般的襯葉，並迅速開綻成燦爛盤錯的湛藍花朵。那花葉，不受拘束地向四周挺拔，溢出盆緣漫過盆身，垂憩在窗臺之上，成為她房裡最醒眼而重要的擺設。

那是斐恩送給她的生日禮物。

艾羅記得，十六歲的生日會上，斐恩穿著一身筆挺西服，一進門便伸長了手臂，雙手捧著一只盆栽，獻予她，並大聲說道：「生日快樂！」艾羅愣了愣，有些驚訝，一會即笑開來，翹首打量道：「唉呀，你怎穿成這樣？也太嚴肅。」斐恩問道：「好看嗎？」艾羅轉轉眼珠子，心下其實早為他這般俊逸驚歎不已，卻故意哼了聲，笑鬧道：「跟老頭似的！」為了掩飾心虛，急急湊上前，問道：「這是送我的禮物嗎？快讓我瞧瞧！」

斐恩把盆栽交給她，靠過來，兩張純真快樂的笑臉一同湊在那初冒的花蕊前。斐恩道：「這是鳶尾花，妳把它養在窗臺前，不久就會開得繁茂鮮艷。」

正說著，艾羅的父母笑著迎來，艾羅立刻拉著斐恩，介紹道：「爸，媽，這是斐恩，上個月剛到我們學校的奧地利交換學生。」她父母笑道：「歡迎。」雙方寒暄幾句，艾羅繼續帶著斐恩四處逛，介紹給親戚朋友、品嚐會場上各式精緻點心。

慶生會後，艾羅將那盆栽養在房間窗臺上，日月細心照料，種苗慢慢綻出花葉，藍中帶紫，鮮麗動人。艾羅看著那花葉，便想起斐恩的笑靨與風采，兩人共度的歡樂時光。

往事歷歷，艾羅感傷地伸出手，想觸摸窗臺上的盆栽，忽覺背後房門開啟，她回頭，似有一道人影閃過門前，於是起身走出房門，左右看顧，發現一名男子正直挺挺站在過道盡處的樓梯口。光線昏昧，艾羅看不清對方的臉，卻感覺到他神情裡有著凝重的哀傷。她探問：「斐恩，是你嗎？」

男子不答。他身形比艾羅印象中的斐恩高了些，身上散發著沉穩靜斂的氣息。他欲言又止，似要提步上前，聽了她的問話，旋即收住腳步，轉身頭也不回地走下樓。

艾羅趕上去，尾隨其後。不知怎地，她對這孤寂的背影有種莫名的熟悉與不捨，未曾思考便邁步跟上。

走出家門，庭院前停著一輛優雅氣派的黑色轎車，她打開後座車門坐定，車子即緩緩啟動。艾羅注視前方，駕車的是方才那名男子，在他左側副駕駛座上還有個留著波浪形捲髮的女人，兩人在前座愉快交談著，紅燈時便停下來，默契地同時伸出一隻手，相互交握於座椅中間，絲毫不理會後座的她。

車子駛過巷弄、大街、高架橋，一會下起細雨，雨刷在玻璃上規則擺動，細微地磨擦出嗡嗡聲響，流盪在安靜的車裡，前方風景在模糊、清楚的半圓形間反覆輪替。

不久，車子在巷底一幢白牆黑柱的傳統英式建築物前停下。艾羅下車走進，發現這裡正是她夢中經常出現的那家書店，她墊腳在書架上抽了本書，揀個臨窗位置閱讀……

她一個重重點頭，前額敲在書上，再抬起頭，哪裡還有什麼書店，方才不過是一場閒夢。艾羅揉了揉敲到窗臺上的額頭，板架上仍是空蕩蕩，沒有盆栽，沒有任何花草痕跡。她回頭，房門好端端關著，根本不曾有人進出過。

吃晚餐時，艾羅心不在焉地用叉子撥弄著盤裡的義大利麵，久久也沒動一口。母親見狀，問道：「怎麼啦？沒胃口嗎？還是哪裡不舒服？」艾羅仍然若有所思，好半天才回神，問道：「你們知道我房間裡的鳶尾花哪去了嗎？」父母有些不明其意，艾羅補充道：「我離開的時候，窗臺上有只盆栽，種著鳶尾花。」母親想了一下，道：「好像有點兒印象……」艾羅忙問：「那花呢？」母親道：「這麼多年，那花自然是死了。」艾羅當下有股想哭的衝動，忍著淚，問道：「爸，媽，你們真的不記得斐恩了嗎？」話一出口，她的父母仍是匆匆對看一眼，答道：「不記得了。」而艾羅耽於感傷，未察覺父母無奈的嘆息。

＊　＊　＊

艾羅開始認真思考：斐恩存在嗎？還是真的只是她幻想出來的人物？

她日日在房裡翻箱倒櫃，卻搜羅不到關於斐恩的線索。她的父母不曾見過他，有時親戚上門拜訪，不管來者是否曾參加她十六歲生日會，她逢人便問，總是乘興而往，敗興而返。

她想起在金達爾醫院時，大家一致認為斐恩是她遭逢意外，導致的記憶混淆錯亂。那時她只道斐恩剛出了車禍，忙於知曉他的安危，院方卻無從告知，至此她開始懷疑所有人心懷不軌，日夜草木皆兵。

事過境遷，艾羅仔細琢磨回溯：平心而論，金達爾醫院並沒有絲毫虧待她之處，如果斐恩發生車禍已是八年前的事，那麼他自然已經不在醫院，而她卻以此為引爆點，捕風捉影，合著重重惡夢干擾，將金達爾醫院逐漸塑造成一個充滿陰謀陷阱之境。

「不，就算斐恩一事他們沒有說謊，其他地方還是有許多蹊蹺。」艾羅在心中快速回絕前一刻替金達爾醫院平反的可能。比方說，那名半夜出現的詭異護士、人人熱絡地喊她「尹芳小姐」、假造她的身分，甚至連證件都備齊了——這一切，都足以證明懷疑這家醫院不尋常並非空穴來風。

尹芳。對了，尹芳又是誰？自出事以來，所有人事時地都教她逐一質疑審思，好與壞，真實或虛假，連M鎮、連她的父母、連斐恩都曾一度使她迷惘，怎麼就沒想過這「尹芳」是誰？她到底存不存在？尹芳本尊知不知道身分遭盜用之事？現在她回復了艾羅之名，那些試圖將她變成尹芳的人該會如何應對？尋找下一個替身嗎？還是就此放棄？如果她真的拿尹芳的證件開車、借書、採買，後果又將如何？

艾羅不停想著。在倫敦時，大家堅稱她是尹芳，要是她當時就那樣認假作真，背叛自己的記憶，不從金達爾醫院脫逃，此刻她豈能安穩地住在家裡，與父母團聚？換言之，當時大家都說她是尹芳，但事實上她卻是艾羅；現在大家又一致否認斐恩的存在，這並不代表斐恩真的不存在。可是，她該去哪裡尋找佐證？回憶一旦沒了人對照呼應，便成了一段難以考證的歷史，任擁有者揮霍，即使增刪修改也無人抗議理會。

艾羅困惑極了，時間過去，原初迫切尋找外援逐漸轉為內斂的苦思，後來她幾乎不再和人提起斐恩的名字。她從商店買來一幅梵谷的《鳶尾花》畫作掛將起來，廉價的大量複製品色調有些尷尬，彷彿隱隱透著一種精神式勝利的悲哀。

現在她已經二十四歲，對於這八年的空缺她仍無能為力，同輩的朋友都已完成學業、成家立業或者離鄉工作、深造，各得其所，只有她仍是一片茫然，人生停阻而無法順利邁入下個階段。幸而她父母憐她遭厄，叮囑她寬緩心情，並不催促任何決定。

歲月忽忽，轉瞬幾月過去，正值二月苦寒時節。艾羅自返家之後，先是不良於行，後來腳傷好了，心中卻積鬱未解，加之人際關係疏離，因此一直過著深居簡出的生活。入冬之後，天寒地凍，她更是消沉慵懶，整個冬天幾乎未踏出家門半步。

這日連日大雪終於停了，她興致忽來，便更衣出門，想往城鎮中心走走。

M鎮規模不大，民居散置，住宅區大半寧僻靜謐，偶有幾間供應民生用品的商家。城鎮中心才有集中商城、有美術館、教堂、電影院、餐廳等育樂場所，逢年過節也會辦些嘉年華會、街頭表演等節目，供當地居民遊賞。

艾羅沿著騎樓，逛過一家家商店，買來幾本書籍和一條湖水綠針織圍巾。她站在街角，注視著對面的糖果屋，心想：「那裡原本是家唱片行，我和斐恩一起去過的。」上天好像刻意消滅所有有關斐恩的痕跡。艾羅輕嘆口氣，穿過街道，進入那商鋪，購買了許多糖果。

接著，她獨自看了場電影。四點剛過，天色已經相當幽暗了，一整個下午馬上就要過完。艾羅款步走向公車站牌，沿途有些店家陸續關起了門，只留櫃檯一盞燈清點一日盈虧。

離站牌不遠處，一棵榆樹旁，一名男子正推門而出，並拿出鑰匙轉身鎖上店門。他頭戴一頂淺灰色毛線帽，身著羽絨大衣；即使如此，那側影、動作都教艾羅好生熟悉。她猶豫少頃，走過去，在他背後輕聲喚道：「斐恩？」

那男子回過頭，迅速將她上下打量一回，不確定地開口問道：「艾羅？」

4

這名男子並非斐恩，卻是斐恩與艾羅的舊識，是那家已改為糖果舖的前唱片行職員，也是贈予兩人《阿依達》歌劇票，促成那趟倫敦之行的關鍵人物。名喚亞勒。

亞勒與斐恩有著相似的背影。八年前，正是艾羅誤認了這相似背影，牽起三人的友誼，以及爾後重重連鎖事件。

當年，斐恩由奧地利來到英國，展開了他為期兩個月的暑假交換學生生活。在迎新舞會上，他結識了艾羅，兩人一見如故，很快地成為無話不談的好朋友。

不曾出國的艾羅對於這來自歐洲內陸的男孩好奇不已，他爽朗、熱情，臉上總是掛著笑容，好似隨時充滿活力。當他談起熱愛的歌劇時，那雙本來就清澈的眼睛瞬間更加明亮了。

斐恩口才好、思路清晰，總能把一齣齣情節繁雜的歌劇明白完整地表達，時而伴著生動臺詞，時而哼上幾句優美旋律，一人分飾多角，唱作俱佳，把艾羅整個人拉進他所營造的故事氛圍裡，共同徜徉輝煌華麗的歌劇世界。

在此之前，艾羅對歌劇定義都還一知半解，從沒想過深入探究這門遙不可及的藝術，而斐恩卻為她闢了蹊徑，破除歌劇艱深高傲的偏見。至此她像個貪得無厭的小孩，開始不時纏著斐恩講更多、更精彩的歌劇故事。而斐恩也極具耐性，且毫不馬虎。為了幫助艾羅進階體驗真正的歌劇，兩人在一個星期五結束學校活動之後，相約到城鎮中心的唱片行，想找些歷年原聲帶。

進了唱片行，兩人直攻歌劇區，興奮地看著貨架上琳琅滿目的卡帶，隨心抽出看似優質的商品詳細閱讀包裝介紹。

斐恩腳步順著目光移動，轉至木櫃另一端，艾羅正檢閱完手中那張莫札特的《魔笛》，抬頭不見斐恩，四下尋找，不一會，她看見正站在椅梯上駁貨的亞勒，當下也沒細辨，快步走近，仰著頭道：「斐恩，你看這張怎麼樣？」她一心想著歌劇，也忘了留意斐恩當日衣著。

亞勒聞聲俯首，瞥了一眼艾羅手中的卡帶，道：「那版本不好，我找另一張給妳。」他說完便下了階梯。艾羅眼見認錯了人，好生尷尬，正想開口道歉，對方卻好似完全沒注意到這個錯誤般，揚了下手，道：「跟我來！」

艾羅一時間無從多想，伸了伸舌頭，跟在這個有些奇異的店員背後。

亞勒領著艾羅來到櫃檯旁的一只玻璃櫃前，打開櫥窗，熟稔而準確地從一堆雜亂中貨品抽出一張黑膠唱片，道：「喏，要聽歌劇就得聽對版本，不然就乾脆別聽了。」

他的話霸道、專制，聲音沒什麼抑揚頓挫，臉上不帶任何表情。對艾羅這個門外漢而言，真如退縮劑。她不禁想著：「要是我頭一回便遇見這人，絕對從此對歌劇敬而遠之。」有些難為情地說：「可是……我家沒這種播放機。」

亞勒聽了，臉上似略過一點兒輕率，好像在說：「那妳學人家聽什麼歌劇。」他一語不發，嗯了聲，回身揭開一架覆著紅色絨布的播放機，將唱片放置於唱盤上，調整指針，以那雙銳利如鷹的眼睛瞥了艾羅一眼，說道：「妳是初學者吧，唉！誰讓妳拿《魔笛》當敲門磚的？這齣是雅俗共賞沒錯，也很多人用來當入門曲。但愈是大眾化的東西，愈難辨證，初學者很容易一不小心掉進俗趣，更難欣賞到其中精彩部分。加上版本多、雜音多、干擾多，目眩神迷之下要怎麼領會藝術？除非妳只是想殺殺時間、附庸風雅，那我也無話可說。」

艾羅聽得一愣一愣，完全沒能答腔。這人說話總如此直接犀利，倒是臉色比先前柔和了些，艾羅不知道這是否只是她的錯覺。而推薦她從《魔笛》開始的，正是斐恩，她多想回嘴，替斐恩辯護，奈何對這門學問的知識付諸闕如。

亞勒眼睛約略向四周掃了一回，道：「現在店裡沒什麼人，我放給妳聽吧！」

說罷便自顧啟動了機器。自始至終他掌握了絕對主導權，全沒問一句她同意與否，毫無身為一名店員對顧客應有的禮儀。他談話和做決定的速度一樣快，令她有些難以跟上。艾羅無法抽身，呆呆站著，心想：「這人不是自恃過了頭，就是在使反向操作的行銷技倆。」

樂音緩緩由複古式大喇叭裡傾洩而出，華麗流暢的降E調奏鳴曲，瞬間縈迴於小小商行之中。

這時卻聽一個聲音道：「這序曲應該表現得更明快些，畢竟《魔笛》一開始的情境設定是以美好基調領起的。」斐恩不知何時，已悄悄來到兩人背後，並適時出聲發表了意見。

艾羅和亞勒同時回過頭，艾羅未及開口，亞勒已先搶道：「很好，總算有人聽出這點端倪了。」他冷淡的眼裡似迸出喜悅的光芒，續道：「我說這版本臻於完美，唯一美中不足的便是這領頭的奏鳴曲。幸好瑕不掩瑜，之後漸入佳境，聽了有如倒食甘蔗。畢竟《魔笛》有太多經典片段，尤其是夜后……」

他談興正濃，忽聽得有人叫道：「結帳！」亞勒收住話，對斐恩和艾羅道：「等我一下。」並快步走向櫃檯。

當他再度回來時，手中捧著一只中型紙箱，問道：「剛才說到哪裡？」斐恩道：「夜后。」指著播放機上的黑膠唱片道：「既然你大力推薦，我們就買這張吧。」

亞勒見他爽俐，也不露愉悅之色，反而止住了唱盤，道：「對不起，那是絕版私家珍藏，不出售。」艾羅心道：「不賣還這樣強力推銷，這人真的好怪。」亞勒道：「反正妳家也沒機器，買了當飛盤甩？」說著將手中的紙箱往地上一擱，連人也盤腿坐到地毯上，道：「來，這裡全是我收集的《魔笛》各種版本，你們要看看嗎？」

這句話雖然是提問語，他卻不待兩人回答已動手將箱中之物一一拿出，攤展於地，活像小孩炫耀一樣。其中有幾張黑膠唱片、大量卡帶，種目繁多，教人驚歎。同樣愛好歌劇的斐恩已經等不及，一股腦也往地上坐去，拾起一卷卡帶激動道：「我的天，這是一九五五蘇黎世歌劇院版本……」艾羅沒辦法，只好跟著坐下。

接著亞勒開始將那一地的卡帶逐一放到右手邊的箱型音響播放，並不時與斐恩兩人或同或異地激烈討論著彼此的看法和解析。艾羅努力聽著這專業而陌生的話題，有時兩人爭執不下，或者她稍稍恍神分心，亞勒便冷不防朝她問一句：「喂！初學者，這夜后唱得如何？」艾羅心虛應道：「呃……很好聽。」亞勒慍道：「不許給這麼敷衍的答覆。」艾羅為難地說：「我……我什麼也不懂。」亞勒指指頭，道：「這裡不懂，」又指指心，道：「這裡總會懂吧？嗯，人家說初生之犢不畏虎，不懂也有不懂的樂趣。妳初始就這般畏畏縮縮，等以後學了皮毛又開始縛手縛腳，一輩子休想領會歌劇精髓。」斐恩笑道：「這個人面惡心善，妳別怕他，有什麼想法盡管說出來。他要敢吃了妳，我便吃了他！」亞勒聽了，不笑也不反駁。

艾羅有了斐恩的鼓勵，提起勇氣，說道：「我覺得，她唱得很好，尤其是飆高音的時候，有一種懾人心魂的震撼，好像我整個腦袋都要給那歌聲穿透了，卻相當過癮。」

話甫落，亞勒即拍腿叫道：「正是！正是！高音花腔要的正是這種張力，尤其夜后這種愛恨兩極的角色，只有華麗絕決的唱法才能將她內心複雜迷離情緒表現得淋漓盡致。你喜歡的R版夜后就少了點狂暴的穿透力，所以我說她終隔一層。」這個冷漠店員現在已徹底變了個鬥志高昂的雄辯家了。

斐恩道：「我贊成你說的『淋漓盡致』的論點，但她有好幾個地方咬字不甚精確，這會使耳尖的觀眾頓時停下來，想：『咦，這裡應該這麼唱。』當然，這麼一來也就分神出戲，難以盡興；而R版夜后相較之下沒這缺失，她的表現方式很有層次感，反而能在不知不覺中將聽眾引入情緒渦流中。」艾羅插嘴猜道：「會不會因為德文是你的母語，你才特別留心咬字清不清楚的問題？」亞勒道：「我不認為她唱不精確，更不認同這是個缺失，這是一種情感徹底投入所爆發出的……」

這時又有人喊道：「結帳！」亞勒只好起身應對。完了，立刻折回指著艾羅道：「妳來評理。」

艾羅有了前時參與經驗，逐漸放開了膽，也沒管亞勒要她這外行評論兩個老手的謬舉，思量片晌，說道：「你們一個像善於理論的學者，一個像忠於感情的藝術家。」

亞勒聽了艾羅的註解，突然撫掌大笑，對斐恩道：「怎麼樣，你以後真要成為歌劇理論的專家嗎？」斐恩搖頭道：「我倒是真的立志作個專家，不過不是研究歌劇，而是研究花草，我想我以後是要當個植物學專家的。」又道：「其實這兩者也算關係密切。」亞勒一頭霧水，問道：「怎個密切法？」

斐恩道：「植物內部含有葉綠體。」亞勒道：「然後呢？」斐恩不慍不火道：「這葉綠體嘛……可以幫助植物行光合作用，把葉子由外部得來的二氧化碳和水轉成葡萄糖，再釋放出氧氣。」亞勒瞅著眼道：「這和歌劇什麼關係？」斐恩道：「歌劇呢……歌劇歌手唱歌總會用到很大的肺活量，這用力吸吐之下，呼出大量二氧化碳，要是沒有植物葉綠體維持碳氧循環，歌手們便沒足夠氧氣可用。你看，呼出大量二氧化碳，又沒足夠氧氣供給，他們就沒法唱好歌劇。所以我說這二者關係緊密，可一點不假吧。」

亞勒瞪大了眼睛，驚道：「哇，真能鬼扯淡呀你！」說著舉右臂朝斐恩肩上重重打了一拳，斐恩假意慘叫一聲，倒地昏死，而艾羅早在一旁笑彎了身。

一整個下午，三人就地而坐，在說說笑笑、與《魔笛》各種版本好壞辯議下，不知不覺地過去了，除了亞勒不時得起身為顧客找貨、買單，談語笑聲從未止歇。

夜幕低垂，亞勒關了門打烊，艾羅和斐恩也準備離店回家，三人依依不捨，皆嘆相見恨晚。

斐恩道：「今天這一場談辯真教人過癮，有時相佐的意見，反而能激盪出新的視野來。」餘下二人皆點頭稱是。

亞勒由櫃檯後的抽屜取了兩張票券，道：「我叔叔是這家店的老闆，這是人家送的公關票，威爾第名劇《阿依達》，你們明天要是有空，不妨上倫敦看場免費歌劇。」

原來亞勒正是唱片行老闆的姪子。他今年年屆十八，剛由高中畢業，沉迷音樂無心升學。他叔叔見他成天東飄西盪不務正業，便找他來自家店裡幫忙，如此一來他不但有了正職，能存點小錢，更有機會接觸各式音樂，取得最新、最直接的情報。這也是亞勒答應就職的主要原因。

斐恩看著亞勒手裡的票券，正猶豫著，艾羅已先伸手接過，笑道：「太好了，我長這麼大還沒進過劇院看歌劇呢！」斐恩道：「可是這歌劇在倫敦上演……」亞勒道：「這公關票位置特別好，單張就抵百鎊，不值你這趟車程嗎？我要不是明天得看店，老早衝過去了。況且你千里迢迢從奧地利來到英國，不去倫敦晃晃像話嗎？到時人家問起，都到了英國哪裡？你說M鎮，壓根兒沒人聽過。問你看過大笨鐘、國會議館沒有？你說，有啊，在照片看過。問你見了什麼有意思的人沒有，你說一個唱片行雜工和一個歌劇初學者。拜託，這樣像到過英國，還待了兩個月嗎？」

艾羅幫腔道：「就是，就是。從M鎮到倫敦才四個多小時車程，我們明天一早出發，晚上回來，也花不到一天功夫，你就陪我這個門外漢去開開眼界嘛！」亞勒續道：「你行行好，算是幫我個忙，帶初學者去見識見識，過了明天這兩張票就變成廢紙啦。」

斐恩看著艾羅十指交握，雙眼充滿期待地望著他，一邊是亞勒盛情難卻，自己也蠢蠢欲動起來，即順勢應允了。

亞勒送兩人來到門口，辭別道：「回來以後，記得來小店找我分享經驗。」斐恩與艾羅同聲應道：「這是當然。」

兩人偕步離去，亞勒又在背後叫道：「喂喂喂！」斐恩、艾羅雙雙回頭，亞勒道：「還不知道你們的名字呢！」

斐恩和艾羅經這提醒，方驚覺三人相處了一下午，早成知交好友，卻尚未自我介紹，於是提步回走，在店門口與亞勒簡單交換了名姓。

亞勒伸出右掌，道：「斐恩，艾羅，很高興認識你們。」他這下又正經八百起來，斐恩出手握上，笑道：「這般禮貌客套早該在初見做足，我們竟擺到最後，當道別辭，還真新奇。」亞勒道：「聊起夢想，誰還有閒理會應對酬酢。」

這句話說進斐恩心裡，他有些感傷，道：「可惜我下星期就要離開英國了。」艾羅道：「那有什麼，交通這麼方便，一會我和亞勒定飛去奧地利找你。」亞勒附議道：「到時你可得作我們免費地陪，帶我們遊遍這音樂之都。去得費加洛屋、國家歌劇院。」斐恩笑道：「你漏了莫札特故居。」亞勒道：「對、對，說得我開始流口水啦。」斐恩道：「敢情你是滾一鍋油，把那建築物裹粉炸了嗎？」亞勒道：「我放烤箱焗烤，健康美味。」

斐恩笑道：「好，只要你們能來，煎煮炒炸聽憑處置。」說著伸出右手背，艾羅以左掌率先疊上，道：「一言為定。」亞勒也道：「一言為定。」說著，六隻手掌已然參差疊握，像是在為這份友誼作堅定的宣示一般。

那晚，艾羅徹夜輾轉難眠，耳畔不斷縈繞著《魔笛》夜后那高亢猛烈的歌聲：

「hahahaha……hahahaha……」

隔日一早，她即和斐恩一同啟程，往倫敦去了。

＊　＊　＊

重逢艾羅之後，亞勒再度打開店門，兩人相繼走進。電源一開，滿室通明，店裡暖氣未散，室溫宜人，門裡門外彷若兩個世界，寒暖明暗僅在一步之間。

亞勒重啟暖氣，領著艾羅到櫃檯後的一張辦公桌前坐下，自己則先到隱於店後的廚房為她沖了杯熱可可。

艾羅一面以雙手搓著馬克杯，驅散餘寒，一面以眼光四處瀏覽。這裡仍是一家唱片行，方才在門外她便注意到門外招牌上仍沿用著幾年前那個店名，倒是室內格局改變不少，不只空間變大了，乍看森嚴低調的裝潢、擺飾隱隱潛伏著激狂的色調與強烈設計感；置放歌劇卡帶區域不再隱匿角落，而是在入門後最顯眼之處。空著的牆面貼上全國各地劇院節目訊息，時下流行音樂倒不見彰顯。現在這家店更是符合亞勒的風格了。她心想著。

亞勒在艾羅對面位置入座，她即問道：「這唱片行幾時搬家了？」亞勒道：「兩年前的事了。」又道：「我叔叔退休雲遊四海去了，把這家店便宜頂讓給我。兩年前，原址租約到期，房東要調漲租金，我索性退租，貸款遷到這裡。現在這家店生死存亡大責可全得由我一肩挑起呢。」

艾羅道：「恭喜你呀，小老闆！」亞勒聳聳肩，道：「坐二望三，不小啦。再沒幾年都要長出白髮了。」他略長艾羅和斐恩兩歲，過幾個月將屆二十七歲了。

艾羅這才意識到此番重聚已是八年之後。雖然她早已無奈地接受自己生命空缺八年這事實，有時卻仍不免混淆。這回遇了故知，她一時心喜，又忘了此事；畢竟在她記憶裡，上回與亞勒見面才只是半年前的事呢。

艾羅定定神，重新看量這個闊別八年的舊友；他的確改變不少，蓄了鬍子，把原有的銳氣驕傲深藏在臉後，只有那對鋒利的鷹眼露了點破綻。他似比先前沉穩許多，高了些，肩膀也寬闊了點，說話速度仍然很快，但不再顯得匆促。亞勒的改變和成長，讓艾羅好生惆悵，當年同聲歡聚，他現在已是獨挑大樑的唱片行主人，她卻仍停留在十六歲，身體不停地在老去，心理卻原地徘徊。

亞勒有些猶豫地問道：「你們後來……去倫敦了沒有？」艾羅抿了抿唇，淡淡地說：「嗯，去了。」亞勒又問：「看了歌劇沒有？」艾羅道：「看了。」亞勒道：「精彩嗎？」艾羅道：「精彩。」

亞勒開始有些不耐煩了。他原想，要是他們真看了歌劇，艾羅總該主動解釋一下為什麼回來之後沒有依約來訪，現下卻是這種一問一答的談話模式，教他好生惱火。亞勒在意的並非那兩張高額門票，而是朋友之間的信約。他既然認斐、艾二人為友，也就不打算把他們說的話列入不具意義的應酬語之中。對於艾羅這般被動簡答，不禁嘲弄道：「沒想到妳還在英國，我當你們看完歌劇，就直接從倫敦私奔到奧地利了，才沒能來找我。」

艾羅有些難過地低下了頭。對於亞勒的譏諷，一時也無從澄清或反駁。亞勒自悔失言，擺擺手道：「唉，我收回剛才的話。」艾羅仍沉默不語，亞勒道：「算了，妳還和斐恩聯絡嗎？他好不好？現在人在奧地利嗎？妳呢？妳這些年好不好？現在在做什麼？」

「其實……」艾羅抬起頭，欲言又止。面對老友關切的眼神，以及突來的連續問句，一時千頭萬緒，不知從何說起。自從回到M鎮後，斐恩的事便一直積在她心裡，日月點滴，成了她心上最沉重的負荷。她常想著，要是有個人能分擔該多好，現在終於遇了個人選，卻猶疑不定，深怕連亞勒聽後也要質疑她、否定她，屆時她該如何是好？

艾羅掙扎片晌，渴求了解、支援的想望終於沖破了畏懼的堤防。她開了口，緩緩說道：「其實，我和斐恩沒再來找你，並不是故意失信。那年，我們去了倫敦……」

＊＊＊

整整兩個鐘頭，艾羅終於把事情始末對亞勒和盤托出，從八年前斐恩的車禍，一直說到半年前回M鎮後，赫然發覺自己記憶脫軌跳接。最後，連不曾向任何人提起的金達爾醫院離奇經歷，也鉅細靡遺地說了一遍。陳述過程中亞勒幾乎一動不動，全神貫注地聆聽著，除了某些含糊之處開口詢問，盡量不插話打斷她的敘述。由於整件事錯綜複雜，加上八年的記憶缺漏，好幾次艾羅必須停下來，思索正確時序場景，或者有時說得七零八落，有時某些片斷則重覆表達，亞勒也都耐性等候、傾聽，毫不倉促催趕或提醒。

一待艾羅說畢，亞勒才舒解了自己的情緒。他激動地驚呼道：「天啊，你們兩個也太悽慘！我寧可你們是言而無信……總之不管怎樣都好，不管怎樣都不比你們平安來得重要！」他整個身子向前傾靠，緊緊壓在桌子稜邊上。

艾羅壓抑著內心澎拜，直視亞勒，問道：「你願意相信我的話？」亞勒反問道：「我憑什麼不相信？」艾羅問道：「你不懷疑我瘋了？不懷疑我存心編故事戲耍你？」亞勒道：「要真是那樣，我也認了。」

亞勒的直率無防，讓艾羅徹底卸了忌憚。出事之後，從沒有人像他這樣，毫無條件地接過她的說詞，全不討價還價。所有人，包含她的父母，一致認為她精神出了問題，即使不懷疑她說謊，也僅一味用同情、包容的心態對待她，不曾與她言述的種種較真；久了，她遂漸武裝起來，不再輕易相信有誰真能分擔她心中苦楚，並做好了永遠獨自承受這祕密的打算。

而亞勒全程聽完她冗長的敘述，還做了如此斬釘截鐵的回應，使艾羅絕望的心霎時有如起死回生。她再難掩飾心裡的痛苦，無助地求援道：「說實話，全部的人都認為我身體受傷導致神志不清，認為我胡思亂想，但我很清楚根本不是那樣。我提不出證據反抗他們，最後連我自己都快給洗腦、說服。你知道嗎？其實我已經開始懷疑斐恩的真實性，要不是今天遇了你……唉！我真的不知道時間怎變得這樣亂七八糟，一會給人安了個陌生身分，一會又莫名其妙過了八年……」

她整個人半趴在桌上，到後來連說話聲都有氣無力地顫抖著，手心冷汗涔涔，像個長期遭受凌虐的倖存者，只是這種折磨是來自心理上。

亞勒雙臂環胸，靠著椅背，神情相當嚴肅而冷靜，像是在審度揣磨著整件事的來龍去脈，並試圖破解重重謎團。

「其實事情並不如妳想的那樣複雜。」好一會，他似有了解答，伸手抓過紙筆，在紙上劃了條直線，並在線上標上兩個點，把那直線分成三等分。

「假設這條直線代表妳的人生，」亞勒以筆尖指著線上第一個點，說道：「這裡是八年前，妳和斐恩在倫敦出事之前的分界點，在此之前，妳是艾羅，住在M鎮。」他停下來，確認她跟上進度，艾羅強打起精神，專注聽著他分析、解說著自己的人生。

見她點頭，亞勒將筆尖移到第二個點上，道：「這裡是半年前，妳由金達爾醫院逃回M

鎮，在這之後，直到現在，妳仍是艾羅。」他一面說著，一面在對應位置寫下關鍵字。

最後，亞勒放下筆，用拇指和食指分別比在兩個點上，道：「中間這段，是這八年，妳在倫敦生活，用的是『尹芳』的身分。」他拾起筆在直線中間那段寫上：「倫敦／尹芳／十六至二十四歲」幾個大字。

艾羅似懂非懂，問道：「我為什麼要用尹芳的身分在倫敦生活八年？」亞勒道：「這我就不清楚了。」指著第二個點道：「我想，妳在這時也出了車禍，醒來後卻把這八年的事——我指的是妳變成尹芳這八年——給忘了，以為妳才在幾天前和斐恩去倫敦看歌劇，而旁人不明所以，繼續以他們慣熟方式對待妳，才致使事情愈攪愈亂。」見她仍有些茫然，亞勒續道：「簡單地說，斐恩和妳，分別在八年前、八年後，在倫敦發生車禍，而妳卻把這兩場車禍混為一談了。」

艾羅拿過那張紙，低頭仔細思索探究，似乎慢慢理出頭緒，說道：「我早該來找你。」亞勒道：「妳早該找個好事的局外人，旁觀者清。」少晌，復道：「我只能根據妳的描述，猜測妳人生順序，其實這其中還存在許多疑點。」艾羅微打了個寒顫，問道：「什麼疑點？」

亞勒將那張紙翻了面，寫下：

一、金達爾醫院。

二、逃亡。

三、尹芳。

四、斐恩。

寫完之後，亞勒將紙張轉向，艾羅看著上頭簡短的條列，一言不發。亞勒道：「其實很多疑點妳大概都想過了，我只是幫妳歸納整理一下，並提供一些個人想法。」

艾羅點點頭。準備聽他逐項分析。

亞勒道：「第一點，金達爾醫院。這個不用我贅言，其中我最想不透的，是那個半夜到妳房間搗鬼的護士，她真的是護士嗎？如果不是，她衣裝何來？為什麼能毫無顧忌地進出妳的病房？她的舉動純屬惡作劇，還是有特殊暗示？她是刻意戴口罩掩飾真面目嗎？她和妳認識嗎？和尹芳認識嗎？甚至，和斐恩認識？」

艾羅有些膽怯地說：「你想她會不會是鬼？」

亞勒不以為然地搖搖頭，瞥了那張紙一眼，繼續說道：「第二點，我認為妳逃亡過程很有問題。妳那時拄著拐杖，能順利走出醫院，途中沒人發現阻攔已經很稀奇了……好吧，姑且算妳運氣好。可是妳說在倫敦車站有人把票廉價讓給妳，嗯，買錯車票就算不能退，也能換吧。那老婦都到了車站，一定是要搭車，既然這樣，為什麼不去換票？難道她突然又不搭車了嗎？或者換票費用比重新買票扣掉五鎊還來得貴？我想當時妳就算身無分文，她也會把票免費讓給妳吧。」

關於這點，艾羅先前倒沒留心過，她探問道：「你是指——其實是有人在暗中幫我開路？」亞勒道：「這有可能，但那人是誰？此舉是基於好心還是另有目的？」

艾羅咬著嘴唇，心跳怦怦作響。

亞勒續道：「再來，是我們剛才稍微提過的，要是妳真的在倫敦當了八年的尹芳，是什麼原因讓妳這麼做？妳是心甘情願還是迫不得已？八年前妳目睹斐恩車禍而暈倒，醒來後又發生了什麼事？這八年來妳為什麼不曾試圖回家？再則真正的尹芳又在哪裡？她是生是死，身在何處？或者，『尹芳』從頭到尾只是個為妳而設的名字？」艾羅冷不防靈光一閃，想著：「該不會那名詭異護士正是尹芳本人吧？」她問：「為什麼你這麼把握我那八年一定是在倫敦充當尹芳？」亞勒道：「不，我不確定。但如果不是，這八年妳在哪裡？以什麼身分活著？」艾羅一時語塞。亞勒道：「現在最麻煩的是，妳把這八年的記憶給弄丟了，要不一切問題也許便迎刃而解。」

兩人視線同時投注在紙上最後一行。望著那熟悉而遙遠的名字，一時之間竟誰也無從開口。

少頃，亞勒嘆了口氣，問道：「八年前，你們在倫敦聽完歌劇以後，沒有一道走嗎？為什麼斐恩會在對街向妳揮手？而妳卻在他對面的廣場上親眼目睹他發生車禍？」艾羅努力回想著，卻一無所獲。她低頭垂眼，哀傷說道：「我不知道，我猜這中間大概發生了什麼事，致使我們短暫分開，並約好在廣場上會面吧。」亞勒急道：「妳得仔細想想，到底是什麼事？」艾羅閉上眼睛，幾近瘋狂地在記憶之中翻箱倒櫃，腦海迅速閃過成千上萬的片段，卻無一是她所欲找尋的結果。她伸手按住太陽穴，只覺整顆頭快要炸開，每回想起斐恩，她總不免要受一次這樣的折磨。她搖著頭，像缺氧般地急促喘道：「我想不起來！我什麼都想不起來……」

亞勒給她的反應嚇住，忙說：「好了，好了，妳別再想了！」艾羅抬起頭，淚流滿面，哽咽道：「是我對不起斐恩，我無時無刻不在為這件事後悔，我覺得我根本是殺人凶手。」亞勒道：「其實我才是始作俑者，票是我給的，我還不斷慫恿你們到倫敦去。」艾羅道：「要不是為了幫我找歌劇原聲帶，斐恩也不會到你店裡來。」

亞勒又嘆口氣，鎮定下來，說道：「好了，再追下去沒完沒了，也於事無補。說不定斐恩根本沒怎樣，早就回到奧地利去，成為風風光光的大植物學家了，而我們卻在這裡淌著淚詛咒他。」艾羅並未因此展顏，反而沮喪地問道：「那……萬一斐恩真的的死了呢？」

語畢，又是一陣沉默。兩人心中皆清楚知道，這樣的悲劇並非全無可能。

亞勒道：「眼下我們該做的，是查清斐恩在車禍之後是生是死，下落為何？而不是坐在這裡懊悔、猜忌。」艾羅問道：「可是，都過了八年，到底要從何查起？」

亞勒思量半晌，道：「妳給我幾天的時間想想……就三天吧，三天後妳再來店裡找我，我們好好計劃一下下一步到底該做什麼。」艾羅應肯。

商議既定，艾羅戴上手套，準備離開。亞勒喚住她，起身繞過桌子與她深深一擁抱，苦笑叮嚀道：「希望妳這一走，別又是另一個八年。」艾羅點點頭，虛弱地笑了笑，表情裡盡是戚然與滄桑。

* * *

天未亮，艾羅早已醒轉，心中憂鬱愁苦之人，總是睡得不深，只一點寒意、一末聲息，便足以擾醒。

正值隆冬時節，晝短苦夜長。艾羅身子仍捲在棉被之中，微睜開眼，在黑暗中靜靜回想著方才夢裡的片段。

回家這半年來，日子一直過的悠悠忽忽，吃飯、睡覺，在閣樓裡上上下下，東摸西摸，生命輕而易舉過去了。起先她負傷休養，還有個正當理由，後來傷好了，開始為這荒蕪停滯緊張起來，不時要找點藉口搪塞拖延，卻遲遲提不起勁改變。再後來，連這點掙扎也沒了，對時間的浪費變得麻木無感。其實倒不是真的不在乎，只是罪惡感愈積愈深，再沒勇氣去細數、面對。曾經幾次她下定決心突破現狀，卻苦無著力點。每到一日將盡，她回到房間關上房門，面對著滿室靜寂以及窗外夜幕高張，一種深刻的孤獨感襲上。她再也想不起陽光的亮度與暖度。

唯有入睡之後，夢裡偶然歡悅教她貪戀、流連。

艾羅不明白，為什麼在人生布滿陰霾的灰雲下，夢裡的花草還開得如春景明媚。

在方才的夢境裡，她看見一個方方正正的房間，那應該是個辦公室，佔據了整面牆的檀木書櫃立於對門之處，櫃子高近天頂，其上安著玻璃櫥窗，裡頭擺滿了成千上萬的檔案匣和書籍。書櫃前有一張高背黑色辦公椅，椅前是一張偌大辦公桌，桌上推著一疊疊卷宗、資料。房間另一端有一組皮製沙發以及同款色玻璃茶几。四面牆壁粉刷得潔白，地上鋪著淡灰色地毯。整間辦公室採用同色調傢俱、擺飾，予人一種寬敞簡潔、線條明確之感，其裝潢亦透著高雅而尊貴的品味。

日光偏移，潔白牆上投映出一扇大大窗戶的影子。艾羅並未回頭去看對邊的窗戶實景，而只專注在這影子之上。半啟的百葉窗規律地在玻璃窗上隔出一條條直線，窗外樹影斑駁搖晃。這時，一個女人走了過去，臨窗而立，由於艾羅仍未回頭察看實景，僅只從影子裡辨出這女人留著一頭長捲髮，身型纖瘦，當是個年輕女子。

那女人在窗前佇立良久，像只是單純欣賞著窗外風景，又似等候著某人。直到一名高修男子款步走近，那女人聽聞動靜，欣然轉過身，兩人影子立即交纏相擁。在稀疏樹影與百葉窗間成為輪廓分明、影像實密的強烈主題。

艾羅躺在床上兀自回想著，夢中她雖自始至終只看著牆上倒影，卻能感覺那兩人之間心心相印的契合，以及他們臉上流露的幸福感，寧靜而真摯。

事實上，相似夢境在這幾個月來不時出現。以那一貫朦朧而熟悉的基調貫穿相異場景、情節。那高修男子與捲髮女人時而出現其中，偶爾也穿插一些其他人物，例如一名親切和善、永遠帶著大大笑容的中年婦人。有幾次，那高修男子單獨出現在她夢境，他看來有些悴憔，煢煢獨立的身影教人生憐。只有那名捲髮女人不在，他才會注意到夢裡的艾羅，似欲向她傾訴同病相憐的孤獨感，卻又躊躇不前。他給艾羅的印象若要用一個字形容，那便是：「白」。是的，無論他換上各色衣著、搭配任何舉止，她都無法將他與這個字切割。

夢中艾羅不曾看清任何人物容貌，彷彿他們的臉並沒有固定長相，而僅僅代表　種概念，可任由她配上五官。儘管如此，她卻能清楚意會他們的悲喜情緒，如同與他們心靈相通一般。

每回艾羅從夢中清醒，總不禁惆悵不已，就像遺落了歸途，那些溫暖夢境，短暫慰藉了她低落的情緒，卻對比了她真實處境無邊的孤絕，形成一種矛盾的平衡，拉扯互補。

艾羅坐起身，扭亮床頭小燈，拿過桌上的鉛筆和素描簿，憑著些微光亮，將夢中場景在紙上塗塗抹抹，不甚確定地畫了下來。

天外透進一絲微光，抵銷了她床頭那盞小燈的些許亮度。艾羅合上簿子，望見樓下一名送報生正騎車經過，並把一疊當日報紙塞進庭院前的信箱。她想著：「已經七點半了。」並回頭看看桌上鬧鐘，印證時間的流逝。

＊　＊　＊

三天之後，艾羅才用過早餐，即匆匆出門，往城鎮中心，亞勒的唱片行去。

進門之後，她並沒有立即見到亞勒。她東瞧西望，櫃檯裡一名年輕的女店員掬著笑容問道：「需要幫忙嗎？」艾羅道：「我找亞勒，他在嗎？」女店員點點頭，轉身向櫃檯後的門扉高聲喊道：「亞勒外找！」

不下片刻，亞勒推門而出，他著裝齊全，毛帽大衣皆已穿戴上，快步走到櫃檯旁，交給女店員一把鑰匙，並囑咐道：「我今天有事外出，五點前要沒能趕回來，妳便自行打烊下班，記得前後門都要上鎖。倉庫裡有一箱新到的古典樂卡帶，人少時妳抽空補到架上。我進了一批歌劇新貨，下午應該會送到，妳要是不懂怎麼分類就先擱著，我回來後再來處理。」

女店員專注聽著，不時點頭答聲。亞勒交代完畢，指指門，對艾羅道：「走吧。」即自顧走出了唱片行。

兩人出了店門，艾羅調笑道：「你還真有老闆架式！」亞勒不置可否地冷然一笑，繼續大步地朝路旁一臺寶藍色舊款車走去。艾羅趕忙追上，問：「去哪？」

亞勒這才想起尚未對她解釋行程，停步道：「我想過了，既然我們都沒有斐恩在奧地利的聯絡方式，那麼只能從他到英國之後停留過的線索調查起。要是順利，也許能反追到他的原鄉背景，知道了他的原鄉背景，要得知他的下落就不難了。即使不能直接聯繫到他，至少有個方向，他的家人、朋友、鄰居、師長、同儕，總該有人能告訴我們他的消息吧。」

艾羅聽來但覺甚有道理。事隔多年，也僅能以土法煉鋼，姑且一試。兩人上車就座，艾羅探問：「你心裡大概已經有打算，第一站該上哪了吧。」亞勒想的果然和她一致，說道：「妳來指路，到妳學校去，那裡或許還留著當年交換學生的學籍。」

想及故地重遊，人事全非，艾羅不免感傷害怕。將學校位置告知亞勒後，轉頭看著窗外，不發一語，亞勒明白她的心事，只專注開車，不教她分神應酬。老舊的二手車有些搖晃地駛過上坡下坡，如海浪間浮沉的小船。車身在顛簸處不時發出鋼鐵震動的鏗鏘聲響。

這趟行程他們一無所獲。由於空間有限，交換學生又非正式學員，學校在這些短期遊學的學生離開一段時間後，定期將資料銷毀，更別提八年這般長遠的歷史了。而接洽他們的職員方就任不久，辦公室上下大多換了班底，沒人曉得什麼八年前的奧地利學生。其中 位老師告訴他們，縱使學校留著檔案，也不能隨便把學生資料洩予他人，以防宵小濫用，造成雙方困擾。

艾羅和亞勒走出校門，在第一站，又是最具希望之處徹底碰了壁，難免挫折不已。

接著艾羅憑藉印象，指路讓亞勒開車到當年斐恩的寄宿家庭，那戶人家已經搬走，新屋主給了他們一個地址，在鎮上另一頭，與此處完全相反的方向。二人又匆匆驅車前往，結果那地址早成一片工地，施蓋著新的建築，問遍工人，卻無一聽得原寄宿家庭屋主名字。

最重要的兩條線索就這麼斷了，兩人忙了一整個早上，換得舟車勞頓之外再無其他。到了下午，他們抱著渺茫的希望去了斐恩曾去過的滑雪場、賽車場、酒莊、美術館、玻璃製作工廠，想查查是否留著八年前訪客登記資料，當然，全數撲了空。

天色將暗，二人精疲力竭、心灰意冷地來一座電話亭前。艾羅走了進去，再次重複幾個月前便做過的嘗試——撥打電話到數名可能認識斐恩的高中同學家裡，但結果如出一轍，對方不是早換了號碼，就是離鄉在外。唯一接通的一個，則已對斐恩毫無印象。

艾羅失望地掛上話筒，走出電話亭，對著坐在路旁等候的亞勒怏怏道：「怎麼辦，斐恩……該不會真的只是我幻想出來的人物吧？」亞勒跳起來，慍道：「妳開什麼玩笑，難道我今天這麼瞎忙的結論，只是為了妳的虛構人物嗎？」艾羅愁眉苦臉，高聲說道：「可是為什麼就是沒有人記得他呢？」亞勒提聲反問道：「所以我不是人？」

艾羅垂著眼瞼，不知所措。

亞勒咬咬牙，耐下性子勸道：「不要庸人自擾了，斐恩是我們的朋友，他聰明、率真、幽默，是個再真實不過，有血有肉的人。無論如何，我一定會陪著妳，負責找到他。」艾羅嘆了口氣，不懷希望地問道：「怎麼找？」

亞勒沉著臉，雙手插在大衣口袋裡，沿著路旁巷子來回踱步，踢著地上的碎石子；艾羅則一動不動地立在原地看著他背影遠去，一會又轉身迎面而來。最後，他停了下來，看著她，像要宣判什麼重大決定般，正色問道：「事到如今，要查出真相，只有一個辦法，妳……要不要聽？」

艾羅讀出他表情裡的為難，她堅定地點頭，道：「你說。」亞勒道：「妳得找回這八年的記憶。只有這樣，我們才能知道斐恩當年車禍之後，又發生了什麼事。」艾羅心中微微顫抖，那些精神疾病名詞、腦部檢查、惡夢……同時瞬間湧上。她怯懾問道：「那麼，我該怎麼做？」亞勒停頓了一下，清楚而簡短答道：「回倫敦去。」

* * *

從那日起，整整一個星期，艾羅每天在家吃過午餐之後，即更衣出門，到唱片行與亞勒共商大計。

對他們而言，斐恩的生死下落無疑是個沉重陰晦的謎題，畢竟當年斐恩之所以上倫敦去，他二人責無旁貸。但其他不知情的人看來，還道兩人存著什麼曖昧親密關係，成日形影不離。艾羅父母見她終於有了社交生活，不再關在家裡終日悶悶不樂，皆欣慰不已。時而問起，艾羅只說到唱片行找故友敘舊，避重就輕地說了些和亞勒的相處，她父母好生歡喜，積極地要艾羅找亞勒至家中作客。

起先，亞勒和艾羅只對坐於櫃檯後方的木製辦公桌前，一次接一次修訂、研擬著找尋斐恩下落的行動計劃。兩人各拿著一枝筆，在同一張紙上塗塗寫寫，不時窸窸窣窣、低聲交談。說到認真處，不免同時前傾了身，隔著桌子，兩顆頭幾乎挨在一起。有時，艾羅為了必須重返倫敦，甚至重返金達爾醫院；或者談及斐恩可能已遇不測，一陣排山倒海的恐懼自心上翻起，她把臉埋在掌心，拼了命克制自己的情緒，亞勒則伸過手臂按住她的肩膀，輕聲道：「要是真的太痛苦，我們再想其他辦法吧，妳也別去倫敦了。」艾羅久久才抬起頭，堅毅地看著亞勒道：「就算不為斐恩，我也得面對自己的人生。我不想一輩子渾渾噩噩，帶著破了個大洞的記憶過活。」亞勒啞聲說道：「我們一起面對。」

在旁人看來，他們正如一對鼻息相抵、耳廝鬢磨的愛侶。店裡那名女員工不時側著身、拉長耳，想聽清他們的對話，偶然捕捉了片段，在穿鑿附會下都有了合理解釋。艾羅來時，她不再熱情接待、大聲向亞勒通報，只淡淡地說亞勒在忙，要艾羅先自行逛逛。等到兩人開始在櫃檯後的辦公桌談話，那女員工卻不時過來向亞勒請示一些瑣碎事項。亞勒不堪其擾，索性領著艾羅來到店後倉房，在窄小幽暗的房間裡，拿了一塊墊板，和她並肩坐在貨箱上，憑著天頂那盞搖動昏黃燈泡的微光繼續商討要事。

果不其然，女店員又藉點貨、找貨之名在倉房進進出出。不時刻意從他們中間通過，俟其離去，艾羅笑道：「看來有人在為你吃味呢！」亞勒道：「妳怎知道她吃味的對象是我，而不是妳？」

在苦中作樂、干擾不斷之下，亞、艾二人終於大致擬出倫敦之行的計劃與方向，並預想了各種突發狀況與應變方法。

一星期後，艾羅正式向父母提出想到倫敦尋找記憶以及斐恩下落一事，但卻遭父母強烈反對。八年前艾羅突然失蹤，讓他們長期飽受離別之痛，此刻失而復得，說什麼都不願再冒險，更不想女兒為一個他們記不得的陌生名字再次離鄉遠行。

艾羅苦說無效，只好找亞勒商量對策——初時艾羅與亞勒重逢，不免因久別而生疏，在這情況之下，她已然向他傾訴內心所有祕密與苦衷，再經過這段時間的相互熟絡，於斐恩一事，亞勒已如同她心理上唯一的親人般，分攤了她的責任與罪惡。只有在他面前她才能毫無芥蒂地招出一切窘迫，不擔心丟乖出醜。

亞勒得知艾羅面臨的困境，只問一句：「妳去倫敦的意願到底多大？」艾羅道：「勢在必行。」亞勒道：「好，那麼，妳去告訴妳父母，我會陪著妳去。妳把我的名字、家裡和唱片行的電話、地址全留給他們。跑得了和尚跑不了廟，他們隨時能運用這些資料，透過各種方式找到我。除非連我也一起消失了，只要我在，他們就不用怕找不到女兒。再不然，我親自登門保證也行。」

艾羅聽了，有些為難地說：「但我不想欺騙我的父母。」亞勒道：「誰讓妳去說謊？」艾羅不解地看著他，問：「你總不會真要和我去倫敦吧？」亞勒道：「正是。」艾羅道：「你的店怎麼辦？」亞勒道：「我會請蓓珊代管。」他指的是那名女員工。艾羅愀然問道：「這樣好嗎？」亞勒重重點頭，道：「我已經決定。」

因此，艾羅終於取得了父母首肯。兩天之後，與亞勒各自帶著行李，相偕南下。

5

亞勒有個故交名叫歐特，住在索頓市。其位置距離倫敦市中心約十來英里，說近不遠，單趟車程得要花上四十分鐘。

在動身之前，亞勒事先打了通電話聯繫這名故舊，並言及自己將於近期與「另一位朋友」造訪倫敦，詢問對方是否能暫時借住。在電話中，亞勒並未提起同行的是個女子，致使歐特會錯意，只在租賃的小房間裡準備了兩只睡袋；而亞勒也沒料到大城市寸土寸金，歐特口中的「家」僅只是一間三百平方英尺不到的獨立套房。等到與艾羅雙雙抵達時，三人皆面面相覷。歐特原想房間雖小，三個男人擠擠應該還不算問題；而亞勒則以為進門後會看到一個格局狹小的房間，因為電話中歐特是這麼說的：「我家很小，如果不介意歡迎你們來擠擠。」那時亞勒以為所謂的「家」至少也有個一廳一房，有道牆隔開男女空間，則已足夠。至於艾羅，上火車前便聽得亞勒說住處早有著落，因此沒加掛懷；到了現場，只有愕然地盯著地上為自己而設的那只睡袋發愣。

當時已過傍晚，寒星高掛，匆匆擱了行李之後，三人趕忙出門覓尋補救。所幸，在離歐特住所的幾條街外，遇了家旅店。經過詢問尚有空房，三人才鬆了口氣。

這旅店共有三層樓，一樓是餐廳，全日供應簡單的熱食冷飲，名曰「辛娜廚房」。二、三樓則隔成一個個房間，供旅客留宿，名曰「辛娜小築」。店裡傢俱老舊、燈光昏昧，窗臺上積著灰塵，久未重整粉刷的牆面油漆到處斑駁，混雜的空氣裡隱隱透著食物的氣味。

老闆娘辛娜是個中年喪夫的寡婦，獨自經營旅店養兒育女，兒女長大皆離家工作，只剩小女兒還留在店裡幫忙。

一見艾羅等三人推門進入，辛娜疲憊的臉上即刻更換上露齒的笑容，長期顧店練就出迅速變換臉色的看家本領。她扯著大嗓門問道：「歡迎！需要三間房？還是兩間房？」等到弄清僅有艾羅一人住宿，不由閃過一絲失望表情，但嘴角始終維持上揚弧度，甚是敬業地繼續接待來客。

原以為這等老舊的一家店房費應不至於太高，當辛娜報出一個晚上四十五鎊的價位時，三人皆為之一震。亞勒的朋友歐特立刻說道：「這價位都能住到倫敦市區了。」辛娜笑咪咪說道：「市區人那麼多，街道擁擠又雜亂，還得擔心治安問題，哪有小店來得寧靜安全。」胖胖臉上的皺紋裡，隱現著無奈的貪婪，艱困生活下歷練的麻木市儈。

一番講價之後，老闆娘勉強同意要是一次付清一星期房費，可以小打折扣，最後一晚免費贈送。眼看時間愈來愈晚，長途旅程已教人勞累不堪，一會還得回去幫艾羅把行李搬來。三人別無選擇，就此妥協了。

在櫃檯繳清兩百七十鎊現金，辛娜立刻扯嗓叫道：「薩琪，下來帶客人到房間去！」一會，一個女孩咚咚咚地跑下樓來，腳步相當輕快活潑。女孩一臉稚嫩，約莫只有十六、七歲年紀，兩條又粗又亮的麻花辮垂在肩頭，雙頰紅潤潤地，笑得純真甜美。她一出場立即在這衰老店裡注入一股全新風貌，連昏暗的燈光都霎時明亮了不少。

薩琪來到三人面前，以清脆而細軟的聲音問道：「哪位要住店？」艾羅應道：「是我。」薩琪看看辛娜，問道：「二十鎊的房還是三十鎊的房？」

話一問出，現場氣氛瞬間僵下。三位來客杵在原地，還未及決定該生氣或者要求退款，辛娜連忙結巴陪笑道：「呃……對，這個……我女兒說的是房間淨價，我剛才忘了告訴你們，四十五鎊還含早餐，真的很不錯吧！」說著使勁朝薩琪使眼色，鐵青著臉道：「還不快帶這位美麗大方的小姐上樓去！」薩琪知道拆了局，忸怩地做了個鬼臉，笑盈盈地對艾羅比了手勢，道：「這邊請。」

＊　＊　＊

隔日亞勒一直睡到九點方清醒，與歐特用過簡單的早餐後，整理了一會行李，才出門去找艾羅。

在辛娜的旅店裡，艾羅也剛下樓來，坐在臨窗的一張桌子前，慢慢吃著略嫌油膩苦鹹的早餐。

亞勒進門後直接來到她對面位置坐下，道：「歐特先把車子開去加油，一會兒繞過來接我們。今天他要陪我上租車場挑車，有了車子，我們才能自由行動。」艾羅點點頭，一面切了塊煎蛋送入嘴裡。

這時一只盤子忽然由上方降下，穩妥放置在亞勒面前，盤上是一塊烤得酥酥脆脆、顏色均勻的鬆餅，其上還點綴著幾顆鮮紅小巧的草莓與雕紋精緻的白色鮮奶油錐。亞、艾二人同時抬起頭，只見老闆娘的小女兒薩琪，正站在桌旁眨著眼笑，嬌俏說道：「嚐嚐我的手藝！」亞勒道：「謝謝妳，我已經吃過早餐了。」薩琪笑道：「大傻瓜，你擔心什麼？這是我免費請你吃的，又不跟你收錢。」

辛娜在櫃檯後默默搖頭嘆氣，為那「免費」二字不停發出嘖嘖聲。礙著昨晚敲詐穿幫，她自知理虧，只得忍氣吞聲，轉過身繼續忙碌，不去看那盤至少可賣上五鎊的鬆餅平白進了別人嘴裡。

亞勒食指未動，倒是艾羅已頻頻引領張望。那鬆餅香氣四溢，對比之下，她眼前這盤半熱不冷、味道混亂的食物更顯得難以下嚥。亞勒見狀，把鬆餅推了過去，說：「妳來嚐吧。」薩琪噘著嘴道：「她已經有早餐了。」亞勒拉過艾羅面前的餐盤，道：「我和妳交換。」說著，也不等艾羅答應，拿起叉子把那份早餐一口氣吃光。

薩琪忽地噗哧一笑，對著艾羅擠眉弄眼，促狹說道：「妳男朋友還真是個體貼的紳士。」不等兩人解釋，又連聲催道：「快試試看，好吃嗎？這可是我最近正在鑽研的新產品，為此我還自掏腰包買下一臺鬆餅機，希望不久這新項便能添在店裡菜單上。我跟我媽講好啦，既然機器是我買的，以後賺了錢，扣掉材料費之後全得歸我呢。」她吱吱喳喳說個不停，像隻興奮的小麻雀。艾羅嚐了一口，笑道：「現在就添上吧，我一定天天點。」薩琪聽了，喜色自不必言喻。

不久，歐特依約前來，將亞、艾二人接了去。

一整個上午，他們跑了三家租車廠。亞勒不停試車，在有限預算之下，終於選中了一部性能、租金等各方面皆符合期望的中古車租下。

任務完成後歐特自行忙碌去了。亞勒開著那部新租來的車，與艾羅沿路收集租屋資訊；直到日暮西山，兩人在一家小酒館用了簡單的炸魚和薯條後，亞勒才又把艾羅送回旅店去。

「現在車子有了，眼下便是趕快找個固定的住處讓妳租下，老住旅館也不是辦法。」亞勒隨艾羅下了車，一同坐在旅舍大廳的沙發上整理著那疊路上撕來的傳單。

艾羅將傳單一張張看過，一面說著：「這家限單身男子……這家要打兩年合約……這家限有正職工作……這家是空屋，得自行添購傢俱……」

兩人正專心低頭忙著，忽然一顆頭擠了過來，夾在他倆中間，問道：「嘿，你們在幹嘛？」正是那薩琪。

亞、艾不得不停下，道：「找房子。」薩琪道：「找啥房子？」艾羅將他們欲在倫敦久住一事向她說了。薩琪又問：「妳住我家不好嗎？」艾羅道：「不是不好，但我總不能長期住在房費這麼高的……旅店。」她差點兒要說成「黑店」。

薩琪聽罷，歪著頭，像是在想著什麼，一會蹦蹦跳跳地跑了去，沒多久又蹦蹦跳跳地跑回來，手裡拿了份當週報紙，說道：「給妳。」亞勒一臉茫然地問：「妳拿報紙給我們做什麼？」艾羅笑道：「報紙上自然有許多租屋資訊。」薩琪誇張地瞪大了眼，對亞勒叫道：「天啊，請問你是住深山的古代人嗎？竟連報紙分類廣告有租屋一項都不知道！」亞勒沒好氣地白她一眼，淡淡說道：「我的確不看報。」

薩琪從圍裙拿出一支紅筆交給艾羅，那是平時她預備給客人點菜用的，並拉過一旁放置於木几上的電話，道：「喏，妳先把合適的用紅筆圈了，再用這電話一一打過去和房東敲看屋時間，約好了就可以叫這個山頂洞人騎野豬載妳過去了。」

對於這位熱心助人的小女孩，二人心下皆感激不已，卻困惑著這旅店怎住著這樣南轅北轍的一對母女。而對於女兒的慷慨，辛娜自然不快，幸而她雖有貪性，還不至鮮恥，惦著自己曾惡意哄抬房價一事，勉強睜隻眼閉隻眼，咬牙放任薩琪幫著房客另尋住所。算來，那二百七十鎊也不能說全無好處了。

＊　＊　＊

接著幾天，艾羅和亞勒開始展開密集的租屋行動。每天晚上，都要撥出好幾通電話聯絡不同房東，翌晨亞勒來辛娜的旅店接艾羅，南征北討四處看房。直到一日將盡方才折返。劃掉舊項，批審新訊，如此反覆不綴。

由於二人原初的計劃，是在倫敦找回艾羅八年空白記憶，以及斐恩下落之後，這趟行程即告終止。但當初他們漏了考慮租房原則，只道找朋友借住了事。大抵房東都希望簽訂長期租約，少則半年，多則兩、三年皆有，其餘以日計價的多為旅舍，自然租金不斐。

他們所面臨的困境，並非僅只租期長短的問題，要是能有個確切日期，起碼能和房東商量，或者估算出住店房費。難就難在，他們所訂的目標並沒有時間表，也不是積極一點便能盡早完成的簡單邏輯。沒人能推算出艾羅何時能記起舊事、斐恩蹤跡何時會有線索；在此條件之下，租屋一事率先成了他們在倫敦遇上的第一個關卡。

而旅店老闆娘的小女兒薩琪不知哪來的熱情，艾羅和亞勒白日在外奔波，她則在店裡利用工作餘暇，代他們收集情報。除了報刊廣告，若有當地客人來店用餐，她定主動上前詢問是否家中有空房出租，來客皆迷惑不已，不明白這個自家開旅館的小女孩怎會來問這種問題。

晚上亞、艾回來，薩琪已將收集來的資訊過濾整理妥，催促他們趁時間還不算晚快打電話，幾乎要比兩人還急促、積極。

「我這麼做是有條件的！」薩琪昂頭說著，順勢呈上一盤剛烤好的餅乾，道：「我替你們找房，你們得替我試吃，當我廚藝的實驗機！」亞、艾各拿了一塊餅乾吃下，其味可口無比。此後薩琪每天都要變換不同點心予他們試吃，舉凡薑餅人、布朗尼、檸檬蛋白派、藍莓蛋糕卷、鮮奶油泡芙……她無一不精。雖言初作想找人品鑑，那成品卻似出自經驗豐富的專家老手，更遠遠勝過辛娜廚房菜單上的任何主食。她每次都做一大盤，試剩的，便打包硬要亞勒帶回去。

有人幫忙彙整租屋資訊，還有美味甜品可嚐，艾羅和亞勒自是欣然接受這種交換條件，但難免忍不住好奇地問：「店裡那麼多客人，妳怎麼不換別人試，廣納多方建言？」薩琪嘁著小嘴，好生刁鑾地說：「沒為什麼，我高興，我偏愛找你們。」艾羅道：「其實妳的手藝老早超越試驗階段了。」薩琪耍賴道：「你們不想試，那我也不替你們找房子了。」亞勒道：「我們只是覺得這麼做像在佔人便宜。」薩琪想了一下，道：「要不然，我再加個條件。」亞勒問：「什麼條件？」薩琪道：「我要你們跟我講講M鎮的事。」

亞勒和艾羅允了這奇怪的要求。每每說起家鄉情景，其實不過是小鎮零碎瑣事，哪裡有大城市新奇熱鬧。但薩琪卻聽得津津有味，還道有天一定要專程到訪。

這日艾羅和亞勒照例結束一天勞碌奔波卻一無所獲的行程，艾羅走到路旁花圃前坐下，轉著疲憊的頸子，憂道：「怎麼辦，再過兩天辛娜小築的租期就滿了。」亞勒遲疑道：「要不要再續住一個禮拜？」艾羅嘆了口氣，煞有介事地說道：「你看，這回我還會不會有這樣的好運，拿到最後一晚免費贈送，還附帶早餐的特別優惠？」說著，兩人皆不由地笑了起來。

隔天早上艾羅較平常晚了些下樓，亞勒已經到了，薩琪正纏著他試吃剛出爐的牛油曲奇，一面說道：「我知道你不喜歡吃太甜，刻意減了糖的比例，快試試口感會不會太單薄。」一會也招呼艾羅加入，試了好半日，薩琪終於滿意地端著烤盤離去。

二人走出旅店，艾羅喚住亞勒，道：「我想今天先不去看房了。」亞勒不解。艾羅上前，遞給他一張對摺的粉紅色薄紙，道：「我把尹芳的皮包也帶來倫敦了，這訂單是在裡面發現的，我剛才特地又把它翻了出來。」

亞勒打開那薄紙，正是那張載著一串編號，價格曾教艾羅驚嘆的提貨聯單。亞勒問道：「妳想去這家店？」艾羅點頭，道：「正是。找房子的事看來一時半刻也急不得，我已經準備好下星期繼續住這旅店了。既然這樣，不如開始進行我們到倫敦的要事。而且，說不定我拿這張單子過去，店家會讓我退款，要不我領了貨再減價賣了，多筆錢備用，豈不更好？」

亞勒看著單據上的價碼，蹙著眉問：「妳確定要這麼做？」艾羅明白他的顧慮，解釋道：「別擔心，如果我真的是尹芳，那麼這東西應該是這八年來我自行存錢買的，這筆錢歸我則是理所當然。萬一我不是尹芳，我自然也不願去動用分毫——總之，我得先弄清楚到底訂了什麼吧。」

二人於是上了車，往訂單上印著的地址駛去。

那店家位在市中心，車子行停、找路，抵達時已近正午。亞勒將車停在近郊的收費停車場，與艾羅一同下車步行。熙來攘往的倫敦街頭，如一部雜錯而宏偉史書，常常走在一條維多利亞式建築的古街上，一回身卻見平屋頂、玻璃牆的國際式高樓大廈，在空間裡迷了時間之路。

依理，艾羅遺落了那八年可能在倫敦生活的記憶，她的人生當只熟稔於故鄉M鎮。可是當他們偕步走在這個繁複的大城時，偶爾還因工作、訪友來此短暫旅行的亞勒反而顯得生疏，倒是艾羅像個當地人，不多久便帶著亞勒找到了目的地。

原來訂單上的地址是家珠寶店，門面裝潢相當時尚高等，透明櫥窗擦拭得一塵不染，各色首飾依類排放。

進了店，一名店員立即迎上前接待，笑容滿面地看著艾羅，問候道：「恭喜妳呀，尹芳小姐。今天光臨本店，不知道有什麼事可以為妳效勞嗎？」

艾羅與亞勒迅速地對看了一眼，好像同時互道：「終於，要正式開始了。」

艾羅聽見這個久違的「別稱」，臉上沒太多詫異，淡然問道：「恭喜什麼？」那店員道：「自然是妳和凱諾醫生在年初的婚禮。」

艾羅心想：「原來我若沒逃回M鎮，現在已經嫁作人婦了。」當下微微一震。亞勒低聲問道：「凱諾醫生就是妳之前說的那個未婚夫嗎？」艾羅「嗯」了聲，那店員則是一臉疑猜，好似用眼神揣測著他倆的神秘關係。

艾羅並未解釋，遞上提貨單，道：「我是來取貨的。」那店員接過那張單據，瞧了瞧，不解地問道：「這不是幾個月前就讓凱諾醫生領去了嗎？」說著不由地朝艾羅手上掃了一眼。艾羅道：「可是這上面的簽名不是尹……嗯，不是我嗎？」那店員道：「是啊，是你們一起到店裡挑選的，我本想你們誰來領都一樣，聯絡不到妳，我們自然找他了。」艾羅停頓了半日，有些忸怩地問：「請問，這訂單上的貨到底是什麼？」那店員表情似笑非笑，像在強忍著一場惡作劇般，平聲答道：「是一只訂婚鑽戒。」

出了店門，艾羅一語不發，遊魂似地怔然款步而走，神情若有所思帶著些忐忑，如內心正掙扎著困難的抉擇。而亞勒也不加叨擾，陪在她身側默默拐過一條又一條街道，只在她快要撞上路障或行人時才適時出手拉她一把。

冬季方了，料峭春寒，偶然風過，仍不免哆嗦；但畢竟天光破雲，久在家中數著冬盡的人們早等不及出門探春，因此街上五彩衣飾雜動，繽紛眩目，毫不冷清。

半日，艾羅似已慮定，終於開了口，輕道：「亞勒。」亞勒如能讀心，順口接道：「妳想去找凱諾醫生？」艾羅停下步伐，好生驚訝地側過身看著他，道：「你怎麼知道？」亞勒但笑不語，少晌方問：「哪天想去？」艾羅道：「今天。」又道：「現在。」

憶起她先前提及金達爾醫院經歷時的驚慌失措，亞勒不禁有些擔心，問：「妳不要多幾日準備嗎？」艾羅道：「我早晚要面對。」亞勒點點頭，說：「好，那麼，走吧。」他才提步，艾羅卻叫住他，道：「我想，我該自己去找他。」亞勒笑道：「怕我去了害妳嫁不成嗎？」

艾羅佯怒地朝他肩上揮了一掌，啐道：「嫁個鬼啦！」旋即緩下聲，解釋道：「我是想，如果他真有我這八年的歷史，那麼我一定跟他提過斐恩。」她想起潔兒當初的勸告，續道：「我急著想從凱諾醫生那裡問出斐恩的消息，而他不識得你，見了面難免還要東拉西扯，介紹解釋，好生麻煩複雜。所以我想還是先自己去，等斐恩的事有了眉目，其他的以後再說吧。」

提起斐恩，兩人皆感沉重，再無心分神笑鬧了。

＊　＊　＊

再度踏進金達爾醫院大門，艾羅仍不免悄悄怯怯，半年前舊事歷歷在目，心中疙瘩未平，芥蒂難消。在亞勒以數線解開她對時間的迷惑後，無論理性上她是否曾為這醫院平反，那些重傷、逃亡、昏迷、惡夢，重重折磨已足夠令她心存餘悸，要非為了斐恩，她一輩子都不想再回來。

亞勒送她到門口，叮嚀道：「我會一直在對面酒吧等妳，要有丁點不對勁，妳立即衝出來。五點前若還不見妳來會合，我會進去找妳。」艾羅應允。看來亞勒因她先前一番說詞，也把這醫院認作龍潭虎穴了。認真想來，她不過去一個普通的公眾場所找個人，卻弄得如涉魔境。艾羅不禁好生無奈，又覺帶點滑稽。

一進大廳，服務臺裡的志工太太熱絡地向她問候道：「尹芳小姐，好久不見了，來找凱諾醫生嗎？」艾羅笑了笑，點點頭。原以為那志工太太會為自己指路，但在服務臺旁杵了半晌，志工太太又抬起頭，疑惑道：「咦，妳怎還沒上六樓去？妳不是要找凱諾醫生嗎？」

在六樓也遇到了類似狀況，櫃檯護士告訴她：「凱諾醫生上午就進手術房為病患開刀了，要不妳先到他辦公室等等吧。」說完即自顧忙碌。所有人都當她熟門熟路，不加指點。她只好且看且走，一路摸索到了掛著正確名牌的房門前。

艾羅站在過道上，有些躊躇。少頃，她終於下了決心，伸手敲敲門確定房裡沒人，才握住那只黃銅門把，向右輕旋。

一瞬間，門開了，艾羅瞠目結舌地站在門口，腳上如懸千斤——那辦公室格局方正，窗明几淨，檀木書櫃佔據大面牆，其中置著浩瀚的檔案與書籍，書櫃前設有辦公桌椅，另一頭是一套同色調皮製沙發與玻璃茶几，就連那淡灰色地毯，其色域亦精準一如她夢中所見。

艾羅像雕像般杵著，思緒如麻，千絲萬縷地扯動，心中瘋狂喊道：「慘了！慘了！一到金達爾果然又要發生怪事！」又想：「進了這扇門，就跨進夢境，又將是沒完沒了，永遠也逃不出醒不了……」她不斷在心中尖叫著：「快點，掉頭跑出這裡，去找亞勒會合！」

五分鐘過去，她終究沒有離開。那沸騰的情緒逐漸平靜下來，心跳頻率也正緩和恢復。她閉上眼，做幾個深呼吸。然後，提步進入，並輕輕帶上房門。

結果，艾羅在這辦公室足足等了兩個鐘頭。

這兩個鐘頭裡，她由起初的緊張焦慮、坐立不安，不時在那張辦公桌前的空地來回踱步，搓著雙手預想一會和這名「未婚夫」見面該擺上怎樣的面孔，到後來只剩疲倦的被動等待。她來到長沙發前坐下，雙眼倥侗，整個人放空，甚至連今天到這裡的目的也不去想，種種複雜矛盾也暫且略下。

到了將近四點，艾羅開始考慮放棄，想著：「再等十分鐘，他不回來我便離開了吧。」無聊地起身走到窗邊，旋展了百葉窗，由空隙俯望醫院綠草如茵的前庭。

正在此時，那房門「喀」的聲開啟，艾羅聞聲回頭，即見一名身著白袍的男子走進。他臉上帶著幾分疲累，筆挺的醫生袍下肩膀似已垂垮，然其神態並非沉重，而是一種如釋重負的放鬆感，如一名剛打勝仗的戰將，體力耗盡傷痕斑駁還顯得英姿煥發。

但艾羅見了他，第一個闖入心裡的念頭卻是：「他怎麼變得這般瘦損？」

這醫生無疑正是凱諾了。他開了門，一見立在窗邊的艾羅，立時怔住。先前因倦意帶來的散慢立刻凝聚起來，成為一種極端的專注，顯然並沒有人告訴他辦公室有訪客相候一事。

兩人隔著一個房間的距離，彼此凝神相視。好半日，凱諾走了過去，他步履有些闌珊，讓人產生一種跋山涉水的錯覺。一靠近，當即張臂將她緊緊擁住。他微彎著身，幾乎是把整個人的重量都壓在了她的肩上，並把前額埋在她的後頸裡，雙手緊抓著她外套背後的衣料，啞聲在她耳畔低喃道：「我剛才救回了一個四歲的小女孩……」

艾羅從他溫熱急促的鼻息裡，感受了他內心那彷若歷劫歸來的激動與狂喜，如同強烈的共震，她只覺自己整個靈魂都為他這句話顫抖了。

她任由他抱著，不經意地側頭一瞥，卻看見那一面潔白牆上倒映著兩人緊擁的深刻輪廓，交雜著百葉窗規律間隔條紋以及窗外輕輕搖晃的七葉樹新枝投影。縱然已近日暮，光線不如夢裡那般耀眼明亮，牆上模糊倒影卻在她眼前愈發確切。此刻艾羅終於明白，原來夢中片段竟是她記憶殘簡。那高修男子正是這個緊擁著她不放的醫生，而那捲髮女子——即使她頭髮已不再捲——便是她自己。她從不曾向人提及這些夢境，即使亞勒也沒說過，像是潛意識裡寧可獨自呵護的祕密般。她忽地有個靈感閃過：如預見下一刻她將會牽起他的手，來到沙發前坐下，並繞到他背後輕輕按摩他僵硬的肩膀和耗竭的頭顱，聽他閉著眼片段道訴這一日的豐功偉業。

窗外一朵浮雲掠過，牆上倒影也跟著消失了。艾羅的理智倏地清醒，她使力掙開這擁抱，倒退數步，再度與他拉開距離，怯聲問道：「你……就是凱諾醫生嗎？」前晌在腦海中的預言畫面終究沒有兌現。

凱諾似乎也會意過來，放下情緒，站直了身，答道：「我是。」

艾羅抬眼仔細看他，但覺面前這男子忽而熟悉，忽而遙遠，他的臉如此崎嶇崢嶸，稜線分明，那雙深邃的眼睛，湛藍漾開一如海洋，沉潛而洶湧，簡直要將她淹沒了、泅滅了。

凱諾上前一小步，喚道：「尹芳……」艾羅伸出手驚慌阻道：「不要過來！」又道：「請你叫我艾羅。」

見了她的緊張反應，凱諾清峋的臉上掠過一絲哀傷。心裡有了底，斂步垂眼，說道：「好的，艾羅……妳的事，我都聽說了，看來，妳還是沒能恢復記憶。」他停頓了少頃，續道：「妳這半年來還好嗎？我很懊悔那時沒留下陪妳。妳離開醫院以後，都去了哪裡？妳負著傷孤獨流浪在外真的很危險，我四處找妳，但翻遍倫敦大街小巷也不見妳蹤影。有時我夢見妳在某地，趕上聚合，醒後也想姑且一試，可惜那些陌生地點不知從何找起……我還聽護士說妳時常提起一個地名，所以只要休假，我便上L鎮去，還是沒能在那裡找到妳。總之，對不起，是我因公忘私，忽略了妳，妳的傷都好了嗎？」

這番陳詞聽得艾羅好生訝然，先前在醫院獨自煎熬時，曾對這漠然遠行的「未婚夫」隱約怨懟，此刻也都煙消雲散了；而這種分分秒秒活在憂慮悔恨的心情她是比誰都通透了解的，沒想到在她為斐恩受盡心理折磨的同時，竟也教另一個人為自己嘗遍這樣的苦楚。看著凱諾誠摯而憔悴的面容，她當下一陣心痛，有些忿忿不平地想著：「不知道哪個耳背護士竟報錯了地點。」旋即警覺：「他若真是我的未婚夫，為什麼會不知道我家鄉何處？」

艾羅無奈地嘆了口氣，想起正事，好生為難地開口說道：「其實我今天來，是想請求你，幫助我恢復記憶。」

凱諾點點頭，道：「我會盡全力幫妳。這樣吧，後天下午我休假，我帶妳去一個地方。」思忖片刻，向那辦公桌走去，並從抽屜裡拿出一枚戒指，問道：「這是我們的訂婚戒，妳有印象嗎？」

艾羅伸著頸子望了望，那戒指相當別緻，白金戒臺上鑲著一顆雕工精巧的高淨度鑽石，耀目而高雅。她收回目光，搖頭道：「完全不記得了。」

凱諾道：「妳走後，我獨自去領了來，希望有一天能親手為妳戴上。」他說著，似欲走向她，卻又收步猶豫。艾羅趕緊說道：「不用了，反正……那也不是我的。」一面有些慌張地將雙手收了拳，藏在背後。

艾羅的反應凱諾一一看在眼裡，他似強制壓抑內心疑懼，維持著表面的冷靜，低聲探問道：「妳想解除婚約？」艾羅有些心神不寧地答道：「我……的確不可能和你結婚，對不起。」在此之前，她從沒仔細想過此事，連「結婚」是什麼都還一知半解，總覺那尚在遙遠之處，即便知道自己可能有個「未婚夫」，但畢竟毫無印象，便也覺得虛無飄渺。直到此刻面對著凱諾真真實實的問話，下意識的反應自然是絕不能與一名「陌生人」結婚。

可是她話才出口，即見凱諾神色黯然，那湛藍海洋如支離了，似欲溢出水來，把她的心銷蝕侵腐。

凱諾默默地將戒指鎖回抽屜，繞出辦公桌，瘖啞地說：「這就是妳的決定？」

艾羅未及回話，此時醫院廣播聲響起，報道：「凱諾醫生，請立刻至第二診療室！」她認出那是潔兒的聲音。

凱諾理理心緒，打起精神，道：「我得走了。」艾羅有些失了魂般地點點頭，隨著他朝房門方向走去；走了幾步，凱諾側身問道：「後天下午，我去接妳嗎？」艾羅不解地望著他，問道：「你還願意幫我？」凱諾深深看著她，像是在以這般堅毅的眼神宣誓著他不求回報的愛情。但一會即掩藏，不帶多餘情緒地淡然說道：「這是兩回事。」見她表情裡懷著歉意，他強作瀟灑地補充道：「妳不要忘了，我是一個醫生。」

兩人步出辦公室，就此作別。望著凱諾那落寞的背影，艾羅當下竟是一陣致命的痛苦襲來，讓她幾乎暈眩。她定定神，忽然想起這番纏綿輾轉，她竟把斐恩的事給忘了，於是忙發足追上，在他背後高聲喚道：「凱諾醫生！凱諾醫生！」凱諾停步回頭，艾羅微喘著氣來到他面前，說道：「我還有件事想問你。」凱諾道：「什麼事？」艾羅道：「你記不記得……」

未及說完，廣播又響，仍是潔兒的聲音，催促道：「凱諾醫生，請速至第二診療室！凱諾醫生，請速至第二診療室！」

凱諾當下心急，擔心去遲了延誤病患醫治，說道：「抱歉，我沒辦法多聊了，有什麼事後天談吧。」說著，快步沿過道走去，沒多久他的身影已抹過了轉角，隱匿無尋。

艾羅怔怔立在原地，再度目送這背影離去——這果決認真的背影，不久前才因她深深傷害了他而顯得那樣蒼涼寂寞。她的心被一種難以言喻的不忍剜割著，交雜著崇敬與心疼各種情緒。而他說起客居夢裡重聚的貪歡，不正也是她這半年來的生活寫照？即使她當時茫茫然不知其所。艾羅神銷地想著，到底要多刻骨銘心的感情，才讓人失了記憶斷了音息，還非得以魂夢相牽？

凱諾匆匆趕到了第二診療室，那門扉半掩，門內悄無動靜，不聞醫護人員忙碌，連燈也暗著，全然不與急召他來的廣播合調。他立刻敏銳察覺了這點違和。

凱諾把門推到足夠一人進出的寬度，欠身走進。這診間沒有窗戶，唯一的光源來自門邊那點空隙；昏暗的空間裡，淡青色床帳顯得灰白，沿著天頂各處垂曳而下，房間裡那架唯一的電動升降病床在重重幃幕間若隱若現。

凱諾並未伸手開燈，他抱著猜疑撩開了一幕幃簾，病床上坐著一個身著護士制服的年輕女子。他並不意外。

那電動升降病床調設到高度極限，那護士雙腳不足點地；她好整以暇地坐在床緣，雙腿交叉懸在床邊晃呀晃，不時無聊地把玩著手裡的遙控器，行止皆如一鬼魅。即使光線暗弱，她臉上表情掛著的輕率嘲弄依然清楚可辨。

凱諾不再朝她走近，站在原地，有些恚怒地說：「妳故意把我叫來，好阻止我和她相處？」

那護士只輕哼了聲，不欲正面作答。

凱諾續道：「不要再做這種幼稚的事，這裡是醫院，出了差錯妳拿什麼賠？」說完即欲轉身離去。那護士悠緩地開了口，道：「這句話我原封不動奉還。」語氣中竟充滿了警告意味。

她出語似乎立即發揮了效果，凱諾打消離開的念頭，情勢退到兩人平等的位置。他低聲道：「我希望妳別再管我的事了。」

那護士平舉手臂向前方劃了一個半圓，撩撥過重重幃帳，讓那些質地柔軟的布幔在透不進風的房間裡也能假勢飄舞，而她則在這簾波之間繼續享受這種惺惺作態的樂趣。

那護士道：「我不會放手的。凱諾，你為什麼這樣執迷不悟？為什麼要為了一個來歷不明、頭腦不清的女人，把我們之間的關係搞成這樣？」說到後來，她話裡竟也含著無奈的哀戚感。凱諾道：「她只有我。」那護士嘆了口氣，道：「我也只有你。」又說：「你難道還不懂？在這世界上，只有我真正關心你，你要認清這個事實。我會為了你做任何事。」

凱諾沉著臉，像在思索、連結著什麼。良久，他有些驚恐地開口探問道：「妳做了什麼？」

那護士不答。她失去了耐性，肆意按著手中的遙控器，任由那電動病床上上下下胡亂變換著高度，她在其上則隨之起起伏伏。一時間靜寂房間裡充斥著機器的嗚嗚運作聲，床帳也在這移動中，以及她煩躁地踢著腿產生的衝擊下不停顫抖著。

那護士道：「你別又想自毀前程，況且這一次，你也未必如願——她不是才退了你的求婚戒？」凱諾聽了，不由心中一陣淒楚。他強作鎮定，道：「為了她我什麼都可以放棄。」那護士尖聲接問：「也包括我？」

凱諾回答不出，蹙著眉，神情苦澀。那護士道：「你別忘記答應過我什麼。」似受了委屈，話語裡雜著濃濃鼻音。凱諾不願再與她爭辯，閉著眼，像是在等待心裡那陣強烈的痛苦過去。半晌，他勉強回神，淡淡說道：「無論如何，不要再來這裡搗亂了，這樣讓我對於『醫生』這個身分很為難。」

說完，毅然掉頭離去。那護士跳下床，喊道：「凱諾，你回來！你……你知道後果，你會後悔的……氣死我了！」她將遙控器隨便摔在床上，追至門邊，途中卻遇帳幕纏阻，恨恨地跌在一張椅子上，緊咬下唇，用力搥了下椅子扶手。一會，她似聞腳步聲靠近，她雀躍起身，叫道：「凱諾！」

門開啟，來人在她身旁低聲說道：「是我。」是個憂淡輕柔的男性嗓音。

那護士速回過頭，辨清來者，洩氣地垂下眼瞼，撇撇嘴，好不情願地輕喚道：「嘉洛。」

6

艾羅離開金達爾醫院，才出大門，亞勒已經守在那，他低頭徘徊，頻頻看錶，顯然正拿不定主意要不要進去一探究竟。

等到了近五點，艾羅步出醫院。亞勒如釋重負，忙趕上前和她道長問短，關心她是不是又遇到了什麼壞事；但艾羅卻是魂不守舍，對於他的提問，不是含糊帶過，便是答非所問。亞勒察覺她的分神，想她也許正有什麼難言之隱。確認了她的平安，以及尚未從凱諾醫生那裡得知任何斐恩的線索之後，不再追問他事。

當晚回到旅舍後，艾羅推辭疲倦，不願再有其他行事，連晚餐也沒吃，早早回房歇息了。

第二天是艾羅在辛娜小築住滿一星期的日子，也是她該決定去留的最後期限。雖然艾羅略提過她正打算再繳一個星期房費，但當時她並未明確說定，因此亞勒不知道她到底要不要在這天來個最後衝刺。但既然租屋一事遲早要解決，他即假設兩人今天還得四處奔忙。晨起盥洗之後，照例出發前往辛娜的旅店。

亞勒將車停在巷口，步行而入，及至那旅店大門就在一步之遙處，他把手從口袋伸出，準備下一邁步便可同時推門。正在此刻，那門卻早了一秒先行開了，一個曼妙女郎有些匆忙地出得門來，卻在門檻處沒跨好，一不小心扭了腳。她「啊！」地輕呼一聲，整個人重心不穩地斜傾，身子撞在才自行闔上的門板上。亞勒見狀，一箭步往前，本能地伸手想扶她一把，卻已不及，他指尖觸及她手腕皮膚，抓下其上的手鍊，下一幕，她已狼狽跌坐在門前的柏油路上了。

亞勒忙蹲下身去，問道：「妳摔傷沒有？」

那女郎側身坐在地上，右手撐著地面，身子試著前傾，想以左手去觸摸扭傷的腳踝，又驚見左腳上的高跟鞋鞋跟已由頂端斷裂，掉在鞋外幾公分處，她苦著臉泫然欲泣，緊咬下唇，強忍著痛，喃喃說道：「我的鞋……」

亞勒又道：「我扶妳進店裡坐坐吧。」那女郎這才意識有人在身旁說話，猛地轉過頭，她面如皎月，眸若星辰，直順的栗色長髮如絲絨映臉，因為驚訝而微啟的雙唇抹著嬌豔欲滴的赭色唇膏，唇下貝齒隱現，在這一摔跌下，又添幾分近人的楚楚可憐。亞勒心下微微一震。

那女郎原來專注在扭腳斷鞋的氣惱中，忽聞人聲，臉上換了訝異迷茫的表情，顯得樸直嬌俏，但一晌回過神來，旋即有了些戒備，以慧黠明盼的雙眼不住審度眼前的男子，精巧美麗的臉龐上散發著敏感聰穎的氣質。瞬息之間，風情萬變。

她掠掠長髮，把一頭披散的柔絲夾到耳後，不甚避諱地將亞勒上下打量一回，才開口答道：「你能不能扶我到那張椅子？」她說著，抬手指向前方約莫五公尺處的一張公共長椅。

亞勒應允，把掌心裡的手鍊暫且收到口袋之中。先行起身，再出手去拉她；在這微冷天候中，她仍穿著一件單薄合身的淺褐色連身窄裙，使得她起身的動作更加困難。

亞勒試了一回，她又摔回原處；擔心她傷勢惡化，亞勒說道：「我背妳吧。」並彎下身去，那女郎卻乘勢把手臂繞過他頸後，道：「你再試試這麼攙扶我吧。」

這方法果然奏效，亞勒成功地扶起了她，陪著她以那雙高低差上快十公分的壞鞋慢慢地拐跛到公共長椅。

那女郎一靠近目標，即抽了手臂將自己重重滑落到椅子上，彎著身脫下高跟鞋，忙亂地用雙手揉搓著左腳受傷的踝骨，慌忙之下愈弄愈疼，把臉都皺成了一團，嘴裡還不由發出嘶嘶聲，淚水在眼眶打轉著，隨時就要落了下來。

亞勒走到她面前，蹲下身去，輕輕由她手中接過那受苦的腳踝，道：「我來吧。」女郎未及反對，他已低頭專注地在她踝上按摩起來。即使隔著一層黑色絲襪，她仍可感覺他的手掌大而溫暖，力道柔中帶勁；在他反覆耐心推拿下，她清楚意識那疼痛正一點一滴地在減少；再一會兒，腳踝已經完全不痛了。

亞勒抬起頭，問道：「還疼不疼？」女郎搖搖頭，把腳掌左右動了動，證明已靈活自若，並柔聲說道：「謝謝你。」她蕩開了笑容，笑得有些靦覥。

亞勒拾起一旁的高跟鞋，道：「怎麼辦，妳連鞋也壞了。」女郎嬌俏地眨眨眼，道：「沒關係，看我把另一隻鞋跟也敲掉了吧。」她好似忙著炫技的孩子，拿起那只完好的鞋，用力地對著鐵製的椅腳敲去，敲得整條巷弄一時間充盈著噹噹噹的連續聲響。

終於，鞋跟讓她敲斷了，卻偏偏只斷了半截，餘下的跟長配不了另一只斷鞋高度，亦很難再有敲擊的著力點。她弄巧成拙，好生尷尬地癡癡笑著，不知如何是好，說道：「唉呀，我真的好笨，你一定正在心裡取笑我吧！」

亞勒嘴角似笑非笑，也沒忙著否認。忽地他靈光一現，說道：「妳穿我的鞋吧。」女郎正要推辭，亞勒已由跪坐姿勢換成了盤腿，並飛快摘下腳上的布鞋，擺放在她面前。

女郎把腳掌移到他鞋旁，笑道：「也太大了。」亞勒道：「將就將就，我替妳把鞋帶綁緊一點便是。」女郎仍不太相信他的提議，心道：「怎有人會想出這怪點子？」問道：「你當真讓我穿你的鞋？」亞勒毫不猶豫地點頭。那女郎道：「我車停得不遠，我上了車直接開回家，就不用鞋子了。」亞勒道：「好，那妳穿上我的鞋，我們一起走到妳的車旁，妳再把鞋還我。」

那女郎心想：「這人真是憨直得可愛！」不由地噗哧一聲笑了出來，眼珠一轉，發現他正目不轉睛地注視著自己，兩人當下四目交接。即使委坐於地，她居高臨下，他那雙銳利如鷹的眼裡自有一種尊嚴，而他是如此任俠助人，真如一名古道熱腸且桀驁不馴的俠士。她想著，立即飛紅了雙頰，一顆心噗噗亂跳；為了隱藏心事，她趕緊偏過頭去，把腳胡亂套進那雙大鞋裡。亞勒目光仍留在她側臉上，心不在焉地探出手，將左右鞋帶分別牢牢繫緊，緊得如她腳掌的一部分。

兩人沿著與辛娜旅店相悖的方向並肩而走，那女郎穿著亞勒那雙不甚合腳的大鞋，而亞勒則是隔著棉襪踩在細礫的柏油路上。沿途草木清香，空氣裡還留著早晨未散盡的霧氣。

一隻毛色艷麗的鳥翩然斂翼而下，停在一側的草地上，女郎問：「你知道這是什麼鳥嗎？」亞勒道：「知更吧。」一會兒，一片樹葉在他們面前飄了下來，女郎又問：「你知道這是什麼樹嗎？」亞勒道：「懸鈴木吧。」此後，一路無話。

出了巷口，再向左經過兩個路口，已可看見緩坡之外穿流的車輛。那女郎開心地指著小路對面的車，叫道：「那就是我的車！」亞勒順勢看去，只見一部紅色奧迪跑車停在眼前不遠處，其色腥紅如血，在陽光照射下閃著嫵媚的風姿，成為這寧靜小路放眼望去最喧囂之景。

女郎快步走了過去，一面回身對落後數步之外的亞勒問道：「你家住哪？我順道載你一程吧！」亞勒道：「我就住這附近。」那女郎道：「那你正要上哪去嗎？」亞勒指指原路，道：「我要到這條巷子找個朋友。」那女郎似乎再也想不到理由，一臉失望地自行坐上了車，單手擱在門邊，快快說道：「那麼……再見了？」亞勒點點頭，道：「再見。」

直到她發動引擎，車子揚長而去，一瞬間已在小路上消失得不見蹤影，亞勒還沒想起來，他腳上仍只穿著棉襪，他怔怔望著她駕車離去的方向，儘管四下已空蕩靜寂。良久，他掉頭循原路回去，右手插進外套口袋裡，摸到一個冰冰涼涼的東西，掏出一看，是一條仿月桂枝條編成的銀色手鍊，葉子凹痕處不規律地嵌著鐵灰，讓銀飾去了俗麗的閃亮，添了質地與立體感。

亞勒回到辛娜的旅店，一進門，薩琪像隻彩蝶般朝他翩然撲來，高聲道：「你終於來了。」低頭一看，見他腳上只穿著襪子，立即大驚小怪地呼道：「唉呀！你怎麼忘記穿鞋了？你從出門一路過來都沒發覺嗎？嘖嘖，我的天，世界上怎會有你這般遲頓的大傻瓜！」

薩琪說著，一面笑得上氣不接下氣。亞勒無奈地搖搖頭，撇下她向艾羅走近。艾羅正倚在櫃檯旁和辛娜交談著，這個素來只擺商業笑臉的老闆娘今天竟然違了例，相當熱絡親切地拉著艾羅的手說話，兩人面上皆有喜色，好似正聊著什麼教人愉快的話題。

亞勒一靠近，艾羅已等不及地要告訴他好消息般，興沖沖說道：「亞勒，我找到房子了。」亞勒不明就裡。艾羅道：「老闆娘有個朋友，在蘭貝斯有間自租公寓，最近正好房客搬走，空出一個房間來。」說著揚了揚手中的紙，上面有著辛娜寫給她的房屋地址以及屋主聯絡電話。亞勒並不如她們熱切，先前失敗看屋經驗讓他不願太早抱持期待。他問道：「妳跟房東說明過目前的情況沒有？」艾羅搖頭。

薩琪自顧笑完，有些掃興地跑了過來，插在他倆中間，拉過放在櫃檯上的一只瓷盤，說道：「你嚐嚐我做的蝴蝶酥！」亞勒只得拿一塊吃了，隨口稱讚幾句。

辛娜接續先前的話題，道：「那房東是我老朋友，你們報我的名字他會通融的。」看看掛鐘，催道：「他們只有早上帶房客看房，要不你們現在就過去談談，合意了今天就搬進去吧！」亞勒先前興致缺缺，現在也慢慢燃起希望，對艾羅道：「妳先給房東打個電話，我回去拿雙鞋，一會兒過來接妳。」艾羅還沒答話，辛娜前傾了身，把頭探出櫃檯對著亞勒的腳瞥了瞥，搶道：「不要這樣來來回回浪費時間了，等會又趕不上。我看這樣吧，你去我大兒子房裡挑雙鞋穿了，電話我來打，也好先替你們跟我這老朋友打個招呼。」說著便呼薩琪領他們上樓試鞋。

沒一會亞勒穿了鞋下得樓來，辛娜還在電話中，她拿著話筒扯嗓陪笑道：「是呀是呀，這女孩在我這裡住了一個禮拜，規規矩矩乾乾淨淨的，保證是個好房客，肥水不落外人田嘛！你看在我面子上——」亞、艾二人相視而笑，皆有些喜出望外。原來這見錢眼開的老闆娘也有這樣熱心助人的一面，看來先前誤解了她。

薩琪又纏上來，要他們吃那盤蝴蝶酥，艾羅笑道：「謝謝妳，我剛才已經吃很多，真的吃不下了。」亞勒也委婉推辭，薩琪不依地說：「你才吃了一塊，哪有這樣就飽的道理，難道你的胃跟小鳥的一般大嗎？」見他仍不動聲色，只好妥協道：「好嘛！那我把這剩下的打包了，你回去可要記得吃呀。」亞勒點頭允了。

同時，辛娜這裡也已聯絡妥當，催促著二人出發，艾羅走到門口，想起什麼，又折回來，道：「我行李還在房間……」辛娜笑道：「沒關係，讓妳放到今天六點，絕不多跟妳收錢。」艾羅停頓了一下才反應過來，感動地說：「謝謝妳，老闆娘！」辛娜和藹地拍拍她的肩膀，比著手勢笑咪咪道：「快去吧！」

結果看屋過程出奇順利。房東是一對豪邁的老夫妻，要出租的公寓設備齊全，乾淨而溫馨。當艾羅提出不確定要住多久時，他們說：「那就不打合約吧！搬出前提早三天告知我們就行了。」問起租金，原本還擔心著辛娜如此積極推薦，其中是否有金錢上的陷阱，但他們說：「一星期六十鎊。嗯，要是太貴可以再商量。」便連這點疑慮也消了。又問押金，他們說：「舊識推薦，押金就免了吧。」還三番四次問艾羅需不需添購傢俱。半小時不到，雙方皆已達成共識，並作好口頭約定，當天即遷入。

對於這個的意外的轉折，亞、艾皆訝異不已，艾羅道：「看來辛娜不僅是個好人，還是我的貴人呢。」亞勒立刻點頭同意。

下午兩人回旅店提行李，不住向老闆娘再三道謝，辛娜瞇著眼呵呵笑著，傲人的雙下巴在她頻頻搖頭時鬆垮垮地抖動。一直到艾羅收好行李下樓，都不見平時最聒噪纏人的小女孩。艾羅對辛娜問道：「怎麼不見薩琪？我們想和她道別呢！」辛娜向店裡嚷了兩聲，不見人來，無奈笑道：「她說什麼害怕離別場面，這會八成躲在棉被裡哭吧！這孩子呀，嘖嘖，真是拿她沒辦法！」

晚上亞勒回到住處，歐特還沒有回家。他獨自坐在沙發上，再度從口袋裡掏出那條月桂手鍊反覆端詳。一會，他覺得有點餓了，放下手鍊，順手拿過早上薩琪打包給他的蝴蝶酥。他打開盒子，愣然一愣——眼下哪有什麼吃剩的蝴蝶酥？盒裡裝的，是以上好食材製成，仔細嵌放在絲布裡的，一顆顆精巧別緻的愛心形狀黑巧克力，每顆心上，皆鐫著流宕草書體的一個「愛」字。

＊　＊　＊

華迪姑媽的書店位在康登市鬧區的一條小巷底，鬧中取靜，兼得環境清幽與地利之便雙重優勢。

先時艾羅與凱諾會面，匆匆一聚，兩人說好二日之後再見。那時艾羅尚在為租屋一事煩惱，苦覓容身之所，也沒個確定地址讓人接送。因此，便說好她自行前來金達爾醫院門外相候。

到了晤期，艾羅依約前往，凱諾則是直接開了車過來——那輛經常在她夢中出現的黑色轎車——她當下杵在車門旁，但覺周蝶莫辨。良久，才回神上座。

再次見面，兩人皆罣礙不安，不知該以什麼面目和身分彼此定位，亦無從掌控這失衡的關係以及弔詭的局面。

凱諾道：「我帶妳到一個地方去，那裡可能對妳記起舊事會有幫助；但我下午臨時有個會議，載妳過去後就得趕回醫院，不能留下來陪妳了。」他聲音有些乾澀，不再像上次那樣跌宕起伏，言談中沒有加入不必要的形容詞，只是向她交代一項行程而已。艾羅有種遭到遺棄的孤獨感，如同半年前他丟下負傷的她自行出國開會。而他們目前的關係讓她不具資格強留，或者質疑他是否刻意以此迴避兩人的相處。

艾羅問道：「什麼地方？」凱諾道：「華迪姑媽的書店。妳大概也不記得華迪姑媽了吧？」艾羅搖頭，心想：「便是我不時夢見的那家書店吧。」

凱諾將車發動，開出醫院前庭。艾羅靜靜坐在副駕駛座位置，心中好生悵惘。她明明認得這車，認得車中一切色調與氣味，但她記憶裡卻沒留下任何相關紀錄，像一段不以譜記的音樂，即使餘聲繞樑也無跡可尋。

而夢裡的氛圍更不消說了，那曾是她聊賴生活中獨獨戀賞的風景，於今真真切切發生了，一模一樣的場合，一模一樣的情節，他們並坐車裡，窗外飛逝了花草房舍，比夢裡更清晰的角色和面孔，氤氳的卻不再是那一貫不必言喻的靈契，而是因忸怩尷尬造成的沉默相對。

車子開上了大街後，凱諾道：「妳在倫敦的這幾年，大半時間都是住在華迪姑媽家。就名義上而言，她還是妳的母親。」艾羅倒抽口氣，凱諾由眼角餘光看見她震撼的表情，改口道：「我是指，尹芳的母親。」

艾羅未從這駭人的消息緩轉，忙問：「這到底是怎麼回事？」凱諾道：「這事情　言難盡。總之我已經事先聯絡了姑媽，她會慢慢告訴妳。」

艾羅見他不欲多言，只好壓著滿腹疑惑。車裡再度回復一片靜寂。她悄悄流眄他的側臉，他專注開車，漠然的神色與她之間築起一道牢不可破的高牆。

及至目的地，艾羅果然看見了她預想的圖景——一幢白石灰、黑木樑交錯搭建的傳統英式房舍，連屋頂傾斜角度都與夢境相合。推門而入，門上風鈴清脆悅耳，仿古書櫃連綿而置，窗櫺邊擺著幾張古雅桌椅，天頂燈光溫暖而寧靜。這回她有了準備，便不再因愕然而拖延。

一名年約六十多歲的婦人聞聲迎來，臉上帶著和煦的笑容，艾羅認得這笑靨，她沒多問，早已知曉此人即是凱諾言及的華迪姑媽。

門方掩，華迪姑媽已等不及上前分別與兩人擁抱。她腳步有些搖晃，展著雙臂像企鵝般走來，一面說著：「正念著你們呢，這可終於來了。」語調充滿了興奮與熱情。

凱諾卸了先時的冷淡，微笑道：「姑媽，妳好。」並傾身回抱寒暄。艾羅站在一旁，有點兒不知所措，被動接受了擁抱，有些拗口地學著凱諾道：「姑……呃，妳好。」

華迪姑媽也不甚介意，拉著她的手叨唸起她不告而別令人傷心，說到動情之處竟語帶哽咽，原來艾羅出事時，華迪姑媽正與朋友在外旅行，接到凱諾電話匆匆趕回倫敦，艾羅卻已逃出醫院，自此音訊全無。艾羅想起家鄉父母也曾這般蒼涼問詢她八年來的下落，此情此景當喻堪擬，她不禁黯然自忖：「為什麼我老是在重覆同樣的窘境？」心中愧責，無暇在意華迪姑媽口口聲聲以「尹芳」相喚。

說了一會，華迪姑媽轉悲為喜，道：「幸好，總算是雨過天晴，妳和凱諾的婚期要盡早重擬，妳知道妳這一走，最可憐的就是凱諾了，他為了找妳，每天……」艾羅正好生尷尬，不知從何應答，凱諾出聲阻道：「姑媽。」他停頓一晌，漠然說道：「我們已經分手了。」

艾羅悄然抬眼，他臉上讀不出悲喜情緒，視線不與她相交。暈黃燈光下，她猶似看見那雙深邃湛藍的眼裡隱隱佈著血絲，一如亢旱乾涸了海洋，裂開赤土。

華迪姑媽驚訝不已，臉上笑容一瞬僵下，輪流看著兩人，支支吾吾道：「你……你們……」凱諾道：「我今天帶她來，只是想請妳和她說說以前的事，看能不能幫助她找回過往的記憶。」華迪姑媽不假思索地接道：「她過往的記憶不就是你！」

說著，轉向始終低眉斂眼的艾羅，執起她的手，急切問道：「尹芳，我聽凱諾說妳又失憶了，可是妳總不會連你們之間的感情也丟了吧，難道妳不記得當初為了能夠在一起……」凱諾鎖著眉再度搶道：「姑媽，妳別再為難她。」他一把將華迪姑媽拉過，兩人背對著艾羅私下窸窸窣窣溝通了好一陣。華迪姑媽終於勉強點了頭應允，臉上明顯帶著失望和妥協的神情。凱諾看看錶，欲去，與華迪姑媽擁抱作別，對於艾羅，僅在數步距離之外頷首示意，而她則依禮回應。

凱諾離開後，華迪姑媽沏了壺茶，與艾羅對坐於窗檽旁的原木桌前，開始對她訴說這八年來的種種事件經過。

＊　＊　＊

八年多前的一個下午，醫院裡送來了一名在倫敦街頭昏倒的女孩。將她送醫的路人把人交下，簡單說明只是路過廣場時碰巧撞見，行了舉手之勞後，即自行離開。

那女孩雙眼緊閉、面色慘白，氣息相當微弱，但除了右肘上可能是在暈跌時擦傷，身上並無其餘傷處。

醫院原想通知她的家屬前往，卻找不到任何相關證件或者關係人聯絡方式。她的隨身物品估計在送醫途中掉了，醫院別無辦法，只好替她做了基本檢查和救援處理，確認沒有生命危險之後，先安置於普通病房，欲等待她清醒再來補辦後續事宜。

怎料幾個鐘頭之後，女孩醒了，卻想不起一切舊事。她茫茫然坐在病床上，問她姓名，她答不出；問她年紀，她答不出，又問家裡電話、地址，或者能否說出任一個親友名字，她還是無法作答。醫護人員束手無策，只能暫且將她留在院裡，並為她安排進一步的相關檢查。而當年全程為她診療的，即是腦精神內科醫生嘉洛。

經過幾次檢查比對，並會診了臨床心理師，嘉洛醫生推斷，她可能因某突發事件過度驚嚇，造成了創傷後壓力症候，以遺忘迴避痛苦的記憶。儘管如此，仍沒有人能確切肯定她入院前是否真的經歷了什麼恐懼之事，治療上也更加棘手。

日復一日，那女孩依舊記不起和自己相關的身世背景，終日恍恍惚惚，時而麻木不仁，時而杯弓蛇影。有時候，她會忽然在半夜驚醒大哭，吵得一室患者不得安寢，同樣為疾病所苦的室友起先還好言相慰，但很快地失去耐性，直接令道：「閉嘴！」女孩握著拳，緊咬食指，把頭蒙到被單裡，嗚咽啜泣，臨寢病患破口罵道：「再吵我殺了妳！」叫來護士，要求換房，不停抱怨著：「混帳！化療已經夠折磨人了，晚上還得跟瘋子住，吵得片刻不寧！」

轉眼過了將近一個月。在持續藥物治療下，女孩情緒已穩定許多，她學會不發出聲音地流淚，不再惹得其他病友和家屬抗議、不滿，但她記憶卻仍不見絲毫恢復之兆。

原本，醫院資源已相當有限，像她這種非危急症狀患者實不該住院佔用床位，但熱心的護理長特別回報醫院院長，院長見她處境堪憐，又這般年幼，甚至都還未達法定成年歲數，如何忍心趕她出去，教她一個小女孩獨自流落街頭、無家可歸，只得一再通融。但時間過去，她康復之日遙遙無期，如此下去也非長久之計。院長於是又動了惻隱之心，私下聯絡一名故舊——琴醫生，詢問她可願相助一臂之力。

琴醫生任教於大學，醫院裡設有她個人專屬辦公室。她早先也曾在院長麾下做事，兩人是數十年同事兼好友；雖然這些年她專注教職，仍不時回醫院演講、交流。

琴醫生不但是醫界資深、優秀的前輩，她為人慷慨樂施、提攜後進，很願意花時間與年輕人相處，院長最初便是看在這點，才決定致電與她商談。再則，她是名專業照顧者；其三，性別考量上也合適，讓院長相信她正是收留這女孩的不二人選。

聽完院長扼要的陳述後，琴醫生思量半晌，道：「我家的確有個空房，是我特地留給暑假外地實習生用的。如果只是暫時借住，應該沒問題——」她語尾拖延，似有為難之處。院長道：「我明白。總之現在暑期剛過，距離明年暑假也還有快一年的時間。到那時候，如果這名女病患還沒能恢復記憶，我再來另想辦法吧。」

就這樣，這個失憶的女孩在經過漫長的一個月住院後，終於由醫院病房遷出，搬到了琴醫生家裡。她出院時即歸還了病人服，身上穿著那唯一一套送醫前所著的便服，除此，再無其他行李。

琴醫生的丈夫在十年前病逝，獨生女兒遠嫁他鄉，她門下學子雖眾，卻長年寡居，一個人時不覺寂寞，現在接來了個年輕女孩，歲數堪當她的女兒，甚至孫女，忽覺家裡多了點生氣。這女孩雖然因失憶顯得有些癡傻怯懾，並因長時間住院而憔悴消瘦，倒也生得眉清目秀，沉靜淡雅。也許多少有些移情作用，琴醫生對這女孩憐愛有加，將女兒留下的服飾任她挑選，又特地撥空帶她上街採購；而這女孩如深諳世故般，一味只揀些便宜、基本的衣款，好似明白自己寄人籬下的分寸，絲毫不敢越矩。

每天，琴醫生都為女孩準備營養而豐富的餐食，希望能盡快把她身體調養好。有一回，琴醫生剛做好晚餐，正想呼女孩下樓吃飯，才想起她也沒個名姓。上了餐桌後，琴醫師問道：「妳對自己的名字也毫無印象了嗎？」女孩搖頭。琴醫師又問：「那妳有沒有特別喜歡的名字，可以讓人暫且叫著？」女孩想了想，再次搖頭。琴醫生道：「可是妳總不能一直沒有姓名……這樣吧，我替妳想個名字，在妳回復記憶之前，將就先用著，妳看好不好？」女孩同意了。於是，琴醫生思索好半日，覺得「尹芳」一名與她相配，也就這麼定了。

一個星期後，琴醫生帶女孩回醫院復診。兩人來到櫃檯前，琴醫生請護士調出病歷，並陪著她親手在空白的姓名欄上正式填上「尹芳」一名。這是她第一次寫這個名字。

此後，她慢慢適應別人這麼叫她，從一開始的漠然無感，到必須停頓數秒方有反應；最後，只要聽到有人喊：「尹芳！」她已能當下答聲或者回頭。

雖然出了院，嘉洛醫生仍建議那女孩——即尹芳——定期回診。初始約好一周一次，固定在每星期三下午，琴醫生這時段沒有排課，因此能陪同前往。

第二次回診時，由於看診過程順利，尹芳比預期時間提早出了診療室，琴醫生還沒來到兩人約好的會面地點接她。她想：「不如我自己先過去找琴醫生，省得她還得為了我走這麼一大段路。」於是，憑著印象循上回由琴醫生領著她走過的方向去。但醫院過道條條相似、且四面相通，她繞來繞去，在其中迷了路，連原來的會面地點也再找不到了。

自以為的體貼，卻弄巧成拙，想起琴醫生一會還得為了找她費一番力氣，尹芳心中焦慮不已。她最擔憂的，莫過於惹出麻煩，教琴醫生操心、善後，哪怕再細小的錯誤都令她慌張。正急間，前方迎面走來一名身穿白袍的年輕醫生，尹芳躊躇著，不斷搓著手左顧右盼，她害怕和陌生人交談，可是若不上前問路，又只能等琴醫生找來。

那醫生愈走愈近，她便愈來愈慌。等到那醫生正由她身旁經過，她仍沒下定主意，眼睜睜地看著機會從眼前過去。

那醫生繼續往前走了幾步，又轉身折回，來到她面前，猜測問道：「妳是不是有事情需要幫忙？」

尹芳聞聲，抬起頭來，用她那雙因長期暗自垂淚而腫得有些睜不開的眼睛看著他，道：「我要去琴醫生的辦公室。」她聲音因緊張而有些飄浮，她失憶後便不曾獨自和陌生人這樣面對面說話。

那醫生想了一下，說：「妳跟著我走吧，我要去的地方正好會經過那裡。」她點了頭，那醫生便繼續往原來廊道走去。

尹芳兩眼空洞洞地隨著前方那團白色目標物移動，那醫生腳程稍快，她在背後時而必須小跑追上，那醫生則是不曾回頭也從未察覺。

兩人一前一後步出迴廊，進了電梯，往下幾樓，又出來，再經幾條過道，來到一扇門前。那醫生一路都不向她更新任何實況，收步提手敲門進入，對著正坐在辦公桌前的年長女醫師禮貌說道：「琴教授，有人找妳。」

琴醫生放下手裡的筆，摘下臉上的老花眼鏡，抬頭看看站在門邊的尹芳，對那帶路的醫生笑道：「謝謝你呀，凱諾。」

這個年輕醫生正是凱諾。那時，他還是個初出毛廬的醫院新血。他向琴醫師點點頭回禮之後，直接略過尹芳，帶上門離去。除了開始的一問二答之外，兩人便沒有其他對白。

從那次起，尹芳再也不敢自作聰明。每回看完了診，便乖乖到指定地點等候琴醫生。她們的會面點是醫院裡一個開放式大廳，大廳打通三個樓層屋頂，前方有一整面由頂至地，縱向連接這四個樓層的玻璃牆，玻璃牆是由無數窗格組合而成的，浩大而壯觀，從內往外看，是由透明窗框劃成一格一格拼圖般的前庭草地和蔚藍天空。這裡離尹芳看診室不遠，只消出了門直走即可到達。選在此處，省去她因地理不熟悉而迷路的可能性，極好的視野也能抵消她等候時的煩悶無聊。

過了幾個禮拜。這天，尹芳又提早出了診間，逕自走到大廳盡頭，背對玻璃牆在長凳上坐下——辜負了琴醫生原先設想的美意，美麗的風景之於她並沒有任何吸引力。

等了一會，她偶然瞥見上回替她領路的醫生正拿著馬克杯，走到左前方角落使用咖啡機。她起身悄然走近，腳步輕如鬼魅。正思索著一件醫療個案的凱諾渾然未察。

尹芳來到他背後，喚道：「凱諾醫生。」也許是上回他出手相助之後，琴醫生幾番在她面前眉飛色舞地說起這個得意門生，讓尹芳對他倍感熟悉，遇上了，竟不假思索地主動上前打招呼。

凱諾端著盛滿咖啡的杯子回身，疑惑地看著她，道：「妳是……」他好半天才想起——這女孩相貌平凡，要非那雙紅腫得幾乎睜不開的眼睛，根本沒有讓人記得起的特別之處。何況醫院公事繁複，來來去去多少病患，他每天忙得焦頭爛額，哪裡有心力去記住幾星期前給人帶路這等小事。

在等待他思憶的這幾分鐘裡，她也不先行開口提醒。叫了他之後便呆呆站在原地。凱諾道：「妳好。」她面無表情地點了下頭，等了一會，她既不說話也不走開，凱諾又道：「妳找我有事嗎？」她機械般地搖搖頭。凱諾不瞭解她怪異的行止，只好隨口問道：「妳是琴醫生的病人嗎？」她搖搖頭。他又問：「那麼，妳是她的親戚？」她又搖頭。他遲疑一下，問：「妳……是她的學生？」她還是搖頭。

大抵這樣的情況下，常人早就主動說明，豈有教人一項一項猜的道理？凱諾覺得好生乏味，況且他並不是真心想知道她和琴醫師的關係。正想著離開，尹芳終於開了口，說道：

「上次，謝謝你。」她聲音細小平板，神情卻相當純真，讓人摸不著到底是在客套應酬還是誠心致謝。

凱諾耐下性子將她重新看過一遍——她瘦骨如柴，蒼白素淨的臉上兩頰微陷，嘴唇乾裂毫無血色，那雙令人印象深刻的眼睛腫得很不自然，兩眼皮成為她一身皮包骨唯一胖處。這年齡的女孩，最是聲調抑揚、表情豐富，她卻老是一臉落落寡歡，全身上下不掛任何點綴，長髮只用一條橡皮筋束成馬尾，連衣服尺寸、顏色搭配也全不講究，好似僅只是要有個蔽體之物。她站在這巨大玻璃窗格前，襯著天寬地闊，更顯形銷骨立。

凱諾記下了她的容貌，道：「妳在這裡等我一下。」尹芳點點頭，沒問緣由，自顧走回那張長凳坐下。

凱諾回去擱下了咖啡，跑了趟醫院附設的藥局。回來時，遞給尹芳一個小紙袋。她直接拉出袋裡的東西，問道：「這是什麼？」凱諾道：「那是護唇膏，妳嘴唇太乾，再不保養會龜裂出血。」尹芳迷茫問道：「所以這是藥嗎？要什麼時候服？」凱諾覺得荒謬，但仍耐心指著包裝解釋道：「這不是給妳吃的。妳先把這蓋子打開，從這裡把它轉出來，直接塗在嘴唇上就可以了。上面有使用說明，再看不懂，便請琴醫師教妳吧。」他猜想她們可能較常見面。尹芳眉間輕蹙，像在努力消化這長篇大論，勉強揚了嘴角，道：「好。我回去試試看。」

一星期後，兩人又在同一地點相遇。尹芳來到他面前，仍只喚了聲：「凱諾醫生。」即佇足不語。她向來空蕩蕩的眼神似有所期待，凱諾虛應了聲，不欲浪費腦力和她玩猜謎遊戲。半日，她才問道：「你沒發現嗎？」眼神裡的期待已消失殆盡。凱諾反問道：「發現什麼？」尹芳垂了眼，道：「我用了你給我的護唇膏。」

凱諾這才將視線移到她唇上。那兩瓣不再乾裂脫皮的嘴唇，如上了臘般透著柔嫩而飽滿的亮粉紅色，竟密合成這麼好看的一個唇形。凱諾道：「很好。」語氣正如醫生稱讚病患的進步，又多了幾分親種花苗結果的滿足。

此後，每次碰了面兩人都會說上幾句。

凱諾原本寡言，對人總充滿防禦，無論遇了什麼人，只以與對方對應的身分角色發言，一切力求合乎邏輯。他用同理心為人設想，但情感不計。

凱諾認為，他與尹芳既然在醫院相遇，他就該以「醫生」的身分應對。他教她如何保養眼睛、照顧身體；但她比他更寡言，凱諾把和她相關的醫學常識深入淺出地傾囊相授，她卻總是似懂非懂地點頭虛應，從未有確切主題的提問或討論。

對於尹芳，這個行止奇異、語無倫次的謎樣女子，凱諾只有在無聊時不經心地由她有限隻字片語中拼湊她的身分。他知道她和琴醫生同住，好像出了什麼意外忘了些事，才每個星期上醫院找嘉洛醫生問診。有一次，凱諾越了線，對正獨坐長凳上發呆，等著琴醫生的尹芳問道：「妳為什麼總是背對玻璃牆而坐，難道妳不喜歡窗外風景嗎？」

尹芳沒有回頭看他，她還是以那一貫茫然渙散的眼神直視著前方。凱諾也沒期待她會正面回答，她甚至根本沒聽見他的問話。她怔了半晌，不知是在思考還是放空。然後，她轉過臉來，很認真地看著他，說道：「我不喜歡這個世界。」話語平淡卻字字清楚。

她說完，自顧起身來到玻璃窗格前。凱諾也跟了過來。他有些訝異，這是她第一次表達好惡之感——原來她也是有感覺的——而他以前一直忽略一個疑點，若她真如表面淡漠，何以雙眼不曾消腫？

凱諾來到她身旁，問道：「妳在想什麼？」尹芳把左掌心貼在玻璃上，湊近臉由八樓向下俯望，但覺眼前一片天旋地轉。她想著：「要能從這裡跳下去，結束一切苦難該多好。」那瞬間，她心裡的痛楚被這噁心的暈眩感取代了，她有種即將解脫的快活。

她及時閉上眼，在臨界點到達前，結束這種滅亡的幻想，同時，痛苦也重新復活。每當痛苦單刀直入地刺向她時，她痙攣、窒息，幾乎要放聲尖叫。最可怕的是，她根本想不起她因何而痛。她苦撐下來，只因她不願這樣不明不白地死去。

她定定神，急旋過身背貼著玻璃牆，臉上仍然沒什麼表情，手心裡卻冷汗涔涔。她不敢向任何人言述內心的瘋狂，凱諾雖察異狀，卻不再追問，亦無從得知這短短幾分鐘，她倏然經歷了那生存與死亡之間的猜忌和企圖。

不知道從什麼時候開始，凱諾不自覺地會和尹芳提及一些與醫病關係不符的話題，像是他個人對於改革現有醫療體制的想法、新手醫生所承受的壓力，以至於他的人生觀、社會觀、價值觀林林總總。正如一般聊天的即興，僅是點到為止，不具任何嚴肅性的批判與深入探究。而她則以那一貫呆若木雞的表情靜靜聽著，從不予他一句正、反意見的回應，眼神也不一定聚焦於他。凱諾有時甚至不能確定她是不是根本充耳不聞。也許正是她這般癡傻，他才略放了心，如同對著花草說話，毋需拘謹。

而談話是會上癮的。凱諾發現，每次到了星期三早上，時間便過得相當緩慢；總算到了下午，他臆測著該何時出去倒咖啡，要是拿著杯子走進大廳，遠遠看見長凳上空無一人，他當即折回，等待稍晌再重新出來，如此反覆。

有時候，她看診時間較久，他們才剛說上幾句就要道別。有時，她一分鐘也沒提前出來，或者琴醫生到得比她早些，便連碰上面的機會都沒有——他從不在琴醫生在場時上前與尹芳交談，且每回都在琴醫生來會面前離開。

凱諾不知道，之於尹芳，「到醫院看診」這件事是否多少包含與他見面，她總一副無動於衷的模樣，坐在那裡從不刻意等待著誰，或者期盼著誰。當然，原本已約好的琴醫師除外。

十二月，年歲將盡，醫院也營造了節慶氛圍，好讓苦纏病魔的患者們感受點溫暖。前庭燈盞繞樹而掛，建築物上亦有彩燈點綴。開放式大廳上，一棵參天耶誕樹聳立於正中央，樹上燈飾掛飾琳瑯滿目。到了夜晚，萬盞燈火齊亮，如夢似幻，好不壯觀，裡裡外外皆因這燈海喧囂燦爛，整個醫院化成一座不夜的瓊宮。

距離耶誕最近的那個星期三下午，凱諾和尹芳再次碰面了。因為各自交錯，他們已有兩星期未見。

尹芳走上前，說道：「凱諾醫生，我有耶誕禮物送你。」凱諾聞言，有些出乎意料。尹芳說著，一面取出放在側背包裡，一張捲起的圖畫紙遞上。凱諾伸手接過，打開一看，他先是愣了一下，旋即笑了開來——那紙上，是一幀以鉛筆素描繪製而成的胸上肖像畫，畫裡的主人公竟然是凱諾本人。他身著一貫的醫生袍，筆挺而具專業風度，那張稜線分明的臉相當細緻而立體，彷彿從圖紙上便可摸到其骨骼皮膚，沉著冷斂的神色裡透著令人心懾的威儀。凱諾特別注意到肖像上他那雙深陷的眼裡，竟讓她畫成了兩個海洋，左眼是一片神秘莫測，連著曲折海岸線的靜海；右眼裡驚濤裂岸，一如葛飾北齋畫筆下那激烈洶湧的狂潮碎浪。即使只是黑白素描，其鮮麗色彩卻清晰可辨。

凱諾笑不可遏，久久視線也不從畫紙上移開。尹芳不了解他的反應，問道：「你為什麼一直笑，我畫得很糟嗎？」凱諾趕忙收斂，說道：「妳畫得很好。」尹芳道：「那你認出我畫誰了嗎？」凱諾道：「我。」

尹芳聽了，臉上微露喜悅神采，這是她第一次呈現愉快的表情。凱諾默默端詳著她，她還是蒼白消瘦，但雙眼似乎消腫了些。有了靈動雙眸，讓她整個人看上去都不一樣了，她不再顯得呆滯癡傻，反倒添了幾分清幽迷離的氣質。

尹芳有些不自在地問道：「你為什麼一直看我？」凱諾收回目光，道：「妳眼睛好些了，這樣健康得多。」尹芳道：「這幾天都在趕這幅畫，所以比較少……」她硬生生地把那「哭」字吞了回去。

凱諾問道：「這畫花了妳很長時間嗎？」不待她回答，又問：「妳還畫了誰？琴醫生和嘉洛醫生嗎？」尹芳搖頭道：「我來不及畫那麼多人。」凱諾聽出了他是第一順位，他很滿意這個答案。

兩人來到玻璃窗格前，天色未暗，沿路披掛於樹頂的燈盞呈露了長長綠色電線，串連起一顆顆的水滴形透明燈泡。

凱諾有些抱歉地說：「對不起，我沒有準備禮物送妳。」在此之前，他也從沒想過要這麼做。尹芳道：「你送了我護唇膏。」她毫無失望之色，彷彿真把這老久以前的小恩惠一直記著。

凱諾問道：「耶誕節，妳和琴醫生一起過嗎？」尹芳搖頭道：「琴醫生今天晚上要搭飛機到愛爾蘭，去和她女兒一家團聚。」凱諾道：「她沒把妳帶上嗎？」尹芳道：「琴醫生邀了我，是我自己不想跟。」凱諾續問：「為什麼？」尹芳道：「我只是個檻外人。」她語帶哀愁。凱諾忽然覺得，她根本一點也不含糊瘋傻，怎麼以前他們從不曾這樣流利地對答？

凱諾猶豫片晌，提著心說道：「耶誕節當天我得值班，所以會提前在耶誕夜時到我姑媽家吃晚餐慶祝，妳……要不要加入我們？」尹芳也不考慮，搖頭道：「那有什麼不同呢？」凱諾憂道：「可是琴醫生不在，誰來照顧妳？」尹芳看著他，有些無奈地說：「我沒有你們想的那麼笨，這點基本生活能力還是有的。」凱諾有些心虛地笑了笑。今天之前，他的確是那麼看待她的。

回到了辦公室後，凱諾展著那張素描畫怔望。一個和他同辦公室的醫生正好經過，停步下來，對那畫瞥了幾眼，疑道：「咦，凱諾，這畫上的人不正是你嗎？誰畫的呢？還真了得！」凱諾正要回答，那醫生湊近了些，左看右看，皺起了眉，說道：「這人怎麼把你眼睛畫成這樣，好可惜，這麼精彩的一幅畫！」他說著一邊伸手把畫上那雙眼睛蓋住，看看凱諾，又看看畫，說道：「這樣才對嘛，其他部分還真是像極了。」他玩弄一會，自去。

凱諾看著畫上那雙被一度蓋上，又重現的眼睛，想著：「這才正是最精彩之處。」

7

平安夜當晚，凱諾按照原定行程至華迪姑媽家聚餐。一頓飯吃得相當愉快溫暖。兩人一直聊到近九點，老人家平常睡得早，已是呵欠連連。凱諾起身作別，華迪姑媽送他到門口，和他擁抱再三，才依依不捨地關上大門。

門外細雪，凱諾快步坐進車裡，打開暖氣等待玻璃上的霧氣散去。車窗外白茫茫一片，長街無人，萬籟有聲，雪若再積得深一些，恐怕連車子都要發不動了。在這屬於家人團聚的節日，凱諾慶幸在倫敦他至少還有個相依為命的姑媽。他忽然想起尹芳，想她舉目無親，就是依憑記憶遙思家人的鄉愁也無法擁有，他不能想像這種連思憶權利都遭到剝奪的處境到底有多悲哀。

凱諾坐在車裡，雙手扶著方向盤，想著此刻她正在做什麼？想著那幅畫。窗上霧散了，他將車子調了頭，開上另一條道路——他曾是琴醫生的學生，也曾因這師生關係到過她家去。

這邊尹芳剛洗過澡，正把頭髮吹乾，準備就寢，忽然聽見樓下敲門聲響起。她把頭探出窗外，來人站在門簷之下，她從上俯望，只看見一截黑色衣角。

尹芳跑下樓來，站在門後遲疑著，敲門聲再度大作，把她嚇了一跳，下意識伸手開了門。

凱諾正站在門外，以紛飛的飄雪為背景，他儼然如一座嚴寒裡屹立的雕像。他一身黑衣黑帽，不再是尹芳熟悉的那個身著白袍的凱諾醫生。尹芳扶在門邊，眼神裡充滿訝異和疑惑，好半日才支吾地問道：「你……你怎麼來了？」

凱諾道：「嗯，妳送了我耶誕禮物，也算把我當家人，所以我順道來看看妳。」凱諾不明白自己怎會扯出這麼冠冕堂皇的理由來。他總是需要個理由名正言順，在合理範圍裡他才能舒泰安穩。

尹芳好生不解，低聲喃道：「這樣啊。」想著：「幸好我只送了一人，要不和一大堆醫生護士成了家人，豈不苦煞。」凱諾轉移話題，問道：「妳還好嗎？晚上吃了什麼？」尹芳道：「吃了些麵包和優格。你呢？」凱諾實在不知怎麼告訴她在華迪姑媽家的豐盛大餐。

尹芳問道：「凱諾醫生，你知道這是什麼味道嗎？我覺得好熟悉，但想了一整個晚上也想不起。」凱諾仔細嗅聞，那是由鄰人屋裡傳來的烤火雞香味。他覺哀矜，她竟連這味道的記憶也失去了。便道：「我們去買些食材，我來做給妳吃。」

時間已晚，又值佳節長假，營業商家寥寥無幾。他們開著車沿途探找，最後終於在一家小店裡買來了一塊調味好的火雞肉，以及一些配菜。

回程上，由於不必再留意商店，尹芳專注望著窗外雪景。暗夜之中長道蕭索，街燈明滅，路旁高樹禿枝皆為白雪沾覆，如千萬盞梨花一夜綻開。一味灰色調的畫面裡，卻有一扇，接連一扇、一扇的窗子透出明亮而溫暖的燈光。有些人家不把窗簾拉上，她看見屋裡老少圍桌而坐，桌上或者無處舉箸，或已杯盤狼籍，或收去食物堆著一個個包裝精美的盒子。所有人皆幸福而熱絡地笑著，也飲食、也談笑、也相互擁抱、拆看禮物。

尹芳忽覺一陣心悸，一些零碎而模糊畫面閃過眼前，彷彿過往的記憶就要破蛹而出。每當這錯覺發生時，她便如送進磨豆機裡的咖啡豆，機器聲轟轟大作，她熬過粉身碎骨的痛楚後，卻不是流進杯裡的馥郁，而只是篩不出濾口的殘渣。她低下頭，用手按住心口急促呼吸著。車子煞停，輕輕一震她整個額頭朝手套箱猛烈地撞去。

凱諾忙側身問道：「妳有沒有怎麼樣？」尹芳沒有回答，打開車門踉蹌逃了出去。凱諾急急下車繞到她身旁，道：「我送妳去醫院！」尹芳半彎著身，舉起手抓住他的衣袖，指尖隔著他左肘上布料掐進他皮膚裡，他感覺得到她的顫抖。她咬著嘴唇無法張口說話，但凱諾知道她死命抓著他表示她不願於此刻就醫的想法。他觀其容色，用另一隻手摸摸她的頸脈與手脈，估計並不礙事，也就縱容了她的決定，彎著左肘任由她攀纏依附。

少頃，尹芳總算緩和些了，然而她耗時費心堆建起的平靜卻在這數秒間摧毀。細雪飛落在他與她的身上，凱諾道：「上車去吧。」尹芳緩緩直起背，看著無垠夜空與一地薄雪，想著，這強烈的黑白對比不正也是她人生未來與過去的隱喻色，心中升起一種凜冽的悲絕，忽而就忘了外境的寒冷了。

＊　＊　＊

回到了琴醫生家，尹芳坐在臥室床上，仍不停想著方才路上所見。那些畫面不單單是畫面，而是有情節、對白、背景音樂，有細瑣談話、不小心碰撞的實際生活。她卻想不起這些熟悉場景之於她的意義。

少响，扣門聲打斷了她的思考，凱諾推開半掩的門扉走進，並說道：「我把東西都放進烤箱裡了，但得等一會兒。」他原欲告辭讓她好好休息，但尹芳卻迫切想知道那食物味道是否與路過窗子裡的畫面吻合。

尹芳理理情緒，道：「謝謝你。」她聲音虛弱，凱諾關切問道：「妳還好嗎？」尹芳點點頭，隨手摸到了桌上的草稿紙，問道：「你要不要看看我的畫？」

兩人於是並坐於床緣，一張一張地翻看著她的鉛筆畫作。那些畫有的是室內靜物，有的是戶外實景的瞬間捕捉，比方枝頭雀鳥、草地野兔，有幾張還是以醫院為背景的廊上行人、塘前落葉堆等。凱諾發現，她筆觸遒勁，線條輪廓充滿力道，跌宕起伏，全不似她予人一貫虛無呆板的印象基調。

凱諾問道：「妳以前學畫嗎？」尹芳道：「我也不知道，但我發現很多圖像我只要看過一次就能牢牢記得……還真諷刺，反而是自己的過去都給忘得一乾二淨了。」她神情相當淒涼苦澀，凱諾接不上話來。

尹芳問道：「凱諾醫生，你是不是和我一樣不開心，所以不常笑？」凱諾道：「我有嗎？」尹芳道：「給你畫像的時候，我原想畫你的笑容，卻怎麼也找不到那樣的記憶。一直到我拿畫給你，那才是我第一次看你笑得那麼開，笑得那麼久。」凱諾好生驚訝，他從沒想過她會留意自己的表情，心下不禁想著：「不知道又是誰能夠成為讓妳笑的那個人。」他並沒有說出口。

說談一陣，樓下傳來烤箱定時鬧鈴的鳴響，兩人一同關上了燈，出了房門，轉進樓梯下樓。凱諾走在前方，已下了幾格階梯，尹芳正要提步，注意到忘了把走道燈打開，四下一片闇黑，如盲了眼五指難辨。她才想旋步折回，凱諾卻轉過身在黑暗裡一把握住她的手，牽著她繼續前行。她隨著掌心傳來的溫暖力道緩緩下樓，不再去想逐漸拋諸腦後的燈源開關。兩人沿著狹長樓梯而下，如慢慢潛入幽深無邊的地底海域，最後連身影輪廓也一併銷融在黑底色裡，成為一片連成一氣的漆黑，只那閃著星點亮光的兩雙眼睛仍確切存在，粼粼熒熒，相顧飄浮在這龐然黑暗裡。

過了轉角，客廳吊燈的明亮迎面而來。凱諾趕緊鬆了手，快步踩過剩下的階梯，頭也不回地朝廚房走去，尹芳在原處愣了幾秒，才繼續舉步下樓。

凱諾將火雞和焗烤蔬菜端上了桌，說道：「試試看，雖然這急就章一定沒有自己調理的美味。」他推上刀叉，尹芳並沒有當下動作。她其實不餓，卻對這味道有著揮之不去的想望。她道：「我想，我以前一定吃過這些。」凱諾道：「這是耶誕節家聚的主食。」尹芳聽了，落寞地說：「不知道我有沒有家人，他們是不是也正想著我。」拿起餐具有些食不知味地扒切著盤上食物。

凱諾拾起她挑在盤邊，一個倒「Y」字形的雞骨，說道：「妳知不知道這是什麼？」尹芳搖頭。凱諾道：「這是火雞的三岔骨，我們一人勾一邊，把它拉斷，拉到比較大的斷骨的人可以許願。」他勾著雞骨分岔處說明著。尹芳好生詫異，她沒想到素來靜斂的凱諾醫生竟也有這點童心。

尹芳伸出手指勾住雞骨另一端，兩人同時使力，那骨頭一頓「咯」地裂成兩半。尹芳道：「你不是從來不相信許願這回事嗎？」她想起他說過總有些人愛和他爭辯禱告或念力可以扭轉醫學治療這等謬事。

凱諾猶記得當時她那置若罔聞的神態，不解地說：「原來妳都有聽我說話？」尹芳道：「現在吃的藥，讓我時常遲緩、注意力不能集中，但我盡力聚精會神了。嘉洛醫生說，等發病頻率降低，可以視情況替我減藥。」

直到此刻凱諾才如夢初醒，她不時分神的真正原因。他自覺愧為醫生，竟一度以為她本來就是空茫麻木。他指指她手中的雞骨，道：「妳那半大些，許個願望吧。」尹芳心想：「我還能有什麼希望呢？」無奈說道：「但願我快想起所有事來，永遠不用再吃藥，不用再看醫生了。」想了想，補充道：「不過，凱諾醫生，還有琴醫生除外。」說完，她抬眼朝凱諾望去，他則報以清淺一笑。

隔日，適逢耶誕佳節，醫院裡冷冷清清，醫護人員少了大半，連櫃檯也熄下半邊燈火。要非緊急突發狀況，一般病患不會排這天看診。

這天凱諾正好輪值夜班，他照例到負責區域巡房，與住院病患慰問寒暄，處理醫療事宜。忙碌時，他便忘了感性部分，待巡房工作告一段落，他獨自回到辦公室，偌大空間裡只有他和另一名新進醫生排班。平日最是燈火通明的辦公室，此刻只亮著兩盞日光燈，由天頂長方形燈罩投下特定面積的光度。

凱諾坐在辦公桌前，倒不覺得特別寂寞。另一名醫生不在座位上，他便是整個空間唯一角色，這樣的空曠安靜讓他倍感自由，他確實不喜歡與一群人共處一室的鬧擾。

凱諾靠在椅背上，視線凝聚在桌角那只馬克杯。不知怎地，從這裡開始意識了孤單，他嘆口氣，拿起杯盞起身往大廳走去，廳上靜無人聲，長凳上空蕩蕩，只有那棵巨大耶誕樹七彩燈飾炫閃，不知為何人而絢爛。

凱諾將杯子放在出水口下，按下按鈕設定好他慣飲的黑咖啡，香氣四溢的深棕色液體如細長水柱規矩注入杯中，暈綻漣漪，冒著溫暖的輕煙。

在等待咖啡入杯的同時，凱諾似覺左後方有什麼東西向自己緩緩靠近，他原本不欲理會，但一種受到注視的感覺卻愈來愈強烈。他一念之下回過了頭，竟看見一個熟悉的身影正站在一步之遙處。

那人正是尹芳。琴醫生不在，她要想過來，只有步行一途。那住所雖離醫院不遠，走路少說也得花上半小時。外面正刮著細雪，天寒地凍，凱諾幾乎認為，站在他眼前的只是個幻象。他難以置信地問道：「妳……妳怎麼來了？」

他定神細看，她頭髮、外衣和靴子上都沾著雪屑，鼻尖已凍得通紅，身子似還微微顫抖著。

兩人隔著寸尺距離相互對望，她猶似還未從酷寒中清醒，淡紫色雙唇輕啟，卻久久不能答話。好半日，她的意識在室溫裡逐漸回流。她凝神看著他，說道：「我很想你。」語氣沖淡卻清晰。與他相比，她竟是這般俐落坦然。

凱諾當下心中如受一記鞭笞，他痛絕地伸手把她攬進懷裡，想以自己全數體溫為她驅寒。而尹芳只覺他簡直正在用雙臂將她勒死，以壯闊窗牆外的黑夜白雪為景深，她從寒而來，終至如此快樂地，在這極端的溫暖之中斃命。

＊　＊　＊

假期過後，脫序篇章又回歸原典。尹芳依然每星期三下午隨琴醫生到醫院看診，完了仍約在那開放大廳相候。

頭兩星期，凱諾刻意把那時段排滿，好讓自己離開原辦公室樓層，更抽不開身到那大廳去。事情告一段落，天色早已暗下，他拖著疲累的腳步行經大廳，廳裡自然早已沒有她的蹤影。他肆意地想像她也曾因等待而左顧右盼，時間到了不得不隨琴醫生離開，途上幾番暗自回頭，卻如他此刻一般，遍尋不著心中預想的畫面。

到了第三個禮拜，凱諾原本排定出席的研討會臨時取消。他把自己埋進成堆的公文、檔案中，瘋狂專注於工作之中。等到一口氣忙完，他退回現實世界，抬頭一望，掛鐘顯示著此時此刻正是尹芳該離開嘉洛醫生的看診室，到大廳去會見琴醫生的時間。

凱諾當即丟下筆，起身走出辦公室，從走廊一片突出的牆垣後，遠遠注視著嘉洛醫生的診療室。須臾，門開了，尹芳從裡面走了出來，他正想著要不要上前，下一刻卻見琴醫生也接著退出診間。嘉洛醫生送兩人至門外，不知道向她們交代了什麼話，才相互作別。

嘉洛醫生關上診間的門，同時琴醫生和尹芳一道離開。凱諾走出牆外，尹芳若是回頭一定能看見他，但她卻什麼也沒做，毫不遲疑地隨琴醫生往前走去，經過大廳咖啡機時，也不曾多看一眼。凱諾默默地站在原處，直到她們的背影慢慢消失。

此後，尹芳每回都由琴醫生陪著看診，兩人同進同出，完了自然直接離開，不再於大廳上停留。凱諾有時會想：「她是不是把所有事情都對琴醫生說了？」要是她說了，琴醫生不希望他們見面，因此寸步不離，而她在這盯梢下特別謹慎低調，也未嘗不可能。凱諾轉而這麼想著。

可是幾次在會議上、醫生酒宴上相遇，琴醫生待他態度一如往昔。師生一場，凱諾深知他的老師性情向來爽朗，有話直說，最不諳明裡暗裡。如此，便是尹芳自己不留戀了。

有幾回，凱諾不經意聽到琴醫生在與人聊天時說起尹芳，片段她倆生活小事。他轉過身去，和其他人繼續敝唇焦舌討論未完專題，或拿起夾子挑選銀盤上的點心、從服務生托盤上摘下一杯紅酒、和同事有一句沒一句地閒扯公事或宴會上的菜色，下了會場又翻出那些片詞腸思枯竭。

雪霽冰融，整個冬天過完了，枯枝抽出新芽，新芽萌葉，春天也去了大半。兩人始終再無交集，亦不曾再說上一句話。平安夜和耶誕所發生的一切只像是一場無人對質的深夢，於現實生活不一定真正發生過，時間愈久，記憶的可信度也愈來愈低。

復活節過後，凱諾開始為一連串國際醫學交流、觀摩活動而忙碌，時常不在醫院裡。而尹芳則因病情有了起色，由一週一次的診約，轉成一月三次、兩週一次……有時僅到一樓櫃檯領藥，辦妥了便離開，不需再去大廳。兩人緣慳一面，關係退回到初始領路醫生和迷途病患的疏離，甚至更淡更遠。後來，偶然在醫院餐廳、門口照面。他自顧和琴醫生閒話家常，她靜候一旁目不斜視，如此咫尺天涯，直到交誼結束各自往不同方向散去，從不曾有任何眉目交接。

到了六月，兩人之間已有整整半年的緘默。六月底的一個夜裡，凱諾忽然作了一個夢，夢中他和尹芳正如往常般坐在大廳長凳上聊天，也不知說了什麼。一會，她走到那巨大玻璃牆旁，伸出左手貼在窗格上，一瞬間她手掌透出了玻璃，接著整個人跟著前傾穿了出去；他來不及拉住她，眼睜睜看著她由八樓墜了下去，墜落在前庭沒有草地覆蓋的石砌路面，血肉模糊、頸斷顱裂……

凱諾霎然驚醒，抹了抹額上冷汗，下床摸黑去廚房倒了杯水喝。

隔天並不是星期三，凱諾做完例行巡房，經過大廳準備回辦公室時，偶然看到一個熟悉的側影正站在那玻璃窗牆前，獨自向外眺望。少頃，她舉起左手做出和他前夜夢裡一模一樣的舉動。凱諾當下心中一凜，想也沒想地衝上前去，從她背後用力抓過她的手腕，不讓她掌心有任何機會觸上玻璃，並以相當嚴厲而憤怒的口吻低聲斥道：「妳想幹什麼？」

尹芳嚇了一跳，一抬頭，看見凱諾橫眉豎目地死命盯著她。這樣失控粗魯的凱諾是她前所未見的，加上兩人已有半年未曾交談，她一時間竟應答不上。凱諾少頃回神，連忙鬆手，尹芳揉揉麻痛的手腕，轉身拔腿而去。

看著她落荒而逃的背影，凱諾低下頭，用手掌捏著前額，閉上雙眼，又氣又惱地自問著：「我怎如此荒唐？這明明是一片密封厚窗牆，堅實穩固，斧鑿也未必能一下就破。」

凱諾只覺頭痛欲裂。不知又過了多久，隱約聽見有人在耳邊喚著他。他強抑下雜緒，抬眼應道：「琴教授。」琴醫生關切問道：「你怎麼了？不舒服嗎？」凱諾道：「我很好，正想事情想得太專注罷了。」琴醫生殷殷囑道：「不要總是給自己那麼大壓力，也不要什麼事都要求完美。你是醫生，要懂得照顧好自己，才能照顧病人，嗯？」凱諾應肯。

琴醫生問：「你看到尹芳沒？」凱諾正想著該怎麼回答，琴醫生忙補充道：「就是常和我走在一起那女孩，不知道你有沒有印象？我們約在這裡碰面，卻沒看到她。」顯然琴醫生早忘了凱諾曾給尹芳領路一事，更不知曉兩人曾有所交集。凱諾猶豫了一下，指著尹芳離去的方向道：「我看見她大概五分鐘前從那邊去了。」

琴醫生點頭欲尋去，又折返，道：「唉，那孩子也怪可憐。我家再不久便不能讓她住了，院長預備把她送到一家慈善機構創辦的精神病患收容所去，聽說他們經費有限，也是慘澹經營，環境自然不甚理想。雖然尹芳自己也同意了，但嘉洛和其他醫生都認為她情況其實沒那麼嚴重，這一年也進步不少。把她和一堆重度患者關在一起活受罪，未必會有幫助，偏偏她就是什麼也想不起，回不了自家去！」琴醫生不忍再說，搖搖頭，嘆口氣往原定方向走去。

凱諾杵在那，這殘酷的消息確實教他震撼。不知哪裡來的勇氣，他快步追上並攔住琴醫生，道：「我有個姑媽，她……她一直想有個女兒陪伴，那……需不需要我去問問看……」他因緊張說得結結巴巴。不等他說完，琴醫生已面露喜色，拉著凱諾懇求道：「一定，一定。凱諾，請你一定告訴你姑媽，這女孩很懂事而且貼心，她不但……」琴醫生滔滔數著尹芳的優點，她深知凱諾向來沉默不好事，對於這種私事尤其不熱衷，因此希望藉此加強他代為美言的意願。

於是，尹芳在琴醫生家借住了近一年，又改搬到華迪姑媽家。那天，以華迪姑媽為主，凱諾則以陪同之名，兩人一同到琴醫生家裡接去了尹芳。而這回搬家，她一住便是七年之久。

＊　＊　＊

搬到華迪姑媽那的頭幾年，尹芳仍上醫院看診。起初琴醫生還時常來看她，帶她去醫院，漸漸地由華迪姑媽接續這項任務。後來，她病況愈來愈好，已能獨立就診。再後來，連醫院也逐漸少去，最後她終於脫離看病、吃藥的生活，雖然她記憶從未恢復。

當凱諾從琴醫生那裡得知尹芳將要被送往收容所時，他相當震驚而錯愕，那時他只有一個念頭：「一定要阻止此事。」他沒餘暇先弄清自己為什麼非蹚這渾水不可，一下班即直奔華迪姑媽家，好說歹說，華迪姑媽仍不點頭答應，就像一般人對精神疾患者的正常反應，她雖悲憫，卻也有顧忌。

接連幾天，凱諾費盡唇舌。他素來恪守沉默是金，那幾天卻是揮金如土。幾番纏懇，終於讓姑媽心軟點了頭。

華迪姑媽性情隨和樂觀，雖然初始反對，見了尹芳，既非個青面獠牙，還是這等嬌弱靈秀的小女生，又失憶孤苦，不禁心生愛憐，早把先時那些教她恐怖的精神病名拋至九霄雲外，全心全意只想好好照顧這可憐的女孩。

反倒是凱諾，先時熱切，事後冷冷。人明明是他非要不可，要來了卻不聞不問。有時三人同桌吃飯，卻不見他倆對談，讓華迪姑媽好生不解；頻頻追問，兩人則默契地含混推拖。

凱諾雖然名義上是姪兒，與華迪姑媽實情同母子。現在家裡多了個女兒，兩個孩子卻形同陌路，讓華迪姑媽好生費心，不斷製造機會想拉近兩人距離，比方藉用各種節日名義把凱諾找來，要他們同時當她的廚房助手，在她指導下合力完成一道菜，或者吃過飯後推說要上床就寢，獨留他倆善後。不同於琴醫生仁慈中帶著威赫，活潑親切的華迪姑媽很擅於炒熱氣氛，無疑是凱諾和尹芳這兩個悶葫蘆之間的催化劑。有時在姑媽帶動下，兩人忽而忘情地談笑，像不曾有過隔閡的朋友一般，但姑媽一離場，話題瞬間冷下，徒留餘音橫亙其間，收放不得的笑容成了加倍的尷尬。

有一回華迪姑媽又在晚飯後推說要回房看電視影集，留尹芳和凱諾在廚房清洗用餐後的盤碟，一面有一搭沒一搭地聊著。

尹芳忽然問道：「既然你厭煩理我，何苦又來幫我？」語調裡充滿無奈與哀傷。凱諾心中一緊，手上盤子滑落到流理臺的泡泡水中。他道：「那是因為，我開始工作之後，不能常來陪我姑媽，我覺得對她很抱歉。姑媽說過她很想有個女兒相伴，那天我正好聽琴醫牛說起妳的事，我……就剛好做個順水人情……」他忙住口。他雖善藏話，卻不喜欺騙。前面說的也近事實，但再下去便是扯謊了。

尹芳點點頭，接受了這個理由，心裡卻想著：「你這樣憎惡我，還不如讓我去住收容所，讓我自生自滅。」

之後，尹芳獨自來到後院，坐在那張帆布雙人鞦韆裡，看著夜空星子。凱諾則在客廳，窩進沙發隨性聽著廣播。一會華迪姑媽下樓喝水，趕他到後院去。凱諾無奈，只得來到鞦韆旁，指指她身旁空位，問道：「我能不能坐這裡？」尹芳道：「你何必這麼客氣，你才是姑媽真正的親人。」

凱諾坐進鞦韆裡，低聲說道：「這話要讓姑媽聽見了，她會很傷心的。」尹芳自悔失言，輕道：「對不起。」半日無話。她搜羅談資，問道：「你和華迪姑媽，感情好像很親密？」凱諾點點頭，虛應了聲：「嗯。」尹芳續道：「我聽說，你從小跟著姑媽生活。」凱諾道：「嗯。」尹芳又問：「那你的父母呢？他們不在英國嗎？」

明月照樓，流光徘徊。談語方始萌生，又即滅下，凱諾沉默著，庭園裡只聞蟲鳴唧唧，枝葉颯颯，疏影罩破了鞦韆。

尹芳起初並不掛念凱諾不答話。他們之間的對白從來都是這樣，破空而來，嘎然而止，沒個前文後續，彷彿僅只在盡一項「必須對話」的義務。無關起承轉合，投入與否，甚至連主旨也散漫難尋。

可是一晌，她不經意瞥見凱諾正彎著身，雙肘抵在近膝處，把臉整個埋進手掌中。她輕聲探問：「你怎麼了？」等了許久，凱諾仍未抬起頭。她心急了，忙道：「我去找姑媽來。」正欲起身，凱諾卻伸出一隻手來，抓住了她的胳臂，他的頭則繼續埋藏在另一隻手掌中。

又過半日，凱諾終於抬起頭，星光之下，他淚光點點。尹芳過於詫異，瞠著眼怔望著他。在她心裡，凱諾一直像個巨人般，巍峨、壯麗、高不可攀，過往無論如何，他總是個照顧者、保護者，她在這不對等的位置中苦苦掙扎。此情此景，她沒來由地一陣心痛，挺身展臂，一把將他的頭擁入懷裡，凱諾反手抱住她腰間，在她懷裡啞聲說道：「我不是厭煩理妳，我不能再承受任何失去的痛苦，所以，不確定的關係我寧可不要。」尹芳悄悄深吸了口氣，提著膽子，顫聲問道：「怎樣……才是確定的關係？」

凱諾抬起頭，深深凝視著她；晚風輕拂，鞦韆搖盪，他傾身閉上眼將唇瓣緩緩與她相貼，一時天地之間，月華露冷，星怒蛩噪。

此後兩人就算把心結解了。有了確認的關係之後，凱諾和尹芳不再終日追逐摸索。兩人聊起過去曾各自搬演的心理劇，皆相互驚嘆、取笑不已，並約好從今往後要事事坦誠，一起改掉拙問好猜的毛病。

有時候，她因自傷身世零落陷溺於卑歉，他一派瀟然地說道：「其實我把妳弄來，就是私心想有個人代我陪伴姑媽，如此而已。」尹芳走過來，在他身邊坐下，摸摸他的頭，蹙著眉道：「我可憐的凱諾，你又在言不由衷了。」兩人一晌同時笑開來。靈犀相通，便不再參不透那些深情冷語。

而最樂見此事的，莫過於華迪姑媽。先時她還當兩人真有嫌隙，為此擔心不已。現在他們相親相愛，凱諾來時，她一邊挽著一個，談天說地，或上街閒遛採買，簡直就像一家三口般親密溫馨，好不愜意。

不久後，華迪媽姑攜著尹芳去到相關單位，簽署了文件將她認作女兒。此後她即有了身分，和常人一樣可以考駕照、辦圖書證、開立銀行帳戶了。

尹芳口頭上仍隨凱諾稱喚「姑媽」，一來習慣，再則華迪姑媽說：「妳早晚要和妳真正的母親相聚。我做個姑媽，才能長久。」對於這樣的貼心周到，尹芳感激不已。

然而親情，和愛情皆不能治病。每當她遭痛苦擒獲時，她把自己關在房裡，拉上窗簾，不吃不睡地瘋狂掉淚。凱諾走進來，從地毯上撈起因情緒崩潰而虛脫的她，她在他懷裡含糊不清地哭道：「我完了……我完了……」凱諾道：「我一直在這兒。」他不開燈，在黑暗中予她一個與絕望等長，但不能相互抵銷的擁抱，陪伴她煎熬折磨，包容她因藥物副作用導致的生活誤謬。

在經過了漫長的療程之後，嘉洛醫生終於認為尹芳的病況已可嘗試停藥。其實從第三年後期開始，嘉洛醫生已逐次減低她的用藥劑量，詳實觀察，以為暖身。但一到正式斷藥，她仍調適不及，不時嘔吐、心悸、嗜睡不起，清醒時則攪得天翻地覆，慘狀比起用藥時有過之無不及。

尹芳因疾病而自卑，與凱諾不對等的意識時時糾纏著她。他如此健康聰明、前程似錦，永遠體面而乾淨整齊，他何必苦守一個披頭散髮、身上帶著嘔吐臭氣，連自己是誰也鬧不清楚的孤魂野鬼？在繁重的工作之外，出了醫院還不能卸下照顧者的身分。

她傷心欲絕地推開他，裹著棉被蜷縮在牆角哭，凱諾道：「妳不喜歡我陪著妳嗎？」尹芳泣道：「你又推掉今天的酒會，你為什麼不找個像樣的伴好好去玩？」凱諾道：「我本來就不喜歡那種交際活動。」尹芳道：「你難道喜歡陪一個瘋子嘔吐？」凱諾道：「我以前曾一度很想選精神科。現在這樣，正好可以過過當精神科醫生的乾癮，也算聊慰遺憾。」

尹芳抬起頭，表情怪異地看著他。她臉上淚痕未乾，卻忍不住笑了出來，說道：「凱諾，有時候我真是好奇，你最極限的理由到底能有多荒謬。」凱諾道：「妳下次見了嘉洛醫生，可以問問他，我在選科之前向他借了很多相關筆記、書籍，好確定自己是不是真想往這領域發展。」語氣鎮定，絲毫沒有游離、不帶破綻。

成功戒斷藥物之後，尹芳又休養了半年。

自第五年起，她終於正式揮別病痛，並開始到華迪姑媽經營的書店幫忙。除下病態病容，漸漸地，她兩頰不再凹陷，雙眼清澈如水，臉上氣色如新。身上雖瘦，卻不是從前骨節畢露的難看模樣了。她站在櫃檯後，不時有顧客看上幾眼，私語道：「好空靈可愛的女店員。」她總覺這樣的判言關聯著她的失憶，她不喜歡這類形容詞。

華迪姑媽倒是得意，帶著尹芳四處買衣買鞋做頭髮。尹芳原本容貌端麗，以前因病疏於打理，在經一番整頓，真是眉目如畫，前後判若兩人。而尹芳本身正值青春年華，少女心性，發現自己其實長得不錯，便也愈來愈勤於服裝儀容上的考究。現在的她儼然已是個風姿綽約的佳人，也許經歷過那樣的艱辛，她淡遠的外貌下更較同年女孩多了一種浴火後的深沉。

至於凱諾，他自是欣然，卻沒多表示意見。幾次她主動問起，他道：「有時候我還滿懷念妳那腫著兩個眼睛的模樣。」那是初見時她唯一令他印象深刻的特徵。尹芳道：「我那時真是醜得一塌糊塗，又病得癡癡傻傻，簡直再找不到比我更沒吸引力的女人了。」凱諾笑而不語。他不忍心告訴她：「這話倒也八九不離十了。」尹芳疑惑地說：「怎麼偏偏招來了你？」凱諾道：「我的職責不正是懸壺濟世。」尹芳愣了一下，旋即會意，佯怒向他索哄。

每當想起過往歲月，尹芳忽而變得多愁善感起來，誠摯地對凱諾說道：「其實，如果有一天我失去你，這些髮型衣飾又有什麼意義？我非但會再把眼睛哭腫，甚至還會哭瞎。」凱諾道：「妳怎知道不是我失去妳？也許哪天妳想起自己是誰，回去原來世界，我便只是妳人生的『外篇』。」尹芳道：「那說不定是我恢復記憶，你覺得我變了，不再是『尹芳』，就把我扔了。」凱諾道：「妳不是早就變了。」尹芳道：「外表的改變哪裡能算。」又問：「要是真的沒有了我，你會怎樣？」凱諾心下一沉，好半天才道：「我這一生將不再有愛人的能力。」尹芳聽了，鼻頭一酸，幾欲落淚；卻一揚語音，戲道：「你終於肯對我說情話了！」

凱諾和尹芳雖然情意彌堅，在他們之間卻有一個極大隱憂——尹芳過往的記憶——那真像一個刻在黑匣子裡的祕密，塵封時相安無事，一旦開啟便不知是一個寶藏、一場虛驚，還是扭轉原局的毀滅。何況這匣子鑰匙不由你尋不尋，尋獲了再決定用不用；它本身具備主導權，像一顆難以預測的不定時炸彈，虎視眈眈。

有時尹芳隱隱覺得，凱諾其實並不希望她恢復記憶。像他這樣一個男人，專注、絕對，不容差池。他害怕失去寧可拒絕擁有，可以為認定之事往而不復，卻禁不起分毫不確定。她也曾想，他選上她，潛意識裡是否多少因為她遺失了過去，只要她一直失憶，她人生就沒有他不及參與的歷史，連帶革去因這歷史引發的可能變數，與他分除她的世界。他從頭開始掌握，她的殘缺正是他的完整。而他所戀慕的，究竟是她的「空」？抑或者她的「靈」？

尹芳自己何嘗不憂心。她不想一生渾沌，但要以現有幸福作賭注，卻教她猶豫躊躇。依照嘉洛醫生的推測，她失憶可能是因重大創傷所引起，如此一來，要尋回過往，勢必得經過這關。而到底是怎樣的傷害足以讓一個年輕女孩以遺忘的方式來逃生？尹芳著實不寒而慄，也不敢再往下想。

在書店幫忙讓尹芳長期脫節的生活逐漸有了重心。

她每天早上和華迪姑媽一同出門，一直忙到下午書店打烊，她或隨姑媽回家，或獨自在街上走走逛逛，或到醫院鄰近的咖啡館坐著，等候對面的建築物裡，正為了救人性命忙得不可開交的凱諾。

他的工作沒日沒夜。以前她成日待在家，他一有空檔兩人即可見面，現在她也有了自己的生活行事，時常三天兩頭遇不上。由於兩人皆個性低調，以前尹芳還找嘉洛醫生問診時，即使在醫院和凱諾碰了面，也只是簡單一個微笑交會。無論私下如何纏綿悱惻，從不在他工作場所聊天閒談，因此鮮少有人知道他倆的關係。

現在尹芳不再上醫院看診了，兩人仍維持這般默契。雖然長年下來，醫院上下多少知道凱諾醫生早已有個關係甚篤的情人，卻無從窺探多餘訊息，無從流短蜚長。而尹芳若非真有要事相商，絕不在他工作時間登門相擾。無論思念如何煎熬著，她都只在咖啡館靠窗位置坐下，靜靜望著落地窗外那棟高高的建築物，想像他忙碌穿梭其間的身影。他要是下班得早，入得店來，兩人攜手同去；但大多是她等到夜深人靜了，杯中咖啡早已苦冷，店家收拾打烊，她才不得不獨自回家。

後來，凱諾在醫院裡有了個人辦公室，也許兩人皆感時機成熟，論及婚嫁，一時心情開朗，不再事事保密到家。凱諾開始帶著尹芳出席醫院內外的社交場合，將她介紹予眾人認識。她與他們維持著微笑頷首的禮貌距離，人人羨慕地說：「好一對璧人佳偶。」卻從不知曉這一協調畫面是以多少辛苦換得。

尹芳不再總是於咖啡館相候。有時，她在他原訂的下班時間前走進醫院，沿途與曾經照面的醫護人員客套招呼。進入他辦公室後，她關上門放下笑容，走到窗邊旋開百葉窗，獨自眺望城市街景。一晌他拖著疲累與勝利的腳步回來，她輕聲問候道：「累不累？」並溫柔按摩著他的肩頸，聆聽他凱旋而歸的功績，直到他像孩子般靠在她肩頭沉沉睡去。時常，他難以準確預估醫事計時，或臨時必須處理突發傷病，她便只能枯坐於辦公室中，等待時間過去，他終於歸來，或者她獨自黯然離開。

一日，晚飯過後，尹芳坐在後院鞦韆上，若有所思地玩看著一只鑰匙圈。一會凱諾出來，入座一側，指指她手中之物，問道：「妳在看什麼？」尹芳將其物遞過，那是一個仿蠶繭造形的鎖環，作工細膩精緻，潔白絲線層層纏繞成小巧輕盈的贗品。尹芳道：「我今天去博物館看了絲綢特展，原來蠶的演化這樣複雜，先是由卵成蟻蠶，多次蛻變吐絲結繭，於繭中再蛻變羽化，破繭而出，雖生了翼卻無法飛行。聽說人們為取絲成綢，便以沸水殺死繭中之蛹，以阻止那蛹鑽出時破壞了繭。嗯，如此一來，縱使熬過重重蛻變，終至也是困死繭中。」

凱諾道：「妳知道蠶原本不存於世，是人類根據需求培養的產物嗎？」尹芳道：「是嗎？」神情甚是訝然。凱諾道：「就像這世上原本沒有狗，狗是狼的亞種，是野生狼馴化繁衍的後代。蠶也一樣，原本只有野生蠶蛾，人類見這種野蠶口中似有纖維可抽，進而不斷實驗、改良交配，經過人工選擇後取得最是發育整齊、卵多繭大的品種，以為家蠶，供抽織之用。」尹芳道：「所以，這種家蠶所作之絲已是修飾後的佳品，不與原來野蠶良莠不齊的斷續絲線一致了？」凱諾道：「正是如此。」

幾天後，尹芳來到醫院，又於凱諾辦公室苦候無人。臨走前，她取了紙箋墨筆，振筆疾書，寫道：

細卵蟻蠶，一齡孵化，脫殼轉色，四蛻而成，七日吐絲，作繭自縛，繭中進愈為蛹，十日羽化而出，過程雖然繁複卻有定期。人的思憶一旦遺闕，層層纏困，昭揭未定，幽渺難尋，何日才能斷絲破繭？或終將殂謝於其中，不復現天日？欸，溺斃蠶蛹以保全蠶絲尚有其緣由，情智遭厄而莫能詳究其始末者，豈不謬矣。

寫罷，將紙箋遺在他辦公桌上，自去。

8

華廸姑媽推上一本相簿，道：「其實凱諾的父母結婚不久便移民到澳洲，他是在那裡出生、成長的。」

艾羅翻開相本，黑色內頁裡黏貼著一張張些許褪色的老舊照片，以澳洲自然風光為襯景，其上是許許多多縮小版的凱諾。他自小已是個英氣勃勃、聰明敏銳的孩子。

華廸姑媽續道：「原本是個幸福快樂的家庭。直到凱諾十一歲那年，他的父母到紐西蘭旅行，卻意外遇上雪崩……」華廸姑媽悲咽難以續言。雖事隔多年，觸及傷痛仍教她激動不已。她雙肩起伏，老淚縱橫，情緒久久不能平復。艾羅起身來到她身旁坐下，用雙臂環抱著她，心裡也感染了這一份悲傷。

良久，華廸姑媽終於緩過氣來，拉過相簿，道：「我到澳洲接了凱諾，從此他跟著我在英國生活。他本來個性孤獨，又遇到這不幸變故，讓他更加自我封閉。雖然表面上他是個適應力極佳、生活課業樣樣不教人費心的孩子，但他心裡卻砌著高牆。妳看看他這時期的照片——」華廸姑媽翻著相本，顯然地，凱諾並不愛拍照，十數年下來不過寥寥幾張，每張照片年代跳接極大，照片中的他多半面無表情，或是只撐得過快門按下數秒的強顏歡笑。

華廸姑媽翻過一頁，其上照片色彩如新，想是近年所有。艾羅看見從這頁開始，凱諾身旁便多了個人，而那人正是她自己。

華廸姑媽續道：「一直到遇見了妳，凱諾的生活才終於有了轉機。妳看，他不僅會笑了，連眼神都比從前亮了。」

相片裡的她並無病姿，容貌已很接近此時的樣子，若換上半年前在金達爾醫院鏡頭裡看見的那頭捲髮，更是準確無誤了。正如華廸姑媽所言，有了她合影，凱諾笑容雖仍收斂含蓄，任誰也能辨出他此時心情已與從前迥異。高牆透進了陽光，牆裡花開得繁盛，連草也格外地嫩綠了。而她亦笑得純真幸福，與他緊緊相偎。

合上相簿，華廸姑媽遞來一本黃白格紋封皮的膠裝筆記本。艾羅問道：「這是什麼？」華廸姑媽道：「妳這幾年病情好轉之後，開始到我這書店工作。平時如果不忙，妳常挑了書坐在這閱讀。那天妳心血來潮，在外文書籍區翻翻看看，發願要自學德文。沒想到無心插柳，妳愈學愈有心得，初始還只念念德文原著，後來竟開始練習起翻譯來。妳最喜歡海涅的詩，妳把它們抄錄在這筆記本裡，逐行翻譯。我原本還想著，等妳整本翻完了，找廠商印刷成冊，做個留念呢。」她語氣裡還留有當時的熱切，像個母親驕傲編列著孩子的成長。

艾羅接下筆記本，隨手翻開一頁，其上寫著：

夢裡相晤
你昵昵輕語，予我一柏枝
覺後我遍尋不見那枝葉
亦遺失了輕語蹤跡

詩篇德英對照，艾羅先讀了英譯，不能完全確定是否識得那原文，更不能想像那譯本是她親筆所為。

她再翻幾頁，其上有詩如下：

你全然淡忘，我曾於你心房久住
你如糖似蜜，虛偽而狹隘無雙的心房
你遺下愛情與痛苦
留我揣磨其中深淺
並於這同等的絕境中萬劫不復

仍是雙語對應。艾羅拈起一疊紙，一口氣翻到末幾頁，想以尚未翻譯的詩篇試試自己還能否識得德文，其詩如下：

墳裡冉升了舊日幻影
如同與你相伴度過的一些日子

這詩是待譯原文，她竟毫無困難解得這些符碼。艾羅好生訝然，她現有的記憶裡並未有修習德文的經驗。

她蓋上筆記本，有些悵然若失地想著：「這些到底是譯作還是咒言？」

華廸姑媽見她閱畢，連忙關切問道：「怎麼樣，妳想起什麼沒有？」艾羅苦澀地搖了搖頭。華廸姑媽安慰道：「沒關係，這事也急不得。我們慢慢來，姑媽和凱諾都會幫妳的。」艾羅感激地道謝。華廸姑媽道：「尹芳，雖然妳記不得我，但我可沒把妳忘了。我還待妳像親女兒那樣，這半年來也不知為妳掉了多少眼淚，現在妳回來了，可還來我店裡幫忙，讓我天天見著妳？」她忽然一問，艾羅也未從考慮，只好含糊應過。

華廸姑媽又問她住處，艾羅把昨日已租下蘭貝斯公寓房間的事說了。華迪姑媽有此失望地說：「我還當妳有天會回來，半年來沒想過去動那房間呢。」艾羅聽了，想起離家八年，父母亦留著她房間原樣，想來自己雖命運多舛，卻得這麼多人真心愛護，算不算福禍相抵？

華廸姑媽道：「總之妳要想回來住，便隨時回來吧，妳還留著我家鑰匙不是。」艾羅這才記起那蠶繭鎖環下兩兩相串的四把鑰匙，其中一串是華廸姑媽家的，另一串想必是凱諾家的吧。她心想：「一定得盡快物歸原主才是。」

艾羅原本帶著忐忑來到倫敦，預計揭開這八年謎底將是一個聳動黑暗的大陰謀，是有人盜用她身分與記憶密謀不軌。自從見了凱諾，那莫名揪心的牽繫讓她原有的疑懼都逐漸轉成了戚然。現下聽了華廸姑媽一番陳述，但覺這八年雖艱難辛苦，至少還有寒梅後綻，不枉煎熬一場。她想著：「若這一切都是真的，留在尹芳的世界也未嘗不好。」旋即又自責想道：

「我怎可這般自私，貪圖尹芳的幸福，連父母也寧可忘了，斐恩也寧可忘了嗎？」

思及斐恩，她當下心中一緊，由前晌纏綿思緒霎時醒轉，清清楚楚記起了倫敦之行另一個重要目的。心想：「原以為找到知曉我這八年歷史的人，即能打聽斐恩下落。現下看來，我這八年根本把斐恩給忘了，自然也不會向他人提起了。」

華廸姑媽沒察覺艾羅內心的轉折，拉著她的手，近乎懇求說道：「尹芳，現在妳知道所有事情經過了，妳還是執意離開凱諾嗎？」

艾羅分心二境，有些迷惑錯亂，道：「我……我不知道……」她想著，就是希望渺茫，何妨姑且一試，心一橫斷下原來的話題，道：「姑媽……呃，我可以這樣叫妳嗎？」華廸姑媽慈祥地點點頭。艾羅續道：「姑媽，我有件事想問妳——這八年來，妳聽過我提起任何關於『斐恩』的事沒有？」華廸姑媽道：「不曾聽過。」艾羅急道：「請妳再仔細想想，這件事對我很重要，其實……」艾羅乾脆把整件事來龍去脈，包括八年前便是因目睹斐恩車禍才驚嚇失憶，以及此番前來尋他下落等全向華廸姑媽說了。

華廸姑媽認真沉吟思量著，仍憶不起關於這名字的絲毫線索。艾羅追問：「就算在夢裡，我也沒說過這個名字嗎？」華廸姑媽想了又想，仍是搖頭。

艾羅洩氣地垮下了肩，心道：「這下可好，要找到斐恩恐怕要比登天還難了。」

＊　＊　＊

會議結束後，凱諾仍坐在廳室最內側座位上，默默看著同事們陸續起身離開，大會議桌上一度散置的文件被逐一收拾、帶走，桌面恢復一片平整空坦的磨光石料，亮黑雜紋上映著天頂燈盞以及他不甚清楚的容貌。

「還不走？」會議室對角傳來一個斯文輕細的聲音。凱諾轉過目光，正見嘉洛帶上房門，偌大會議室裡只餘下他二人隔著大張桌面斜線相對。

凱諾嘆了口氣，道：「你能不能告訴我到底該怎麼做？」清空的會議室裡回聲隱隱撞擊迴盪。嘉洛笑道：「你這是在向我問診嗎？那也總該有個前因後果，這麼沒頭沒腦地教我怎麼回應？」凱諾給了他一個「明知故問」的表情，道：「何必浪費時間，你向來自有消息來源不是？」又道：「說不定你的情報還比我更及時、完整呢。」

嘉洛苦笑了一下，繞過大會議桌向凱諾走去，懇切說道：「人的記憶不能任由你存這刪那，你要真想助她，就該先明白這點。」凱諾沒有回頭，從亮黑桌面上他看見自己背後，嘉洛的倒影，說道：「我明白，我只是不想她到最後仍什麼也記不起，卻徒增一堆沉重累贅。」嘉洛想了想，道：「這樣吧，哪天你帶她過來一趟。」

凱諾起身，憂心忡忡地看著嘉洛，問道：「她不會還要再受一次先前那種罪吧？」嘉洛搖搖頭，道：「我現在很難明確地跟你保證什麼。總之你先把她帶來，先聊聊也好，其他後續發展總得讓我見過了人，評估之後才能和你討論。」凱諾無奈地說道：「好吧，看來也只能這樣了。」嘉洛翻開手中行事曆，道：「我後天要出國，一個月後回來，但我的診約已排到六月中，你六月底再帶她來吧。」凱諾應允，想著：「但願在那之前妳已自癒。」嘉洛拍拍他的手臂，予他一個理解而安慰的笑容，轉身先行離開了會議室。

嘉洛出得門來，發現一名護士有些鬼鬼祟祟地杵在門外。見門開啟，似欲閃避，卻已不及。嘉洛柔聲問道：「潔兒，妳有什麼事嗎？」潔兒神情窘迫不安，像個現行犯般推辯道：「我……正好路過……」幸而嘉洛素來溫和，他雖諳人心，卻從不教人難堪。潔兒既然這麼說了，他只是點點頭，不欲戳破。自去。

一晌，會議室門把再度有了動靜，這回潔兒已知機警，忙藏身至轉角牆後。凱諾開門走了出來，沿著過道筆直而去，潔兒將頭探出牆外，雙眼直勾勾地目送著他離開。

出了醫院，凱諾開車前往華廸姑媽書店的方向。時近傍晚，天色半暗不明。冬遠春近，氣溫之外，晝夜的長短也正調整移換，再不久，這時段會仍是掛著日照的光亮。凱諾沿途想著方才在會議室裡與嘉洛醫生的對話，心緒紛亂，幾度掙扎拉扯，如徹底失序的時節，忽冷忽熱，時明時暗，毫無依憑的規律與平衡點。

快到目的地時，他強抑下這等雜緒，卻轉升了另一樁矛盾情懷。一邊想著：「不知道那裡是否人去樓空？這樣平靜正好。」一邊則想：「但我總得當面向她提就醫這事。」

這邊艾羅見天色將晚，正等華廸姑媽替客人結完帳起身道別，心中卻隱隱拖延期盼。那客人買了單離去，門一開一合之間竟換得了凱諾。艾羅聽了一下午他的事蹟，以及過往兩人情意，即使記憶並不復存，卻覺熟悉親近，見他進門來，她好生歡喜，離了座迎上前去，還沒細想要和他說些什麼話，凱諾已先在幾步之外向她禮貌頷首致意，接著就自顧自地掉頭與華廸姑媽問候寒暄。

艾羅杵在原地，只覺進退不是。前半晌的雀躍遭他一盆冷水澆下。她立刻清醒，在現實世界裡他們正處於無從定位的尷尬關係。

華廸姑媽走出了櫃檯，把門上吊牌翻成「休息」一面，笑道：「凱諾你來得正好，你們兩個今晚可都得上我那吃飯。」艾羅原已約了亞勒晚餐，說好要向他報告今天發生之事，便道：「姑媽，改天吧，我今晚有事。」華廸姑媽只當她是推托之詞，問：「什麼事比陪姑媽吃飯重要？」艾羅道：「我約了朋友。」華廸姑媽有些訝異，問道：「妳在倫敦還有其他朋友？」艾羅搖搖頭，道：「是和我一同從家鄉來的朋友。」

華廸姑媽還想追問，凱諾先說道：「我送妳過去吧。」對於她的人際，他並不存著任何好奇，兩人一同出了門，上了車，凱諾問明了約定地點正是在她蘭貝斯租屋處後，即翻開地圖找路，不再過問她將與何人相會，亦不關心對方親疏遠近、是男是女。

凱諾記下路線，合上地圖。上路前，他沉靜著，遲疑許久，才將下午在會議室與嘉洛的談話說了。艾羅聽完，瑟縮了一下，怯聲道：「我一定得去嗎？」心中不由勾起之前住院時那場腦部檢查的惡夢。凱諾見她這徬徨無助的模樣，微微一震，下意識伸出手要予她握上，卻及時轉而對方向盤握去，只出聲安慰道：「妳不要怕，嘉洛醫生是這方面權威，從八年多前便熟知妳的病史，一定能給妳最懇切的幫助的。」艾羅氣惱地想著：「原來你把我當病人！」她咬咬牙，賭氣似地點下了頭，什麼也不再多說。

可是車子開到中途，艾羅卻覺得心中的絕望痛楚愈發激烈瘋狂，隨時要炸開似的。想著自己心智這般支離破碎，她記得的、不記得的親人、朋友全當她是個精神病患。無論她是尹芳或者艾羅，她怎地永遠揮不去這夢魘。她自暴自棄地想，乾脆也別尋什麼記憶了，反正哪天記起了尹芳生涯，又要把艾羅這段給忘了。要不就是全數忘光，再創一個新名，換湯不換藥地，繼續給人當瘋子，和精神科門診糾纏，至死方休。

她愈想愈悲切，眼淚竟不爭氣地掉了下來。她趕緊假勢撥弄頭髮，用手背朝臉頰和下巴匆匆抹過，孰知抹了又濕，任她閉氣、深呼吸、把指甲掐近手心裡，就是克制不了眼淚潰堤。艾羅急了，她真恨自己如此懦弱，並尖銳想著：想法悲觀偏執，沒辦法控制情緒，還奢望別人不用異樣眼光看待妳嗎？

她別過頭去，不想驚動鄰座的凱諾——總之他對她不再存著半點情份，她何必這等悲情做作惹得他心煩。

她面對車窗繼續掉淚，窗外光影偏移，天色迅速暗下，一盞盞街燈在她迷濛淚眼中暈展成一圈圈散疊不定的魅異光環，街景浮動不安。她把手探進包包摸到了紙巾，卻怕如此明目張膽教他發現，只好收回了手，旋了腰整個人背對他而坐。一會卻連鼻水也快滴下來了，她才試著輕輕一吸，安靜的車裡立即發出刺耳聲響。

凱諾伸手悄悄打開收音機，古典樂臺正播放著海頓熱鬧而華麗的弦樂四重奏。他調高音量，輕而易舉地抵銷了她的啜泣聲以及他的嘆息。他專注直視前方，不敢再多看一眼左後視鏡裡，教他痛徹心肺的倒影。

車子停在艾羅住處正前方。音樂停了，她眼淚也停了。她低著頭啞聲說道：「謝謝你。」凱諾道：「不客氣。」

艾羅下了車，走上門前一格階梯，掏出鑰匙開門，此時，卻聽得背後車門開啟。凱諾也出了車外，輕聲喚道：「艾羅。」

她回頭，站在臺階上隔著車頂與他目光平視，藉著夜色掩護和這些許距離大膽猜測他看不清她哀傷的臉。凱諾只站在車子另一端，凝望著她，好半晌才破了沉默，柔聲囑道：「好好照顧自己。」

艾羅原本僵冷的心一瞬間軟化，她看著他蕭索的輪廓，忽而憶起初見時那個溫暖而悲傷的擁抱，她剎時有個熱烈的念頭：不如就此化作尹芳，與他牽絆。

見他寂寞欲去的身影，艾羅急急喚道：「凱諾……」她喊出了口才想到未及考慮該不該在他名外繼續加上「醫生」的敬語。凱諾又直起背，艾羅有些嘶竭地說道：「你能不能給我時間，我們……我是說，也許、也許我很快會想起，那、那我們……」她因慌張而語無倫次，一顆心簡直要跳出了喉嚨。

凱諾定了定神，漠然說道：「沒關係。再說吧。」語氣似乎可有可無而漫不經心。說罷只是朝她客套地打了個手勢道別，便彎身進車，關上車門，揚長而去。

艾羅怔怔站在原地，無力多想這冷暖陰晴的瞬息萬變，機械式地提步進屋，關上門如同門外一切都不曾發生。

＊　＊　＊

艾羅的租屋處位在蘭貝斯市一條靜巷裡，是一幢雙層樓的連棟公寓。她租在一樓邊間，只有樓上和右方有鄰。

公寓內部是兩房一廳格局，開放式廚房含在客廳一側，衛浴設於廚房隔壁，為兩個雅房所共用。雖然艾羅只分租了其中一房，遷入之後卻遲遲不見她的室友，房東當時只說另一房間早已出租，對於這房客，一會兒說是個學生，一會兒說是個上班族，思來想去也沒弄清楚。艾羅反正不甚在意，她只道無論是誰禮貌應對即可，但數日不見其人，房門始終緊閉，她也漸漸不去留心這家裡其實還半屬他人，一個人隨意使用整個公共區域倒也稱心。

客廳的另一面牆設有大扇落地窗，窗外大樹蔽翳，蔥翠蓊勃，卻因此遮擋了日照採光。即使白日展著窗簾，室內仍不達可以單藉自然光照明的亮度。艾羅初始沒多留心，但數日下來總得這麼日夜開著燈，總覺有些奇怪，而她房間窗戶前也有樹叢半掩，每天睡醒，四下仍半晦不明，出了房間還是黭黑；要是整日待在家，她便無從察覺時序推移變化。這屋子如同一只停滯的鐘樓，鎖著某個特定時段、特定氛圍。

因此，她養成每日出門散步的習慣，有時是和亞勒一起，在一些尹芳以前可能去過的地點走走晃晃，看看能否助她想起過往片段。有時她一個人獨自沿著鄰近街巷散步，這區域靜謐清幽，方圓之內是純粹的住宅區，若沿路走上約二十分鐘，就到達泰晤士河畔，沿河兩岸風光盡收眼底。她喜歡踩上一半的石橋護欄，前傾著身，居高臨下地看著水波緩緩推過拱形橋墩，聽其靜歛沉穩的低嘯。時光在腳下流過，沒有理所當然的恆定，永遠不消逝的記憶。

一星期後，艾羅終於見到她的室友。

那日下午，她依例去到河畔散步，坐在石橋護欄上，極目而望，臨水而思，直到日暮，才循原路歸返。到了家門外，已先聽得門內若有動靜，她心中多少也猜到了幾分。進了屋去，客廳電視開著，她才關上大門，一張臉聞聲探出廚房櫥櫃，笑吟吟地高聲招呼道：「嗨，艾羅！」

聲音的主人是個與她年齡相若的女子，艾羅奇怪地想著：「她叫我艾羅，應當不是我尹芳時期的舊識，可我怎麼對她一點印象也沒有？」於是上前問道：「妳認得我？」那女子噘起嘴，甩甩頭道：「不認得。」艾羅道：「那妳怎知道我的名字？」那女子道：「我有個特異功能，只要看著人臉便能猜出名字。」她一臉無辜地看著艾羅，一會又撐不住地笑出聲來，說道：「我騙妳的，其實是房東告訴我的！」表情多變且富含戲劇性。

艾羅好生驚奇地看著她自得其樂。這女子穿著睡衣睡褲，頭髮半溼不乾，身上還留著淡淡的肥皂香氣，顯然才剛洗過澡。她毫不在意以這一身居家裝扮與陌生人相對，言談不帶初識的交際模板，像個不解半分人情世故的頑皮孩子。她容貌清麗，即使此刻素容便服，也不掩姿色。艾羅可以想像得出她著裝之後將是何等艷光照人。

那女子拉著艾羅的手，道：「我在做馬鈴薯沙拉，妳要不要和我一塊兒吃晚餐？」艾羅應肯，道：「我來幫妳。」說著，便挽起袖子和她一同打理。

兩人洗洗切切，一面說說笑笑，很快地熟絡起來。原來這女子名喚喬卉，是一名出色的服裝設計師，因為工作關係，時常到世界各地參與成果發表，故而三天兩頭不在家。她談起工作，一下子變身成了精明幹練的職場女強人，全然不能連接她上一刻古靈精怪的模樣了。

餐後，喬卉倒了兩杯可樂和艾羅一起坐在沙發上看電視。喬卉盤腿坐著，手中拿著一顆橙子玩弄。電視上正播著模仿秀節目，表演者使出渾身解數炒熱場子，煞有介事地認真演繹著原本平淡無奇的事件，或者夾槍帶棒諷刺時局，說到關鍵處不忘放出罐頭笑聲助興提醒。

喬卉慢條斯理地把橙皮撥到沙發旁的垃圾桶，背脊坐得直挺，兩眼直盯著電視銀幕，卻神情嚴肅，如同正觀看沉重乏味的政治新聞。

艾羅問道：「這節目對妳既沒喜感，妳怎還偏偏想看？」喬卉道：「看該有喜感的節目感受沒喜感的喜感，才更刺激有趣。這叫螳螂捕蟬，黃雀在後，我就愛從背後看著自以為是者搔首弄姿。」艾羅笑道：「妳可真尖酸刻薄。」喬卉回過頭，朝她無辜地眨眨眼，道：

「我哪有，妳不也從頭到尾沒笑。」艾羅道：「太刻意的譁眾取寵我的確笑不出來。」喬卉笑道：「看來英雄所見略同。」她拔了一瓣橙子塞進嘴裡，用下巴指指桌角的遙控器，道：「我手髒，妳來轉臺。」

艾羅傾身伸長了手臂去抓那遙控器，卻一不小心碰翻了茶几上的塑膠杯，杯中飲料立即流得滿桌滿地。艾羅急急扶起杯子，把遙控器一擱，正欲起身去找抹布擦拭，哪知喬卉先一步從沙發上彈跳而起，呸了聲，對著垃圾桶一口吐掉嚼了半爛的橙子，拔腿沒命往廚房衝去，彎著身在流理臺前猛咳不住，雜著難聽不雅的催嘔聲。艾羅被她這突來的反應嚇了一跳，忙跟進廚房輕拍著給橙子噎著的喬卉的背。

喬卉咳得滿臉通紅、氣喘吁吁，連眼淚都滾了出來。一晌終於順了氣，卻放聲爆笑起來，把腰又給笑彎了。艾羅不明就裡地問道：「妳這會兒又是怎麼了？」

喬卉笑得上氣不接下氣，一句話也答不上。拉著艾羅回到客廳，指著茶几喘著氣，道：「妳看……那像不像一張臉……」艾羅順勢望去，淺棕色茶几上兩盞杯子，一只橫放的遙控器成倒三角方位，猶如雙眼一嘴，而打翻的可樂暈綻在杯前茶几上正如覆額亂髮。沒想到她這一扶一放竟意外點中了喬卉的笑腰穴。艾羅啼笑皆非地向地上那一小攤可樂指去，道：「像。像極了。頭髮還不小心掉了一撮呢。」

喬卉終得緩過氣來，問道：「妳有相機沒有？」艾羅搖頭。喬卉有些氣惱地道：「真可惜，我也沒有。」旋即語音一揚，端起那一滿一空兩盞杯子，把滿杯遞給艾羅，自顧舉起空杯，高聲說道：「來，敬艾羅和喬卉第一件同心協力完成的藝術品！」說罷，薰薰然把那空杯就口仰頭倒去。

＊　＊　＊

轉眼半個月過去。艾羅從行李箱夾層拿出一只縮口小錦囊，錦囊裡裝著她帶上倫敦的全數旅費。每個週末她固定從中取出一星期所需開銷，再拉上袋口放回原處。

艾羅把剩下的錢倒到床上，逐數數著。她原有的存款本就不多，失蹤八年仍原封不動擺在她書桌抽屜一只信封袋，加上父母資助她的一小筆旅費，本想在倫敦撐上三、四個月應不成問題。但大城市物價遠比她預估高出許多，下了車第一天又在辛娜旅店給狠狠削了一筆，現下看來已有些吃緊。雖然亞勒每每問起，她總故作寬裕——她知道亞勒的唱片行小本經營，還有地產貸款要償，為了陪伴她，兼顧工作，亞勒不時得倫敦、M鎮兩頭跑，車資長期下來也是一筆可觀數目。這等友誼早是仁至義盡，她怎好還讓他來負擔她的生活花費。

有時候艾羅也弄不清楚自己留在倫敦的理由。既然已經知道她成了尹芳這八年根本不記得舊事，原想追回記憶以此查找斐恩下落的目標也不再可行。留下，唯一的目的僅剩重拾自己這八年歷史。她不時迷惘，是否真有這個必要？幾次也想乾脆放棄，回M鎮一切重新開始，卻又覺得人生這麼遺漏一段好生悵然，畢竟八年也不算短。

「如果想繼續留下，一定得設法安頓生活。」艾羅想著。於是她開始付諸行動，只是兩度失憶，她知識還停在高中階段，技能七零八落沒個能賴以維生的專長。她問遍了住家附近的餐廳、商店，皆無職缺。艾羅苦苦掙扎著，隔日，還是硬著頭皮來到了華廸姑媽的書店。

一進門，華廸姑媽自是不免一陣愛憐的責備，道：「怎麼上回一走，隔這麼久都沒消息？還以為妳把姑媽忘了，回家鄉去永遠不來探望我了呢！」艾羅有些心虛地低頭淡笑著。好容易等華廸姑媽叨唸完，才忸怩開口問道：「姑媽，妳上回說我可以來書店幫忙，那……現在這裡還缺人嗎？」

華廸姑媽想也沒想，答道：「缺、缺，妳什麼時候來？」艾羅道：「都可以。」華廸姑媽道：「好，要不今天就留下吧。來，我正在做帳，妳來幫我。」艾羅依言跟了上去。心裡想著，到底要怎麼向華廸姑媽問薪水這件事。她毫無求職談判經驗，何況眼前此人待自己恩同再造，就是給她做牛做馬都不足回報。權衡著姑媽如此記掛自己，而她卻是因為經濟拮据才登門造訪，不禁愈發覺得羞愧自責。磨蹭了一下午，始終開不了口提錢一事。

到了快打烊時候，趁店裡客少，華廸姑媽拉著她的手問道：「還習慣吧，會不會太累？」艾羅搖頭。華廸姑媽喜道：「那真好，咱們母女倆又可以像從前那樣一塊兒工作了。」想了一想，說：「妳現在自己住外面，什麼都比從前難，妳看姑媽一星期付妳三百鎊夠不夠？」

艾羅嚇了一跳，忙說：「我一星期只要一百一十鎊就夠了。」她昨天大致算過，扣掉房租、水電、交通等雜項，再加上現有餘款，省吃儉用應該不成問題。華廸姑媽憂道：「妳確定嗎？」艾羅道：「嗯，我……還過得去。我想多接觸曾經熟悉的環境，這麼一來就比較有機會想起從前的事了。」這是她想了一整天，萬一凱諾問起，預備用來回覆他的理由。

於是艾羅開始到華廸姑媽的書店上班。每日一早即由蘭貝斯搭公車到康登，日落了又搭反向公車回家。

一日書店打烊，艾羅收拾東西正要離開，華廸姑媽叫住她，道：「冰箱裡有兩袋東西是要給妳的，還有這罐維他命，是我中午才到對面藥局買的。妳既堅持自己住，總不能再拒絕姑媽這一點點的照顧吧？」那大袋是一些生鮮蔬菜等食材，另一小袋則是些水果、點心。艾羅不好推拒，依言收了，心下感激不已。

數日之後她才又見到了凱諾。他送華廸姑媽上班，進了書店流連少晌，兩人闊別多日，再次照面，已不似初始重逢那般波瀾起伏。經過這段時間的調適緩衝，釐清混亂情境後，也接受彼此已然分手的事實。

之於凱諾，他原以為連日安靜，她已離開倫敦，兩人就此緣盡情絕，斷沒想到沉寂之後忽然聽得她回書店工作一事。之於艾羅，雖也曾困惑糾纏，一度還想著要能恢復記憶與他再續前緣。但冷靜想來，那不過是感性作祟下的催化，就像偶然聽得自己曾有個生死不渝的前世情人，難免萌生浪漫綺想，再有人指出那人確切名姓、出示照片，將人帶到眼前，縱使記憶裡並不識得，一時意亂情迷也不為過。等到錯覺冷了，理智回復，則想道：「這麼淡了也未嘗不好，至少沒多大痛苦。他記得我，都放得下了，可見這愛也不深，我還有什麼好自作多情、一廂情願呢？」

既然心中各自有了主張，兩人從此見面倒也清淡釋然。總之都只是早晨他送華廸姑媽上班時匆匆一會，隔著櫃檯三兩句寒暄，他便得趕赴醫院工作，她也自行忙碌去了。

偶爾艾羅午夜夢迴，想及凱諾也曾提及這般魂夢相聚，仍是惆悵輾轉，恨不得與他傾訴。但翌晨相見，他卻冷淡疏離，知曉她記起八年前舊事，也不曾好奇她過往生活、故鄉有什麼家人手足。朋友都算不上，僅僅當她是一名書店雇用的員工。她想著：「相愛過的人會是這樣子嗎？」較之華廸姑媽仍不時對自己送菜送肉、噓寒問暖，他卻連她為何到書店工作也從未相詢。她分別歸還那兩串鑰匙時，華廸姑媽三推四阻地還希望她有天「回家」，凱諾卻是毫不猶豫地接下。漸漸地，艾羅不再當那些夢境是別具意義的記憶殘簡，亦不再為他說過類似的話思量兜轉。漸漸地，她起床更衣盥洗，連前夜是否夢過都無心去想了。

下了班後，只要不累，艾羅仍愛到泰晤士河畔散步。氣溫漸暖，天也暗得愈來愈晚；她在河邊流連，直到天色轉淡，才回到那間總是晦暗的租賃寓所，簡單地用過晚餐，看看書畫畫素描，結束一日行程上床就寢，日子倒也悠閒寫意。

要是遇上喬卉在家的日子，屋裡總要鬧得天翻地覆，吵吵嚷嚷的，一點生活瑣事都能給她說得像發現新大陸精彩。這個天真爛漫、帶點玩世輕邪的室友，確實為艾羅平靜聊賴的生活增添了不少樂趣，在喬卉面前什麼規則也不必遵守，她似是而非的邏輯倒也耐人尋味。艾羅初始把自己的遭遇試探性地說予她聽，喬卉卻滿不在意地回道：「什麼病不病，正不正常，就是統計數字而已。如果所有人都生了三頭六臂，那還有誰不把這認作正常的？」

喬卉這般另類思考教艾羅愈發放肆，一點一滴把際遇和心裡話都向她傾吐。以前知曉她的，只有亞勒一人不把她當異類，仍願以誠摯情誼相待。現在又多個喬卉，彼此皆是同年齡女孩子，更加能情理相通，讓艾羅原本沒處發洩的憂鬱柳暗花明般地，找到了一個新出口。

喬卉雖然愛玩愛胡鬧，但當艾羅向她吐露心事時，她總是洗耳恭聽，遇到她認為不合理的部份，便毫不掩飾地嘲罵，說這世界都待艾羅不公平，氣憤程度比起當事人有過之而無不及。到了不需要生氣的情節，她也總要每段給評，對艾羅闡述的人物一一朱筆眉批，從來不肯只是默默聆聽。

當艾羅說起和凱諾之間的情感矛盾時，喬卉伸出了右手食指，去支起艾羅的下巴，瞇著眼仔細打量她的臉，一邊說道：「奇怪，妳不醜呀，他怎捨得下妳呢？」語氣正經，好似那真的是她認定的真理。

艾羅道：「據說他是在我最醜的時候愛上我的呢！」喬卉嗯哼了聲，不以為意道：「我說這醫生……」她收口補話道：「我們做個約定，在這屋裡具有言論免責，這樣我才能酣暢淋漓地跟妳說心裡話。」艾羅同意了。喬卉於是接著說：「我說這醫生真是差勁，勾引自己的女病患，全然一點醫德也沒有。」艾羅忙解釋道：「妳誤會了，我並不是他的病患。」喬卉這麼嚴厲地批評凱諾，教艾羅聽得好不舒坦。喬卉又哼了聲，道：「那倒也罷。」

艾羅道：「再怎麼說，他是我的救命恩人。沒有他，我搞不好還給人關在精神病院裡呢。」喬卉道：「妳怎知道他真有那麼偉大？」艾羅道：「姑媽說的。」喬卉道：「她怎麼說妳怎麼信，哪天我叫我嬸婆姨媽來，也定能把我說成天下一等一的奇女子呢。」艾羅著實不喜歡喬卉這麼批評華廸姑媽和凱諾，卻又覺她的話難以反駁，見她如此袒護自己，心中也好生感動。

喬卉續道：「我覺得呀，那醫生根本是冷暴力，用他的冷漠來狠狠毆打妳。」艾羅道：「這……沒這麼嚴重吧。」喬卉犀利反問：「沒有嗎？難道妳不痛？」艾羅一時答不上話。喬卉道：「幸好他冷妳也冷，這就叫作以暴制暴。」說著得意洋洋地笑了起來，好似她發明了個了不起的理論。

艾羅道：「可是，明明是我對不起他。」喬卉噘起嘴，不贊同地搖搖頭，道：「妳失憶是不得已，他冷漠難道是被迫的嗎？這情況下他怎不努力挽回妳？除非他只把妳當玩物。」艾羅聽了，好生哀傷，喬卉雖出言不遜，倒是不失懇切，她心想：「定是這樣了，只是我自己不想承認罷了。」喬卉見她一臉難過，拍拍她肩膀，安慰道：「好啦，妳快把歌劇男孩找到，跟他在一起便是。當年要沒出事，你們說不定早是快樂伴侶——嗯……不過世事難料，這麼多年陽光搞不好早成日全蝕，跟冷面醫生一樣冷冷冷呢！」

喬卉一番慰語反讓艾羅心情更加沉重，她垂著眼，沮喪說道：「我的確很想趕快找到斐恩，可是……」見她愁眉苦臉，喬卉忙拉著她的手，道：「妳別再自責了嘛！凶手明明就是那司機。」慍道：「唉，要能找到那凶手，定要把他大卸八塊，害得妳吃了那麼多苦不是？」艾羅先前倒從沒想到這點上，心想：「總之尹芳吃了什麼苦我也不記得了。從金達爾醫院逃回M鎮雖然慘烈，卻是我自己沒弄清狀況才導致誤會一場，怨不得他人。」於是說道：「只要斐恩無恙，他不追究，事情就算完了。」

有天喬卉突發奇想，對艾羅說道：「我有個辦法，可以測出冷面醫生是不是真的像聖光術姑媽說的那麼好。」艾羅好奇地問道：「什麼辦法？」喬卉道：「妳明天就去跟聖光術姑媽要幾套從前的衣服來，打扮成過去的模樣，看看冷面醫生見了是何反應。」

艾羅猶豫不決，總覺這麼做有些陰險狡詐，但另一方面卻極想知道凱諾對尹芳是否還存著一點恩情。一整日心事重重，到了書店打烊時，終於還是忍不住，跟著華廸姑媽回家取了些舊時衣物。

晚上喬卉硬要陪著她試裝，並問起尹芳髮型，艾羅照實說了。喬卉從房裡拿來了梳子、髮捲、藥水、毛巾、吹風機，強逼著艾羅假戲真作。忙鬧了一整個晚上，一個活生生的尹芳複製品終於成功出爐。站在連身鏡前，喬卉好生得意地看著自己的傑作，笑道：「好啦，這頭髮至少能撐上三天。灰姑娘的午夜十二點，自個兒好好把握時間囉！」

艾羅回到房間，累極地換上睡衣，心中好不踏實，頂著這頭虛偽的捲髮來到廚房，和水吞了一顆維他命。她正想把那塑膠瓶罐放回櫥櫃，摸到瓶身上包裝貼紙已脫落了一角，她索性整張撕下，黏黏的瓶身上有一排微微凸出的字樣。她打開大燈，看清其上淺淺浮著「金達爾醫院藥局」幾個字。她好生不解地想道：「為什麼姑媽說這是從對面藥局買來的？」

＊　＊　＊

翌早艾羅穿上尹芳的衣裝，讓一頭捲髮自然垂瀉於肩，沿途車上路上均感彆扭不已，好似她戴了張怪異面具在眾目睽睽之下刻意引起他人注意。

到了書局，她看見凱諾的車已停在門口，便知道他人定在店裡，當下有股棄甲投降的衝動，她在門外站了一會，勉強定神，對自己說道：「不過換了個造型，再普通不過的瑣事，說不定他壓根不會察覺。」

艾羅強作自然，推開門踩著平常的步調入店。風鈴響起，凱諾仍背對門，倚在櫃檯旁翻著一疊藝文傳單，華廸姑媽則不見人影，估計是在內側某個書櫃前點貨搬貨。

艾羅挺起背，一如往常地經過他的背後，走進櫃檯，並向他問候了聲：「早安。」

凱諾抬起頭，正要回禮，見了她這等裝扮，霎時整個人怔住，道：「妳……」他表情驚疑哀痛，像是忽然遭人以長劍刺穿左胸膛，再緩緩拉劍拔出那般。他失了平衡失了支撐失了語言，扶著櫃檯，即使拼命維持鎮定，卻是臉色枯槁，神情淒苦。

艾羅彷彿又看到她初提悔婚時，他那支離破碎的面容。那時她是無心之過，這回卻是有意為之。艾羅本沒想到會這等嚴重，當下悔恨交加，怨怪喬卉出餿主意戲弄，更恨自己愚蠢傷人，心裡罵道：「我真是一等卑鄙，竟玩弄這種心機，在人傷口上抹鹽巴。從前還怨他淡薄寡恩，現下證明我才是最殘忍絕情之人。」她虛弱地說道：「我……衣服沒帶夠，才只好……跟姑媽拿些從前的穿……」她覺頭痛暈眩，無地自容，一句話怎麼永遠也說不齊全，肩上包包都未及卸下，便急急躲進櫃檯後的儲藏間。

艾羅背貼著關上的門，一陣揪心的窒息感襲來。她不敢面對門外因她一時玩性而備受傷害的凱諾。要是時間重來，她就是死了也不許自己幹下這等荒唐之事。待到心情稍微平復，不知已過了多久時間。艾羅深深嘆口氣，解下絲巾，從包包取出原有的薄外套穿上，拿了一支筆挽起頭髮，把一頭大波浪藏成髮髻。哀傷想著：「於事無補。何況他早就離開了吧。」

艾羅理理情緒，打開門準備開始一日工作。出了儲藏間，卻見凱諾仍站在原處。她忽然間覺得一切恍如幻象，訝然問道：「你還沒走？」她往前幾步，如平日隔著櫃檯與他相對。

艾羅歉然地看著凱諾，想開口祈求他原諒，一五一十向他招認這場惡作劇的前因後果，他卻神色泰然如常，讓她辨不清他不久前的沉痛絕望是否真的發生過，抑或只是她會錯了意，因自感罪惡過度解讀的結果。

凱諾道：「我總得確定妳沒事才走。」像個醫生該說的話，用字遣詞卻略有不同。她留著倉皇過後的一種倦態，與他的沉著穩斂成為對照。凱諾道：「好了，既然妳沒事，我得先走了。」話雖完了，卻無絲毫去意，目光仍靜靜集聚於她，恍若迷醉。她垂下頭，不言不語任由他深望著。

境域凝結，時光流逝，凱諾也不得不離開了。他一動腳步，艾羅忽而輕聲說道：「謝謝你。」凱諾回過頭，有些不解地看著她。艾羅心旌搖蕩，眼波流轉。聲如蚋蚊地說：「那個……維他命……」凱諾翻然領會，清淺地笑了笑，柔聲說道：「要記得吃。」

旖妮風光稍縱即逝。艾羅再度回神，凱諾早已不見人影，華廸姑媽則站在她身旁，忙著替客人結帳。她趕緊定下心來，接過書以紙袋包裝。

到了中午用餐時，華廸姑媽正巧和艾羅聊起交通問題。華廸姑媽道：「妳說從家裡過來要轉兩次公車，這樣太辛苦，怎麼不願讓姑媽或凱諾接送妳？」艾羅道：「不用啦，也不順路。」華廸姑媽道：「哪會不順路？凱諾以前也常拿這理由推拖我，這會不是比誰都順，不讓他送都不行了。」艾羅不甚明白地問：「他以前沒經常送妳嗎？」華廸姑媽佯怒抱怨道：「他這星期就送了我三次，以前半年也送不到三次，我還當他多忙。就是送來了，我自個兒下了車，店門都還沒碰到，他車早開得不見蹤影。哪一次曾陪我進來，還在店裡摸弄個五分鐘十分鐘不肯走的？」又指著櫃檯道：「還有那疊傳單，他想看，拿一張去便是，有必要一直站在那，就幾行字，那麼多天也看不完的嗎？」

艾羅將信將疑地聽著華廸姑媽的陳述，心裡不禁暗喜，含笑想道：「可憐的冷面醫生，你這會兒全給出賣光了。」只是回到現實世界，那人與人之間的距離仍牢不可破，而那些教人心暖意牽的情節，也就更加變得如夢似幻，毫不真實了。

＊　＊　＊

走出歌劇院，亞勒和艾羅沿著西區街道並肩而行，兩人方才一同看了莫札特的《魔笛》，時近午後四點，週末假期，柯芬園市集鬧嚷，奇珍古玩、日常飲食，兩人在擁擠人潮間艱難穿梭，外境喧囂之下更顯心境寥落。艾羅語氣蕭瑟地說：「你看，斐恩會不會喜歡這版本的夜后？」想起方才劇院舞臺的輝煌極至，又想起當年三人在小小唱片行裡高談之興，不由悲從衷來，倍感人事暗換，悽惻蒼涼。

亞勒仍是雙手插在口袋裡，沉著臉一語不發，也有著她這一般的心事。晚春氣候已有些煩熱，街上遊人如織，她的問話在街頭藝人嘹亮的歌聲與吉他聲中消掩散滅了。

兩人沉默地走著，通過了圓環，步上廣場。艾羅心上一痛，悵然說道：「要是斐恩也能聽到今天的歌劇，那該多好。」亞勒停步下來，回頭看著才離開不遠的對街歌劇院，對艾羅說道：「妳在這裡等我，我回去買張原聲帶，等找到了斐恩，我們三個人再一起聽一次這歌劇。這樣我們的好朋友就沒有缺席的遺憾了。」

此時，分針偏正，四點整大笨鐘準時噹噹響起。艾羅倏地渾身冷下，面色鐵青，睜著眼，表情駭然驚恐。亞勒忙問：「妳怎麼了？」艾羅身子微微搖晃，連站都快站不穩，她舉起手摸到身旁雕像，瞬間整個人如從掌觸之處隨那雕像迅速石化而下。亞勒心急如焚，出手扶住她，艾羅氣息愈發微弱，在失去意識前反手緊緊抓著亞勒，死盯著他歇斯底里地尖聲問道：「為什麼你和斐恩說了一模一樣的話……」

9

鐘聲。

鐘聲響起時，艾羅踩緊了空間象限，時間之軸卻失了卡榫一瞬筆直加速下墜。她踏在不同維度的廣場之上，不久前在歌劇院與亞勒共同觀賞的《魔笛》撤換成了八年前的《阿依達》。一齣描述埃及戰將拉達美斯與敵國衣索比亞公主阿依達曲折情事的歌劇。兩人糾纏在家國恩怨、兒女之私的命運裡，終至共同為愛赴死，成全了這場淒美的悲戀。

廣場之上，人潮來往，艾羅對斐恩說道：「剛才的歌劇真精彩，多虧了亞勒送的票，可惜他沒能一道來。」

仲夏午後，陽光明媚，繽紛街景氤氳著那一貫無從定位的印象式基調。斐恩停下腳步，回頭看看方才離開的歌劇院，笑容燦如暖陽地對艾羅說道：「妳在這裡等我，我回去買張原聲帶，等找了亞勒，我們三個人再一起聽一次這歌劇。這樣我們的好朋友就沒有缺席的遺憾了。」

鐘聲繼續飄揚迴盪，整個城市隨之瘋狂旋轉。亞勒說：「妳在這裡等我，我回去買……」

艾羅點頭笑道：「好，那你快去。」斐恩旋了身，又折回，看著大笨鐘上即將偏正的指針說道：「我們來打個賭。」艾羅道：「賭什麼？」斐恩道：「賭我能不能在四點鐘鳴結束前趕回這廣場和妳會合。」和風徐暖，悠懶閑適，正也助長了這番玩樂之興。

艾羅抿著嘴，點下頭，道：「好。」斐恩道：「如果我趕不回來，妳要我什麼賭注？」

艾羅偏著頭左思右想，但覺自己什麼都不缺，一時之間也答不上來。斐恩在一旁笑著催道：「快點，別這麼賴皮拖延時間。」艾羅只好隨口說道：「我要你再跟我講十齣歌劇故事。」斐恩爽俐答應道：「沒問題。」艾羅問道：「如果你贏，你又要什麼？」

斐恩停頓了一下，深呼吸，開口一口氣說道：「讓我當妳的拉達美斯將軍。」艾羅正值輕快玩性心境，當下也沒細想，說道：「一言為定。」斐恩喜出望外，邁開大步急往歌劇院去。艾羅看著那穿著靛藍色襯衫的背影一轉眼穿過馬路，鑽入人群，才收回目光，開始隨意徘徊回想著斐恩的話，以及歌劇裡男女主角的相戀情節，懵懵懂懂地想著：「我應該是喜歡斐恩的吧？管他，有個人轟轟烈烈愛一場好像也不錯……」年輕順幸常讓人弄不清是愛上了某人，還是愛上愛情本身。

四點。分針偏正。鐘聲鳴下。群鳥飛起。艾羅對著已站在廣場對面的斐恩努努嘴，比了比鐘樓方向。斐恩揚了揚右手上的錄音帶，又舉起左手，食指與拇指指尖相觸，自信地向她打了個「OK」手勢。兩人隔著馬路在車流間斷續為這歡樂賭局煞有介事地窮緊張較勁。

群鳥飛起。鐘聲鳴下。亞勒的話音結束在：「……缺席的遺憾了。」

斐恩過得馬路，眼看就要走上廣場，艾羅才要提步迎上，一輛違規車輛無預警闖出，尖銳煞車聲壓過了鐘聲，粉碎了城市原有的漶漫街景。

艾羅駭然收步，舉手摸住身邊雕像，耳邊傳來亞勒憂心問語：「妳怎麼了？」鐘聲紊亂失控，無止無休胡敲亂鳴，群鳥驚飛失散。艾羅瞠著眼看著斐恩彈出，肇事車輛倉皇逃逸。

下晌斐恩已動也不動倒在馬路中央，鮮血汩汩染透了他靛藍色襯衫。人群開始收縮聚集，她腦上忽如一記重搥擊下，但覺眼冒金星，一切畫面失序錯亂，腥紅之血潑濺了歌劇院、大笨鐘、街道、廣場，一瞬之間所有景物都在這湛紅漩渦之中攪得面目全非。她掙扎浮沉，緊緊攀住任何觸手可及之物，意識混亂地尖聲問道：「為什麼你和斐恩說了一模一樣的話……」眼一黑，便暈了過去。

＊　＊　＊

再度有了微弱意識，艾羅首先感覺到的，仍是那陣陣鐘鳴罩頂。她整個頭顱微微震盪發麻，天旋地轉的暈眩。

她強張開眼，花了好半天才辨出自己已躺在蘭貝斯居所的房裡，床褥晃得她心脹欲嘔，傢俱失了重力般漂浮。她散疊的視線中似見一張熟悉面孔，擔憂地坐在床邊椅子上，成為整個懸蕩房間裡唯一鎮靜之景。她啞聲喚道：「斐恩……」一晌察覺有錯，改口喚道：「亞勒……」

亞勒傾身探看，急切問道：「妳覺得怎麼樣？」他因勞累相守雙眼佈著血絲，聲音顯得瘖啞乾澀。

艾羅慢慢地沉靜下來，四下景物歸位，視線轉清，暈眩之感為強烈頭痛所取代。她側頭看見桌上鬧鐘指在三點二十分位置，窗外漆黑一片，床頭點著燈盞。她問道：「你不是看完歌劇就得趕傍晚火車回M鎮？」亞勒道：「沒關係，等一下天亮我趕今天頭班車也一樣。」問道：「要不要我去弄點吃的來？」

艾羅搖搖頭，強撐起身，說道：「下午……」她面無血色，氣若游絲，連說話都嫌費勁。

亞勒勸道：「妳先好好休息吧，有什麼事等精神好些了再說。」艾羅靠著枕頭坐臥，喘息了好一會，繼續說道：「下午在廣場，我……」她一時間不知由何說起。亞勒知曉她非說不可，不再勸阻，問道：「妳是不是想起什麼了？」

艾羅點點頭，道：「我想起那時和斐恩暫時分開，約在廣場會合的原因了。」她看著亞勒，心想：「我一個人為這事折磨得死去活來就夠了，何必再把亞勒拖下水，讓他同我一道承受這罪惡感的煎熬？」心下琢磨既定，避重就輕地把想起之事略說了一回。關於斐恩折返歌劇院，只說是折回去購買原聲帶；而關於兩人似假還真的約定一事，也只說打賭四點會合，略過了那難以向他人言訴的賭注。

亞勒聽後，思吟片晌，沉重地看著她，問道：「那原聲帶是要買給我的吧？」艾羅見藏不住，只得認了。亞勒沉鬱地鎖著眉，有些無奈地低聲說道：「看來，我更是難辭其咎了。」

艾羅聽到「難辭其咎」這等關鍵詞，心中一陣抽痛。以前只道自己硬纏斐恩上倫敦，已教她愧責難當，現在又想起這段，原來斐恩匆匆趕回竟是為了履行與她的約定——那個她不假思索的半玩鬧約定——否則他小心行看，豈會因忙亂發生禍事？為了不教亞勒背負這罪愆，她也顧不得羞赧了，當下就把那賭注也招了，說道：「其實，我才是真正的劊子手，斐恩是為了……」艾羅說著，聲淚俱下，到了末了已是泣不成聲，垂著頭，眼淚滴滴答答落在床單上。

亞勒單手扶著她肩膀，冷靜而誠懇地勸慰道：「那真的是一個意外，妳不要再這樣懲罰自己了。」待艾羅情緒稍微緩和，亞勒續道：「妳先把身體養好，等我下星期回倫敦，我們一起到那附近商店挨家挨戶詢問，看看能不能問出記得當年那場車禍的目擊證人。那邊多的是營業數十年以上的老字號店家，只要能有一個人記得，我們一定按著線索追蹤下去，找到斐恩的下落。」艾羅應允，沙啞著嗓子說道：「我哭得好累啊，你幫我倒杯水好不好？」

亞勒起身走出了房間，他原本披掛在椅背上的外套掉落於地。艾羅彎身隨手撿起，才想將它放回原處，一件飾品先從那外套口袋裡滑出，落到了床上。

艾羅順手拾起，那飾品是一條銀製月桂形手鍊，她拿放在掌中反覆翻看，疑惑想著：「這手鍊……」少晌靈光一現，想道：「原來亞勒有了意中人，這手鍊想必是特別買來送她的吧。誰呢？是不是他唱片行那個女店員？」

無意間發現這祕密，艾羅覺得有些好奇有趣，一會想起自身遭遇，想喬卉曾戲言要不出事，她可能已與斐恩成雙。如今斐恩生死未卜，縱使有天重逢，事隔多年兩人各有際遇，心境、環境皆已今非昔比。至於凱諾實在太過真幻難辨，沒有記憶依憑，她心之所感卻總與眼之所見大相逕庭，久了他便只是一則遙不可及的深奧夢境。她心中落寞，盤算著：「我大概已與愛情絕緣。亞勒待我誼厚情高，我來幫他一把，也算聊慰自身缺憾。」

待亞勒端來了杯水，艾羅已將手鍊、外套放回原處，並正由皮包中掏出一疊單券挑看著，其中包含了電影院、美術館、水族館、各式餐廳、古蹟、天文臺等免費入場票，還有些市場、商店禮券。艾羅從中選出了兩張高檔餐廳主食兌換券，遞給亞勒，道：「這家連鎖餐廳在咱們M鎮也有，聽說他們牛排好吃得很，你這趟回去順道去嚐嚐吧。」

亞勒接過餐券，不明就裡地問：「幹嘛突然給我這個？」艾羅道：「我在姑媽書店上班，不時有這類雜誌社送的試用券可拿。我一個人也沒那雅興四處跑，也消耗不了那麼多，不如分你些吧。」亞勒好生懷疑地看著她，道：「妳要我連著去這家餐廳兩次？」艾羅笑道：「當然不是。你一人去吃多無聊，總要邀上個重要的伴陪同嘛。」亞勒仍是一臉疑惑，心想：「難道是她思鄉情切，暗示我回去要把握機會陪伴家人？」艾羅又道：「等哪天你們一同上了倫敦遊玩，我把這些票全給你們。包山包海，保證精彩過癮。」亞勒不甚解得她話中含義，惦著她正值虛弱，也沒追問，嗯了聲，隨意點點頭接下了她的美意。

天微亮。離開了艾羅蘭貝斯的公寓，亞勒直往火車站去。

晚春的清晨氣溫依然冷如冬季，吸吐之間，寒冽空氣貫入鼻腔讓人頭腦一瞬清醒。

亞勒站在月臺上，人群匆匆來往，他將右手探進外套口袋，冰潤的金屬飾物在他掌心逐漸有了溫度。他掏出手來，低頭注視掌中手鍊。那巷道長椅，飛鳥落葉，彷若皆磨成了珍奇細沙，隱在那月桂曲折刻痕裡，在他每回凝視時自動連結到另一端不曾過完的畫面，以另一種支線繼續發展情節。

嗚笛聲起，列車在軌道遠端打進了強光，腳下月臺轟隆隆震顫，旅客紛紛離座，盡可能地往警線臨界靠攏。風一晌灌入月臺，吹起岸邊旅人頭髮衣袖。車進站，停靠。亞勒收了拳，將手鍊重新放回口袋裡，背起行李隨著列隊跨上了車廂。

＊　＊　＊

亞勒和艾羅苦查斐恩下落未果，情勢原地踏步不前。轉眼一季過去。艾羅開始認真考慮自己的人生前路。她想著：「原本上倫敦是為了尋回這八年記憶，好追出斐恩車禍後續。現下看來，即便成功恢復記憶了，仍無從得知斐恩生死。再說要是我一直想不起舊事，難道就在倫敦一輩子待下去嗎？」又想：「現在生活雖不算壞，但我總不能永遠當個書店店員，租六十鎊房間，領一百一十鎊週薪，過著幾乎入不敷出的日子，若非姑媽不時慷慨照應，搞不好還有斷炊之虞。而在書店天天重複同樣動作，人生毫無目標亦無所長，實非長久之計。我已經比別人多蹉跎八年，真不該繼續耽擱。眼下該做的不是沉緬那段遺失的歲月，應是趕快結束這種客居異地的生活。回家鄉先安定下來，再好好計劃下步怎麼走，要不回學校把知識補齊，要不想清人生方向，找個志趣相符的工作努力衝刺。只有先把自己的定位安置穩妥了，才可隨後處理一些衍生支節，比方發展人際網絡、培養業餘興趣專長、重新學開車等等。絕不能再這麼渾渾噩噩，過一天算一天了。否則未來八年、十六年也要一併賠上。」

她開始草擬離開的日程表，退租辭職等事宜。有時不免罷筆興嘆，想著：「離開了倫敦，這邊一切人際也將告終。姑媽、凱諾、喬卉，以後見面是遙遙無期了。」心中更生惆悵，幾番拖延、又忖著：「親情和友情多少還能靠著保持聯絡維繫，不管多久總還有機會重返，但如果幾年之後我想起了尹芳那段來，可會後悔今天的決定？」但旋即意識：「何必等幾年，他早先捨棄了不是？就算我現在立即想起，他都未必肯認了，為此留下的念頭根本太傻。」

心意既定，罣礙自滅。艾羅盤量著，這幾日見到了喬卉和凱諾，便要直接向他們道別，然後即可找個適當時機向華廸姑媽辭職，最後再打電話約房東來辦退租之事。從此也開始隨手整埋細碎雜物，免得到了搬家之日一下手忙腳亂。

可是一星期過去，喬卉遲遲未返，這倒是平常，連凱諾也自從她決心離去那日起不曾再接送華廸姑媽上班。艾羅歸心似箭，向華廸姑媽問道：「凱諾今天沒送妳嗎？」華廸姑媽搖頭，道：「沒有。」過兩日，她又問道：「凱諾今天沒送妳嗎？」華廸姑媽道：「沒有。」她原想追問，正好有客人相詢找書，只得暫時作罷。

艾羅無奈想著：「真的是莫非定律，要早不晚，偏巧選上這麼個準確時間點消失。」原定計劃只好先壓著。但自從認定不久將離職，她每日上書店工作便覺尷尬不安，心中浮躁難定。她考慮著：「要不要乾脆托姑媽留言道別，總之他應該也不會在乎。」但又想：「就算他不在乎了，過去他確實待我情深義重，在我落難時讓我依靠了那麼久。我失憶悔婚，他也只是默默自認倒楣，從沒向我討過舊恩、說過一句重話，我要是再不告而別也太說不過去。」心裡多少也想再見他的面。

又過兩日，艾羅趁店裡空閒，再次問華廸姑媽：「凱諾怎麼最近都沒送妳？」華廸姑媽挑眉笑道：「妳想他啊？」艾羅一時答不上話，低眉歛眼，心跳怦然。華廸姑媽道：「他到外地開會去了，明天才回來。」接著嘆口氣，搖頭道：「你們兩個怎麼老愛拿我當探子，明明也不是從來見不到面，就不會自己問嗎？」

艾羅愕然問道：「他探問過我的事？」華廸姑媽又嘆口氣，有些莫可奈何地笑道：「豈止探問！妳家碟子幾種顏色，窗簾幾層皺褶，都關心得不得了呢！」艾羅霎時像是體內某個機關失了控，渾身輕飄飄地，嘴角不住揚起，有氣沒力地喃道：「他真的想過我？」但想華廸姑媽不時為了撮合他們說些言過其實的話，攪得她經常迷惑不清。仔細觀察卻從不曾在他身上發現一點端倪，一時狂喜之情很快平復下來。

華廸姑媽繼續說道：「可不是？就是人在大老遠出差，昨天電話裡還不忘提醒我今天要帶菜給妳，免得妳亂吃些沒營養的東西裹腹——」話到半途才驚覺說溜了口，急忙收住。艾羅卻已聽得，當下自是驚訝不已，道：「妳說那食材是凱諾……」華廸姑媽眼見拆了局，乾脆敞言道：「是他提的主意，原先我都還沒想到這點上呢。」艾羅問道：「那麼那些禮券……」華廸姑媽笑道：「傻孩子，雜誌社哪來那麼多千奇百怪的試用品？唉，他說怕妳拒絕，怕妳有壓力，怕這怕那，最後乾脆全推給我。真不知他哪來那麼多顧慮。」

原來凱諾得知她匿跡多日，一現身竟是來謀職，還要求低廉但特定數目的薪水，已大概猜得幾分了。

艾羅情緒隨著華廸姑媽的話波瀾起伏。理性質疑，又感性深信，再也平靜不了，甜苦紛雜地吶喊於心：「傻瓜，為什麼不親自跟我說呢？」忘了還在上班時間，眼淚都要掉下來。一會又想：「他是知我甚深，才費得這番用心良苦。笨的是我，竟絲毫未察。」想著又是一陣激動。至於離職道別一事，倒給拋至九霄雲外了。

艾羅再度見到凱諾，是數日之後她原定到醫院向嘉洛醫生問診的日子。過了這把個月，她早把這事忘得一乾二淨。看診前一天凱諾托華廸姑媽傳話提醒，說隔日會利用午休空檔來書店接她，才又教她記起。

境隨心轉，即使當日見了面他依然清清淡淡，一路也只是重覆交代些嘉洛醫生專業可信，要她放寬心情的話。在艾羅聽來卻覺字字誠懇、句句關愛，含笑頷首逐一應答了。

到了醫院，凱諾領著艾羅至診間門口，敲門與嘉洛簡單招呼，即自行忙去。艾羅獨自進了診間帶上房門，那嘉洛醫生耐心親切，也不知是不是記憶殘留，他與她先時夢境中初見的溫和形象竟相去不遠，讓她倍感熟悉。

看診時雖然她說到糾結處幾度停頓、心悸，整個過程大致還算平和順利。嘉洛醫生為她開了些抗焦慮劑，並建議她進行諮商。隨後艾羅離開診間，至一樓領了藥之後又搭電梯上六樓，向櫃檯護士說道：「我想找凱諾醫生。」那護士道：「凱諾醫生正在門診中。」艾羅道：「我可以去他的辦公室等嗎？」凱諾原本不愛與人談論隱私，先時「尹芳小姐」逃離醫院雖鬧得人盡皆知，後來她又出現，也沒人弄得清其中分合，還道她回來兩人自是延續之前親密關係。她於他辦公室相候也非新創，對於她的要求自然比照辦理。

艾羅得了允，自行朝過道另一端走去，但覺步步皆似一則則遙遠的提示，與過往腳印疊踏，留下不具任何厚度的行跡。

進了房門，書櫃桌椅在窗簾閉上的空間裡安靜透著灰冷色調，像是自她上回離開後不再使用的儲藏。

她走過去旋開百葉窗，午後三點，春末陽光流淌而入。她背過身去，看著對牆上投射出的倒影，窗外七葉樹已發得亭亭如蓋，無心有意地摩娑著她的影子，與她輪廓交雜——她再度走進這框景，距前次已是一季之遠。她拋棄「尹芳」身分就快屆滿一年，而斐恩車禍也將由八年，轉而為九年前的事了。

她環顧四周，想起初次相訪時的畫面與對白，那段段遭她遺忘，卻在夢中不時出現的情節。一晌，她目光停在那張大辦公桌上，發現在桌角縱橫疊放的書籍堆裡，夾著一張斜放的紙箋。她走過去，偏頭側看，那紙箋似乎是篇墨筆提字，露在外面的部分只看得「絲，作繭自」寥寥數筆。她想起那只蠶繭鎖環，遲疑地移開其上幾本書籍，看清了那墨色已有些轉淡的成篇，但覺熟絡莫名。

艾羅在辦公椅上坐下，從包包中拿出隨身攜帶的記事本和原子筆，憑著方才頌讀的記憶默寫：「細卵蟻蠶，一齡……」

完了她拿起紙箋對照，非但一字不差，連筆跡也如出一轍。

艾羅怔望了半日，無心一翻，見紙箋背後亦有提字如下：

> 蟻蠶為蛾，必須經歷三蛻四進，幻其形，斷其絲，黜其繭，躍然顧盼，迷忘舊途，從此不再為疇昔的困厄嘆息發愁。或謂天地諸理皆為競擇，初民蓄蠶以為衣，猶知取良種而捨野品，記憶刪存若亦如是，原歷的淺深又何足依憑？

此篇為鋼筆寫成，墨色如新，草書斜體一如醫生於病歷上註記那般疾快飛馳，又隱隱參雜一種抑鬱難抒的心煩意亂。顯然不與前篇刻劃工整的筆跡同出了。

艾羅垂著肩，似乎慢慢懂得了自己加之於凱諾的傷害。她自始至終以一個受害者自居，總以為她失了憶，是個最苦之人，於是恣意而為，來來去去從不過問他的意見，從不設想自己這麼做無異親手抽掉了他原來世界的次序，她離開之後，他無從選擇地，只能獨自留在這故景之中繼續作息、辦公，一出此門又得搖身一變成個流言蜚語百毒不侵的悍將。而他不叫苦，她便理所當然地忽略了。

艾羅動手將紙箋、書籍歸位。離開辦公桌，來到沙發前坐下，靜靜想著那早已烙在她心上，他自解的病歷。時間一分一秒過去，她隨著慢慢融合成這房間裡一只傢俱擺設，再不願從他領域裡任意消失。

時近傍晚，天光流連。凱諾走出了診間，沿著迴廊往辦公室方向去。這時潔兒忽然由垂直過道轉出，正面迎來，笑吟吟問候道：「凱諾醫生，下班啦？」凱諾點了點頭，應道：「嗯。」潔兒道：「辛苦了，尹芳小姐在你辦公室相候呢。」語調抑揚，熱切而誠摯。凱諾眼裡閃過一絲訝然，他以為她看診結束已早早離開了。對潔兒微微一笑，以謝相告，道：「知道了。」說完便提步前去。潔兒仍站在原處，直視著他的背影，垮下嘴角，眼神充滿了怨怒。

凱諾來到辦公室前，握著門把，將信將疑地停佇了須臾，方旋掌開門而入。一進門，即見那熟悉側影正坐在沙發上等待著。他不能確定這是否又是一幕即開即滅的幻象，在黃銅門扣喀咔聲響地同時倏地閃現，在他移步走進帶上房門同時消逝撕毀。

他帶上門。來到她身旁的沙發坐下，問道：「今天和嘉洛醫生談得還好嗎？」

艾羅這才回過神來，瞥見掛鐘，驚覺已到了這些時候，他何時進門自己竟不知覺。他眉宇間解不出擔憂，她卻在他對白排序尋得了蛛絲馬跡，答道：「還算可以。」並接著把問診過程略說一回。他聽後僅以那慣用的淡然口吻簡短作結，說道：「那就好。」

艾羅問道：「你呢？工作還好嗎？累不累？」

凱諾沒料想過她會忽然這麼問。他原先設定只到確認她沒事便罷，而非這種相互問候的對話模式。故人舊景，這會又闖出這句熟悉的問候，一如時空疊映，銜接到他由瑞士出差歸來，一切都不曾改變那般地，她還留在這裡接續輕言暖語地慰問著他一日辛勞，在他一篇精確冷靜的行事曆中成為唯一以不同筆色寫成的貼心行段。他一時心神迷盪，竟脫口輕喚道：「尹芳……」

艾羅一動不動地凝視著他，似覺他眼裡那乾涸已久的海洋剎那蔚藍而雋永。然後凱諾開始對她侃侃說起這一日下來的工作心得，時而如絮語叨叨，時而義正辭嚴地指正起現行醫療法規的弊端。

落日西斜，天外暮靄四合，晚霞瀉進玻璃窗裡，屋室溢滿了暖橘色秘異流光，照應著兩人的臉龐。艾羅又問起他這幾日外地開會情景，凱諾便把會議上投影機出了烏龍，到每日散場後與同事遊晃的民俗風光全說予她聽了。她又任意追問景致濃淡、房舍高矮，她從來不知道他竟能說出這麼多話來。而明明都只是平鋪直述的敘事句，怎生得如此感心動耳，蕩氣迴腸。

夜幕罩下，兩人執著於談話，誰也不欲起身開燈。這一刻就像要於此終老，任屋裡屋外同昏共昧，雨落月明俱不知曉……時間過去了很久，然後，凱諾道：「天晚了，我送妳回去吧。」

　室外斜風細雨，車裡雨刷規律的嗡嗡聲不斷推開水漬，眼前風景在這半圓之中變幻交替著。紅燈煞停之時，艾羅在餘光裡看見凱諾正以單手扶著方向盤，左臂垂置於座椅之上。她深吸口氣，斜傾了身，伸過右手，拉住了他的虎口。他似乎有些意外、有些猶豫，指尖微微一顫，艾羅收緊了掌力，不給他有抽躲的盤算。

　一晌燈誌變換，她鬆開手，卻覺心中懸浮不定，上一刻的堅持霎時轉成了陣陣無聲的嘲笑，咀嚼著她的自尊。車子開上了緩坡路段，眼下燈海燦爛，與窗上雨點相映而成迷離瑤光。艾羅咬著嘴唇正襟危坐，恓惶想道：「我是不是太過輕挑，惹他生氣了？」

　正懊惱間，凱諾忽然問道：「妳餓不餓？」這是上車之後的第一句交談。艾羅一時措手不及，沒待回應，凱諾又道：「一起去吃晚餐，好不好？」語氣輕緩，竟還帶了點孩子般的期盼。艾羅自是欣然應許。

　下個路口紅燈亮起，凱諾探過手來，與她對掌握上，收得比她更牢更緊。她悄然流眄他的側臉，他仍執意直視著前方，唇上卻彎起了一個微微弧度，與她的笑容忘機相照，莫逆於心。

＊　＊　＊

　自此艾羅不再於書店打烊之後直接回到蘭貝斯寓所，也不再留戀泰晤士河岸風光。她下了班後仍往公車站去，搭車直往金達爾醫院臨近站牌，下車之後她來到對街咖啡館，揀個邊側座位坐下，望著落地窗外那棟燈火通明的建築，想著凱諾正於某個樓層揮著汗，自死神手中搶下亡魂，等待一回頭看見他正走進咖啡館來相會。偶爾她步入醫院，穿過大廳搭上電梯，沿著迂迴過道來到他的辦公室等候，沿途幾些她熟識的、不熟識的面孔對她點頭笑道：「嗨，尹芳小姐。」或者多寒暄兩句。她依樣回禮，見招拆招，也不多言。

失去記憶，對於從前如何相處毫無概念。艾羅時而感到「尹芳」並非他們感情的基礎，反如他前任情人般造成她莫名的壓力與障礙，這個名字無時無刻不干擾著，偏又不是個該避諱、吃醋的對象。她無法確定自己能否超越他心目中的完美形象，取代這個遭她遺忘的前身，無法確定他看著她時，想的是她本人，抑或尹芳遺留於她身上的殘景？

有時候，她也隱隱察覺他的憂愁和不安，像是失而復得的後遺症。她問起，他總欲言又止，推道沒事，將她牢牢抱緊，用以確認她這回是千真萬確地存在著，不會再無故消失了。

艾羅和凱諾重拾情感之後，亞勒則正式向她辭行，從此結束兩地奔波的生活。

亞勒道：「以前是怕妳一個人客居異鄉，也為了讓妳家人安心。現在妳不再沒人照應，也可以改把凱諾醫生的聯絡方式留給妳父母，我好功成身退。」

艾羅慌忙地挽留道：「你走了，剩我一個人獨自找斐恩嗎？」亞勒反問道：「妳還打算繼續找斐恩嗎？」她聽得出他話語中略帶責怪與不滿，連忙解釋道：「當然，這兩件事本來就不相干嘛。」亞勒嘆了口氣，道：「好吧，如果妳想到什麼實際方法，或者找到了新的線索，再隨時打電話找我過來，我們一同進行便是。」

艾羅知曉留他不住，想及這幾個月來兩人相互扶持，以及自己帶給他的麻煩種種，心中雖然不捨，也不好再任性自私下去，只得落寞地說道：「你也是，有消息一定要通知我，也要常常和我聯絡。」她送他至車站外。亞勒揮手欲去，又折回，與她一個擁抱，道：「要是回鄉，記得來找我。」艾羅強忍著離愁，微笑點點頭，道：「好。」

亞勒於是離開了。

亞勒走後，艾羅在倫敦只剩喬卉一個親近朋友。她仍租著蘭貝斯的公寓，即使和凱諾關係改變了，記憶未曾恢復，自然不能一下跳接回原來「尹芳」的生活方式。而這樣的發展既非新戀萌生，也不全算是舊情復燃，兩人皆尚在其中摸索著平衡點，重新磨合調適。

另一方面艾羅則是不想因搬家而失去她唯一的朋友。華廸姑媽雖然慈愛親切，畢竟年代輩份相隔，凱諾工作席不暇暖、日夜操勞，見面都如忙裡偷閒，說好要排假陪她返家省親，卻是一延再延。喬卉雖也不常在家，一個月總還回來一、兩次。那幾天艾羅的生活總特別荒腔走板，兩人有時甚至同睡一床徹夜聊天。喬卉仍是那般天馬行空、亦正亦邪，話題一開絕無冷場。艾羅本性純真善感，種種磨歷之下心中積鬱日深，而喬卉正如一劑嗎啡，小公寓中的暫時迷幻，雖然那嬉笑怒罵常因太過尖銳而教艾羅心生不快，久了也學會不去較真。就如初始兩人約好這屋裡言論免責，出了門一概批評嘲諷便都不算。

當喬卉聽聞斐恩是為了準時趕回廣場以贏得賭注，以及艾羅與凱諾復合一事之後，她忽地變得有些哀怨，手裡抱著一桶洋芋片，窩在沙發上繃著臉說道：「唉，看來全天下男人都愛妳，冷的熱的全給妳收伏了，我還有什麼指望呢？」一面說，一面抓了把洋芋片塞進嘴裡嚼，話也說得含糊不清。她從來零食甜點不忌口，身材還是娉婷婀娜。

艾羅作夢也沒想到這容色絕倫的室友有天竟會羨妒起自己來，笑道：「這樣就能教妳吃味，也太鼠肚雞腸。」喬卉道：「我是吃味呀，因為啊——」她放下洋芋片，吮了吮手指。眼珠一轉，跟著朝艾羅撲來，笑道：「因為我原本還盤算沒人要妳，乾脆我來把妳娶回家呢！」接著哈哈大笑起來，作勢要湊過油油的嘴來親艾羅臉頰。艾羅一面笑，一面躲，伸手搔她癢反擊。

兩人玩鬧一陣，累癱在沙發上，喬卉突然問道：「嘿，現在妳和冷面醫生成對了，要是有一天歌劇男孩突然出現，而且他還深深愛著妳，妳會不會動搖？」艾羅搖搖頭，哀傷地說：「但我對斐恩真的有很深的虧欠。如果不能親口向他道歉，聽到他的原諒，我大概會一輩子良心不安吧。」喬卉見她愁容滿面，安慰兩句，草草結束這話題。

夏去秋來，閒散光陰易逝。記憶仍行蹤飄渺，感情卻日益深濃。艾羅鎖環上重新扣上一度歸還予凱諾的那串鑰匙，扣上了牽絆，離職回鄉定居之念早已遠如前朝，即使人生就此蹉跎她也別無選擇了。

秋風蕭颯，落葉婆娑。到了十一月，有時氣候已冷得必須穿上夾襖長靴才出得門去。

一日，艾羅又在咖啡館苦候不著凱諾。夜黑天冷，只得敗興而返。一進家門，見喬卉房裡燈亮著。艾羅關上大門，正要朝自己房間走去，喬卉聞聲先開了房門，對她招手道：「快來我房裡，暖氣正開著呢。」

艾羅依言而往，兩人沿床對坐，窩在暖氣和燈盞前取暖，隨性聊著天。喬卉聽了艾羅才在寒夜裡空等之事，好生不平地說道：「他還真不懂憐香惜玉，這麼晚竟讓妳一個人獨自走夜路回家。」艾羅道：「那也是不得已，有什麼事比救人性命要緊？況且是我自己決定要等得這麼晚的。」喬卉哼了聲，道：「好吧。反正妳冷慣了，當愛斯基摩人都難不倒妳。」

艾羅無奈地笑了笑。喬卉道：「嘿，我很好奇，妳難道從來沒懷疑過，妳的人生其實存在不同版本的可能？」艾羅問道：「什麼意思？」喬卉道：「比方說呀，妳根本不是什麼『尹芳』，妳只是跟她長得很像而已，那家子也沒真對妳有那麼大的恩情。還有呀，妳說妳從前失憶，是因為目睹了歌劇男孩車禍慘事給嚇傻的。照這邏輯，妳這回失憶也該受了什麼震撼才是吧！」艾羅心中一緊，有些怯懾地說：「可是嘉洛醫生說，這病症原因很複雜，不一定有固定模式。」

喬卉呼了口氣，道：「醫生不就是這樣。這個不確定，那個很複雜；什麼都不要保證，什麼都模稜兩可；什麼都不一定，什麼也就都放諸四海皆準。」艾羅鎖著眉，說道：「那可能是，尹芳之前受太多折磨，只好再度失憶，把那段悲慘的歲月給忘了吧！」喬卉不以為然地說：「那也真奇怪，痛苦得半死的時候不忘，偏選在苦盡甘來又過了幾年之後才忘。」想了想，續道：「妳說妳那時都訂婚了，應該成天喜氣洋洋的才是。除非……唉唉，什麼事足以讓一個訂了婚的待嫁新娘傷心得失憶呢？」

艾羅心目惶惶，憂道：「妳是說……凱諾他……」喬卉努著嘴，道：「我可什麼也沒說，我又不會算命，哪知道妳到底發生了什麼事。我只是擔心妳，妳現在就空坦得像張白紙，別人說什麼妳只能信什麼。」拉著她的手，語音一揚，道：「好啦！妳當我胡言亂語就是了嘛！我不是向來如此嗎？說不定就像那醫生說的，根本沒有特定原因，或者只是妳出車禍給驚呆了，總之妳現在幸福比什麼都重要呀，就算過去真有什麼難堪，忘了也就忘了，人生不就如此嗎？就當大家都是好人，只有喬卉是個疑心病的大壞蛋，嗯。」

喬卉說著，做了個誇張的鬼臉，把艾羅逗笑了出來。

喬卉道：「我們來說點快樂的事情嘛——妳和冷面醫生打算何時結婚？我可先預約作妳的伴娘啊！」艾羅笑道：「哪個女人那麼傻，找妳當伴娘，全場聚光燈都給妳搶去了不是？」喬卉毫不謙遜地翹著頭領受這恭維，一會忽然吐出舌頭，不清不楚地說：「那我一直維持這個臉可不可以？」

又是笑鬧一陣。喬卉問道：「嘿，乾脆我先來幫妳設計婚紗，妳看可好？」艾羅驚奇道：「妳會設計婚紗？」喬卉提高音調，正經八百地說道：「妳別忘了，我可是大名鼎鼎的服裝設計師喬卉呢！」說著一面起身走向衣櫥，拉開門，在一格抽屜翻找著。艾羅漫不經心地瀏覽她那五顏六色的衣裝，一晌目光掃過衣櫥下方，其上擺著一只沒上蓋的鞋盒。艾羅望見盒內，疑惑想道：「這鞋亞勒不也有一雙？」

未及細辨，喬卉已關上櫥門，拿了一疊畫稿過來，翻開一張，興沖沖說道：「妳看這裙襬怎麼樣？」艾羅笑道：「瞧妳瞎忙，八字還沒一撇呢！」喬卉耍賴道：「假裝一下嘛！」艾羅只得奉陪，把那一張張署名喬卉的婚紗草稿逐一翻閱。

看過了畫稿，喬卉還沒過癮，問道：「那妳婚禮要邀請多少人來？」艾羅翻翻白眼，沒奈何地聳聳肩。喬卉續道：「妳看妳遇到那麼多好人，乾脆辦場世紀婚禮，把當年那些幫助過妳的人全找來，一併道謝如何？」艾羅道：「是是是，把全倫敦的人都邀來，見證我傾城傾國的伴娘，這樣妳滿意嗎？」喬卉笑道：「那可不夠，得全英國都邀了，要不怎麼傾城『傾國』呢？」

＊　＊　＊

週末。凱諾這天值班到下午兩點，便與艾羅約好一同乘船至河上遊賞，天暗下之後再搭倫敦眼俯眺城市夜景。

原本說定凱諾下了班後到蘭貝斯接艾羅，但愈到會面之期相思愈緊，時間愈慢。艾羅自午餐後頻頻看鐘，心中浮躁，想著：「不如我過去找他，省了他這段路程也多些時間相處。」於是著裝出門，搭公車前往金達爾醫院。

才出電梯，即聽得一個熟悉而爽朗的聲音向她大聲問候道：「好久不見了，刁芳小姐。」

艾羅回過頭，辨出來人，並說道：「妳好，護理長。」那人正是護理長麥緹。艾羅猶記得先時住院她對自己的照顧，心中不由多了一份有別於平時與人應對酬酢的情誼，赧然說道：「之前，因為有些誤會，我……我私自離開醫院，造成了妳的困擾，對不起。」麥緹揮揮手，滿不在意地說：「沒事的。」

艾羅忽然想起不久前喬卉戲言要她藉婚禮與曾經相助之人答謝，她之前怎麼都沒想到這點上？於是說道：「護理長，我也要謝謝妳在八年……嗯，九年前懇求院長收留我，要不我還不知會淪落何方呢。」麥緹一時語塞，好半日才道：「尹芳小姐，妳在說什麼？」艾羅認得出那眼神——那是一年多前她在醫院四處亂闖搜找斐恩下落時，眾人將她當成精神妄想，驚訝看著她時所用的眼神。

艾羅心裡一慌，忙解釋道：「就是九年前我失憶住院時的事啊！若不是妳特別向院長報告，我恐怕就被趕出醫院，流落街頭去了呢！還有琴醫生，妳能不能幫我約她，我也想向她道謝呢！」麥緹臉上仍是那疑懼交雜的表情，道：「我們醫院裡沒有琴醫生呀！」艾羅自言自語地說道：「怎麼可能，沒有琴醫生，那當初是誰收留我的？是誰替我取了『尹芳』這個名字的？」

麥緹安慰道：「說不定只是我沒記得，她是哪一科的？我替妳問問。」艾羅發現自己並不知道琴醫生科別，說道：「她是凱諾醫生的大學教授。」麥緹道：「我們醫院目前沒有大學教授。」艾羅追問道：「是九年前，護理長，妳在這醫院服務多久了？」她一時心急，也顧不得修飾問語。麥緹道：「我都在這當了十二年護理長了。從沒聽過有個琴醫生或琴教授。」艾羅急問：「除了妳，還有別的護理長嗎？」麥緹道：「向來只有我一人。」

艾羅一顆心怦怦然，覺得渾身虛冷。麥緹關切地問道：「尹芳小姐，妳臉色不太好，是不是哪裡不舒服？」艾羅恐懼地緩聲問道：「那嘉洛醫生呢？有這個人嗎？」麥緹道：「嘉洛醫生是我們醫院的腦科主任呀。」艾羅靈光一閃，懇求道：「護理長，妳能不能幫我查查，醫院裡有沒有留著九年前一個叫『斐恩』的人的病歷？」麥緹歉然婉拒道：「除了病患本人，或者持委託書的親屬，其他人是不得隨意調閱病歷的。」

此時「叮」的一響，往下電梯開啟，麥緹似如危機解除地說道：「好了，我得下樓去了，下次再聊。」說著，迅速進了電梯。

麥緹離開後，艾羅沿著迴廊漫無目的地走著，心中恓惶震撼，一時之間也不知道該何去何從。

她耳邊迴盪著喬卉的話：「難道妳從不懷疑妳的人生有別種版本的可能嗎？」自從聽了華廸姑媽言述的過往，她便於此深信不疑，如今無意間發現了這樣一個大祕密——那些故事裡的人、事，有的存在、有的不存在，而這其中虛實到底有何用意？她不過是個來自小城鎮的平凡女子，既沒教人妒恨的顯赫，更不曾與人結仇，哪來動機教人如此大費周章佈局欺騙？

到底是誰說謊？凱諾？華廸姑媽？嘉洛醫生？護理長麥緹？還是所有人其實都是假的？還是根本只是她瘋了？她回想與他們各別相處談話時，人人都是那麼誠摯自然、毫無破綻，事後統合卻各執一詞。她彷彿又掉回一年多前那種孤軍奮戰，四下無援的絕境之中。

艾羅忽然覺得眼前視線白茫茫一片，她再也看不清前路。她舉手摸著過道牆壁，像個瞎子趑趄而行，另一隻手則伸向前方半空中探路，不斷摸索著。

此時凱諾正結束了工作，準備回辦公室稍作收拾即動身前往蘭貝斯接艾羅。卻在過道上偶然看到她這等慌亂怪異的行止。他忙上前，擔憂地問道：「發生什麼事？」

艾羅聽聞聲響，像驚弓之鳥般縮了一步。抬頭看不清他的臉，他整個人都融在那白茫茫混淆一片。艾羅腦中忽而出現他初次帶她至華廸姑媽書店時，兩人背著她竊竊私語，不知在商量什麼的情景。她倚靠著牆，渙散而淒切地說道：「你為什麼要騙我？我……我再也不想看到你了……」指尖正好觸及通往樓梯口的鐵門，她用全身力氣推開那扇門，顛躓逃了出去，抓著扶手款步下樓。

鐵門在她切出之後又立即閉上。凱諾憂心忡忡，正要提步跟去，卻見潔兒從走道另一端慌忙迎來，氣喘吁吁說道：「凱諾醫生，你有空嗎？六零七號房病人有緊急狀況！」凱諾停頓數秒，冷聲道：「走吧。」大步行過那扇鐵門，果決地離開。

潔兒快步趕上，在他背後隨口提問道：「尹芳小姐又怎麼了？你們從前不是一直很穩定的嗎？」凱諾心裡一僵，表情更加嚴峻而森冷，頭也不回地直往那病房去了。

10

待凱諾忙完醫事，已近兩小時過去。他回到辦公室，思憶起剛才在過道上發生之事，總覺愈想愈不對勁。尋思：「她雖然素來有些悲觀、情緒化，還不至於這般淩厲絕決。難道真發生了什麼事？難道……」心中憂急迫切，拿起話筒撥號過去，鈴響甚久卻遲遲無人接聽。

凱諾把自己埋進辦公椅中，閉上眼試著緩和緊張之情。少晌稍微冷靜了，又撥了一通電話，仍然未果。

他起身由背後書架上抽起一只書盒，連同桌上雜物匆匆收拾，離開醫院，開車前往艾羅租屋處，一路上總按不下紊亂思緒。公事之後她那張淒愴絕望的臉才開始在他腦海中生根萌芽，清晰鮮明。他懊悔地想著：「我真不該老是因公忘私。希望她這回沒事，從此我便要凡事以她為先。」想及先前他認為她車禍傷勢並不嚴重，丟下她出國，導致後果不堪設想。如今重蹈覆轍，歉疚與恐懼之感齊來，陣陣拷問著他責任輕重緩急的抉擇。

來到公寓門口，凱諾提手撳鈴，門內傳出電鈴聲啾啾啾的回音，卻久久無人來相應。他沿著小徑繞到房屋另一邊，四下窗簾緊閉，屋裡燈盞未亮，靜悄悄地毫無生息。

屋裡，艾羅獨自裹著被單，屈膝蜷縮在床角。自從恍恍惚惚地由醫院摸索回家之後，她一直這麼坐著，忘了時空、忘了悲喜，整個人像具空殼般呆滯。直到客廳電話聲響起，她忽而回到現實世界，也弄不清自己是怎麼回到這公寓來的。她想起下午在醫院經歷的一切，逐漸又意識了心中那深沉的悲哀與孤絕。她渾身發冷地繼續蜷坐著，慌亂而不知所措。

沒多久竟聞門鈴聲響，當下戒備，屏氣凝神，動也不敢動地維持著原來姿態。然後聽得窗外腳步聲踏過樹叢落葉的沙沙聲響，一個熟悉的影子隨即投映在窗簾之上，站在她房間外面僅與她隔著一道薄薄的牆。艾羅幾乎要嚇哭出聲，心理的壓力與恐慌掐得她窒息，彷彿那薄壁隨時要遭攻破，下一秒她將無所遁形。

凱諾的影子留停了好半晌之後，自窗簾移去，艾羅才略鬆了口氣，哪裡料到門鈴聲竟再度響起，啾啾啾啾地，完了停頓五、六分鐘，又響一回；再停頓十來分鐘，又響一回；再停頓十來分鐘，這回改由用手扣門。如此反覆折騰了十幾來遍，她情緒也在這張馳之下愈發瘋狂疲倦。她把頭埋進被子，雙手緊緊摀住耳朵，頭都快給擠破了，仍沒能阻擋那尖銳的門鈴聲與敲門聲。

夜深而冷，屋外逐漸安靜下來，四周不再有任何聲音動靜。過了許久，艾羅才終於敢把頭探出被單外。她虛脫地靠在牆壁上微微喘氣，驚恐過後再度觸及那無邊無際的徬徨，哀傷想著：「我現在就跟個傻子似的，總之我什麼也不記得了，大家就隨心所欲地胡言亂語，把我的信任當成娛樂。」不由悲從衷來，眼淚斷線珠子地墜下，徹夜隨窗外更露聲滴漏到天明。

隔日白晝無事。到了傍晚四、五點，門鈴聲重又響起，跟著又是腳步踏過落葉的沙沙聲，凱諾的影子繞到她房外停留在窗簾上好一會，接著回到大門外每隔幾分鐘反覆按鈴、扣門。靜下後約莫過了一小時，客廳電話鈴聲大作，整晚斷續未止，直到深夜十二點過後才作罷。第三天白日仍不時有電話打進來，到了晚上八點凱諾又來，情況亦與前兩日類似。

艾羅給這無時無刻的搜索弄得頭痛昏憒，崩潰地想著：「他到底要怎樣才肯放過我？」成日惴惴不安好似隨時會遭擒獲，兩三天下來也不敢下床去喝一口水。

第四日，未及傍晚，艾羅隱約聽見大門喀咔聲響，一瞬開啟又關上，接著有人來敲她的房門。她全身無力地靠在牆上，心道：「他找來鎖匠開門嗎？算了，要怎樣都隨便吧。況且是他先愚弄我，我可從來不曾敷衍過他。」

正想著豁出去，卻聽得門外一個清脆如鶯的女聲叫喚道：「艾羅，是我。妳在家嗎？我能不能進去？」卻是喬卉。

艾羅見了喬卉，真如溺水者找到根浮木，抓著喬卉七零八落地哭訴了這幾天所發生之事。喬卉蹙著眉傾聽，看她雙目混濁、血絲滿佈，眼圈漆黑深陷，整個人慘不忍睹。喬卉張手抱了抱她，說道：「要是知道妳出事，我早幾天回來，絕不許妳把自己弄得這般人不像人，鬼不像鬼。」

喬卉似乎胸有成竹，安慰一陣，自行去客廳打了通電話。艾羅在房裡隱約聽到她幾次提到自己的名字，心裡惶惶不安。喬卉一會兒回來，手中還端了杯熱牛奶。艾羅忙問：「妳跟他說了什麼？」喬卉疑惑問道：「他？誰？」艾羅道：「妳不是才打給凱諾嗎？」喬卉笑開來，有些戲謔地說：「我要有那本領猜中冷面醫生的電話號碼，乾脆去簽獎券等著作富婆不是更好？」

艾羅不解地問：「那妳打給誰了？」喬卉笑哄道：「先把這杯牛奶喝了我才說。」艾羅只得依言喝了，腹中慢慢感覺了溫暖，連日未進食造成的不適之感也減了不少。喬卉道：「我打給了房東，他們一會兒就來。妳放心，這件事接下來交由我處理，誰都別想再來欺負妳。」

不久房東夫婦果然來了，與喬卉三人在客廳裡嚴正商議了大半天。到了將近七點，門鈴聲又復響起，喬卉向房東打了個手勢，即進房陪伴艾羅，由老夫婦共同去應門。

喬卉拉著艾羅隱在輕掩的房門之後，聽得大門開啟，房東先生出聲問道：「請問你是……」接著是一個瘖啞帶著憂急的男性嗓音道：「我找艾羅，請問她在嗎？」

艾羅聽到這熟悉的聲音，當下心都碎了，眼淚立即撲簌簌地掉了下來。

房東道：「艾羅她搬走了。」凱諾驚問：「什麼時候的事？」房東道：「今天早上。」凱諾道：「你知道她去哪了嗎？」房東道：「她回家鄉去了。」凱諾停頓了好半晌，問道：「你知道她家鄉的聯絡方式嗎？」房東搖頭。凱諾繼續追問：「合約上沒寫嗎？或者你們當時有沒有登記她的證件之類的？」他真後悔未曾留過她故鄉詳確音訊。

房東仍是搖頭，說：「我們原本沒打合約的。」似乎為凱諾的誠懇所動，猶豫一下，自作主張地說道：「要不你有什麼話要轉告她，我回去想想，說不定有些聯繫線索。」

房門內艾羅忐忑不安，深恐他會說出什麼怨責的話來。

凱諾思考了一會，平靜地說道：「我只想知道她平安，就算只是托你帶句口信，也就夠了。」又問：「你們見到她時，她看起來還好嗎？」

艾羅聽了，難忍一陣痛楚，連日恐慌藏躲之情剎那略下。心道：「我這等任性絕情，明知他最忌反覆無常還偏要造次，而他卻只一心關懷我。」不由聯想起自己因斐恩下落不明經年累月地憂鬱折磨。當下心軟，就要衝出去與他相見，卻讓喬卉緊緊拉住。

喬卉雙眼熠熠地瞅著她，悄聲說道：「別這樣見色忘友行不行！妳這一出去不等於直接拆了我和房東的臺？」艾羅從未見過她如此肅穆的眼神，心中一凜，止步不前。

凱諾由皮夾拿出了一張名片遞上，說道：「要是有她的消息，請務必通知我。」想了想，續道：「我把家裡電話地址也一併留下吧。」說著拿出筆，取回名片在背面低頭書寫，完了才重新交上。離去。

凱諾走後，房東關上大門，艾羅和喬卉雙雙走出客廳。房東把凱諾的名片遞給艾羅，說道：「妳自己決定吧。」喬卉卻先一步搶下那名片，撕了半，扔進垃圾桶，板著臉冷聲說道：「誰讓你們多事！」

艾羅怔怔站在一旁，不明白喬卉怎對才出手相助的房東夫婦這等粗魯而驕縱。

當晚艾羅又淒淒慘慘地哭了一回，喬卉陪著她忿忿不平地數落著那些說謊的嫌疑犯，還說一定要替她查個水落石出，教真正的騙子現出原形。艾羅啞聲哭道：「我什麼也不想知道了，我現在只想趕快回家，永遠都別再來倫敦了。」

喬卉抱抱她，好聲好氣地哄道：「不要哭了嘛，妳今天晚上好好睡一覺，明天我陪妳一起整理行李，妳看可好？」艾羅含著淚點點頭。喬卉又問：「妳打算何時走？」艾羅道：「自然是愈快愈好。」說完卻覺肝腸寸斷。喬卉想了想，以一種破釜沉舟的語氣果斷和道：「好，長痛不如短痛。雖然我也捨不得妳——這樣吧，我看明天收好行李後我直接載妳去車站，退租等後續就交給我來處理。」

艾羅感激地拉著喬卉，悃誠說道：「謝謝妳。」喬卉撇撇嘴，嬌嗔道：「客氣什麼？以後妳不上倫敦，招待我去妳家鄉訪妳總可以吧。」催道：「妳先去洗個熱水澡，我弄點晚餐，一會我們一塊兒吃，當給妳餞行。」

吃飽喝足後，艾羅正要就寢，喬卉敲門進來，右手拿了杯清水，左掌心上放了顆藥錠，要給艾羅。艾羅問道：「這什麼？」喬卉道：「安眠藥。我料妳今晚還得害相思失眠。吃下它，保證一覺到天亮。」艾羅即依言服了。

當晚艾羅果然睡得深沉，一直到翌晨近午才醒轉。

一夜好眠之後，精神也為之一振，頭腦不再昏脹，思緒煥然一新。

艾羅賴在床上，反覆思量整頓，忖道：「我憑什麼斷定凱諾欺騙我？說不定真正問題其實出在護理長麥緹身上。」卻立即敏銳地想起凱諾幾番阻止華廸姑媽的話一事，心道：「不對，他確實有事瞞著我。」

她坐起身來，不停在心裡分析琢磨。

麥緹護理長與她毫無利害關係，要非她偶遇問起，根本不會牽扯出那段對話。也有可能是院內醫生眾多，她一時不記得罷了。可是艾羅回憶著麥緹當時肯定的神態，再則假設麥緹和琴醫生皆是在醫院服務十年以上的同事，應該相互知曉才是，何況琴醫生還是這等德高望眾的元老級人物。如果琴醫生不存在，麥緹又否認曾經上報院長請求收留她這事，當年真實情況到底如何？為什麼華廸姑媽要編撰這段？有何隱情？而嘉洛醫生也曾經提起琴醫生，他在這故事裡又扮演怎麼樣的角色？

艾羅想起喬卉所言，自問著：「我真的是尹芳嗎？」如果那些微妙的魂夢相牽都不算，照片也只是個容貌相似之人，一模一樣的筆跡以及德文能力卻該作何解釋？

正陷在迷惑裡，敲門聲響，喬卉在門外喊道：「艾羅，妳睡醒了沒？」艾羅應道：「請進。」喬卉開門進來，說道：「我來陪妳收拾行李了。我剛查了時刻表，下午五點半正好有班開往M鎮的火車。」

兩人於是各自動手在小小房間裡忙碌穿梭，整理打包。幾小時後，終於將一切收拾妥當，整裝待發。

看著一室收束起的行囊，艾羅心中忽而一陣惆悵酸楚，這九個月來在倫敦發生的種種同時浮現。心中不停盤桓著初見凱諾時那擁抱和對白，事後的疏淡牽掛、聚散離合，不禁倍感憂傷，她自問著：「我真的就這樣走了嗎？」她心煩意亂地對喬卉問道：「妳看，我該不該去找凱諾，把所有事情一次問清楚？」

喬卉瞇起眼，笑弄道：「好主意，我也很想知道他們這下要怎麼圓謊。」艾羅聽了，又遲疑。想想要是他有心欺瞞，她去了也不過問得另一個謊言而已，有何意義？

喬卉拍拍她肩膀，說道：「好啦，再一小時就得出發了，別想那麼多，等回到溫暖的家，倫敦之行就當夢一場。」

喬卉自行回房著裝。艾羅獨自坐在床邊，內心掙扎不已。她捫心自問，華廸姑媽和凱諾確實待她甚好，即使他們真的有事相瞞，都不該抹煞這點。何況這其中到底是何蹊蹺，或者只是誤會一場，皆尚未論定。

她憶起先時逃離金達爾醫院那場鬧劇，心道：「我當真再度不告而別，留他一人獨自善後嗎？」霎時那日在凱諾辦公室裡看到的字箋，以及當時悟出的痛悔再次湧現。

臨行前喬卉來敲門，艾羅沉靜地看著她，似乎已作出了決定，說道：「我想緩幾日再走。」喬卉訝然叫道：「妳這分明在戲耍我！」語氣充滿了責怪與不滿。艾羅歉然解釋道：「對不起，但我要不先想清楚，就這樣衝動離開，事後發現一錯再錯，我會永遠後悔的。」喬卉見她心意已決，翻翻白眼，好生不耐地說道：「好吧，隨便妳。」走至門口，回身有些彆扭地噘嘴說道：「不論妳做什麼決定，我都會支持妳。」艾羅感激地看著她，輕聲說道：「謝謝。」

＊＊＊

自從那日從醫院回家之後，艾羅鎮日待在蘭貝斯的公寓，不曾出戶。初始是為了躲避凱諾，待到理智恢復，則不斷琢磨著到底該怎麼與他開誠佈公。要是他說了，自己該如何判斷這回談話的真偽？幾日過去心中仍然沒個定數，也遲遲難有動作。至於書店的工作自然是荒廢曠職，一來華廸姑媽名列嫌疑之一，再則還沒想清如何面對凱諾之前，去了那裡等同於自投羅網。她雖煩惱焦急，卻打算冷靜行事，在理出頭緒前暫時先按兵不動。

這日艾羅起了大早，至廚房拿了片麵包獨自坐在客廳沙發上慢慢嚼著，一晌無意間瞥見茶几上放了一本書，書名叫《人格三稜鏡》。她好奇拿過翻著，書中大約是闡述幾名多重人格的精神病患，不斷轉換不同身分的生活案例，以佐論此一變態心理學的特徵。

正讀著，聽得喬卉自背後問道：「早呀。」她方醒，身上還穿著睡衣。自艾羅欲去還留讓她空忙一場後，兩人關係不再似從前熱絡。艾羅自知理虧，即使心中難過，也不好多言辯解。

聽得問候，艾羅忙放下書，回頭道早。喬卉走過來，探了探，指著書問道：「妳也發現這個有趣嗎？」艾羅道：「我還沒細讀。」

喬卉道：「這書好得很呢！它講述那多重人格的人，每種人格竟能過著獨立人生——比方說一個人同時是住在倫敦的舞蹈家瑪麗，有時又是愛丁堡的天文學者傑克，有時候又在曼徹斯特一流餐廳當個主廚，名叫湯姆……明明是同個人，一會跳舞、一會觀星、一會做菜；忽男忽女、跨越領域，這些人格像平行線那樣互不相識，是個舞者時記不得天文學家的生活和人脈，是個廚師時又完全不會跳舞、也弄不清獵戶座和北極星。一個身體享受三種不同人生，擁有三項特殊專業，以三種不同名字和身分生活、應酬。是不是很多彩多姿呀？」她忽而笑道：「艾羅，這讓我想到妳呢！」

艾羅不解地問道：「我？」喬卉點點頭，說：「嗯，書上說，多重人格常常與嚴重創傷有關，為了逃避過往可怕經驗，便藉著創造出不同人格來假裝自己是不一樣的人。正常人生像一道平射光線，穿過三稜鏡上時，始終如一。但要是過程受到創傷干擾，這光線偏位，透過鏡面玻璃後色散出多樣光彩，原來統一的人格也就如這折射後的光那樣分歧出不同支線。」

艾羅道：「這和我什麼關係？」喬卉道：「妳有沒有想過，也許歌劇男孩並不存在，當年發生車禍的其實是妳，但因為那經驗太可怕，妳便創造出『歌劇男孩』這一人格來代妳受罪，好從這不愉快的經歷解離出來。妳不是說當時他——或者是妳——是腦袋受傷，也許正因為這樣……」艾羅打插道：「妳別亂說，根本不是那樣！」

喬卉走進廚房倒著果汁，續道：「說不定妳那次車禍之後直接在醫院當了八年的植物人，醒來後推給歌劇男孩，不僅編造了他完整的身分，還拼了命找他用以證明他不是妳妄想出的人格，又偏巧遇上個長得很像的尹芳讓妳補位……」艾羅高聲說道：「絕不可能！」喬卉喝著果汁，一面笑道：「沒關係，多重人格患者向來自己都不知道身體裡還住著其他人呢！」

喬卉的話令艾羅渾身不舒坦，厲聲說道：「我就是我，斐恩就是斐恩，妳說破了嘴我們也不會變成同一人。」喬卉洗了杯子，一邊走出廚房一邊說道：「是嗎？誰能證明？誰看過你們兩人同時出現？他若真實存在，為什麼任妳費盡心機也找不著呢？」櫥櫃在她一晌經過時遮下她半張臉，艾羅在這荒誕言論以及她那慧利雙眼夾擊下只覺毛骨悚然，大聲反駁道：「亞勒看過。」

喬卉出了廚房，朝艾羅步步逼近，仍是那不溫不火，卻帶著輕率的語氣，說道：「亞勒又是誰？誰見過他？搞不好還是妳極度需要朋友之下創出的另一人格，和妳和歌劇男孩是三位一體呢。」艾羅心慌意亂，反唇相稽道：「對。所有人都不存在，都是我另外的人格。包括妳，喬卉，也許我現在正對著空氣自言自語。」喬卉聽了非但不發怒，反而拍手讚美道：「很好，就是該這樣，誰也別輕信。妳有進步，沒枉費我這番苦心調教。」艾羅道：「我們三人明明還一起聊過天，哪是什麼平行人格互不相識，妳的說法根本前後矛盾。」喬卉道：「有時候主要人格還是能和其他人格進行溝通的。」

說著拿起書，翻到一頁，指著章節標題，唸道：「妳再看這個，『解離性失憶』指意識改變，造成對過去某段時間的遺忘……」艾羅忍無可忍地大叫道：「夠了。妳何必拿我的不幸編劇本？很好玩嗎？」

喬卉一瞬間卻恢復平時嘻皮笑臉，拉著艾羅的手耍賴道：「別生氣嘛！我只是正巧讀了這個，覺得對妳有幫助，才多想了點，凡事總要對症下藥……唉唉，算了，妳既不愛聽，我何苦再自討沒趣。」艾羅仍是沉著臉，一語不發。喬卉哀言道：「我是真的關心妳。妳知道我不時為妳擔心，為妳盤算各種可能，就怕有人想利用妳失憶欺害妳。例如我甚至想過，說不定妳那個叫亞勒的朋友，其實就是歌劇男孩化身。他因車禍成了鬼魂，或者他也失憶，或有什麼苦衷，不得不換了種方式回來守護妳。否則天下哪來這等巧合，背影相似，嗜好相同，還在同一地點說了同樣的話？」

艾羅移開喬卉的手，有些疲倦煩躁地冷聲說道：「喬卉，不要說了，妳的美意我心領，但我無法接受妳拿這種事開玩笑。」喬卉掃興地扁扁嘴，道：「好吧，我一會要出發趕飛機去，不留在這教妳礙眼了。」說罷挾書自往房裡收拾去。

喬卉出門後，艾羅獨自坐在客廳，心情仍為方才一番談話鬧哄哄的，懸浮不定。思忖著：「她是真的關心我，或者因為我要走不走得罪了她，才刻意和我尋釁？」

雖然早習慣喬卉的口沒遮攔，但話題轉移到自己身上，尤其還是那最敏感而不堪碰觸的傷痛時，仍教艾羅久久難以釋懷。明知道喬卉的話純屬妄言，於現實中毫無可能發生，卻攪得她心神不寧，想著想著竟也從中擷得了一些不安的暗示，一如先時車禍住院一度與心魔苦纏，疑神疑鬼。記憶的空缺讓她容易受人擺佈，也因此特別小心提防，終至矯枉過正，弄不清天平兩端如何平衡取捨，最終連天平本身亦損毀。她甚至勾起了一年多前那風聲鶴唳的緊張情緒，諸多瘋狂念頭齊湧而至，惶惶想著：「該不會我一覺醒來竟還在金達爾醫院，右腳踝裹著石膏，等待天亮給人送去做腦部檢查吧？」

艾羅緊鎖著眉癱靠在沙發上，望著一室寧靜，只她一心不安詳，淒苦想道：「為什麼光是活著就這般艱難……」

一晌看見了身側矮几上的電話，她不假思索地撲身上前，拿起話筒撥號到唱片行，一接通劈頭就問：「有沒有亞勒這個人？」接電話的正是亞勒本人，他不明就裡停頓了好一會兒，才探問道：「艾羅？是妳嗎？」艾羅戰戰兢地說道：「亞勒，你真的存在嗎？你是我嗎？你是斐恩的鬼魂嗎？你也出過車禍嗎？」

亞勒給她問得一頭霧水，心中暗罵，但聽她語氣慌亂緊張，不似存心胡鬧，強行忍住，說道：「妳是不是又教什麼人挑撥，拿妳失憶大作文章？」艾羅雙手緊抓著話筒，好半日才重拾說話能力，亂無章法地把喬卉之言草訴一回。亞勒聽後也不急著解釋，冷聲說道：「妳等我，我手邊這點事一忙完馬上過去找妳。」

掛上電話，艾羅怔怔坐回沙發上，任光陰虛度，以麻木抑制瘋狂。

晚上，亞勒來了，一進門便邁步直往裡走，以那雙銳利如鷹的眼迅速在屋中掃巡一回，轉頭對艾羅問道：「妳室友呢？快叫她出來，看看我存不存在！」艾羅道：「她一早就出門去了，大概要好幾天才回來。」

亞勒沒奈何，抓著艾羅往屋外走，艾羅跟著他大步疾行，一面問道：「你帶我上哪？」亞勒道：「去證明我是不是真的。」他指指門口的車。為了省事，他這回沒搭火車，工作一完就直接從唱片行開了車南下。

兩人分別上座之後，亞勒還不發車，側著身有些嘲諷地說道：「也真實用，竟然還可以讓另一個人格來當司機。」艾羅低著頭一臉哀傷，亞勒不再發言，踩緊油門往索頓市方向疾駛而去。

艾羅原以為他要找總是供他借住的朋友歐特證明，沒想到亞勒卻把車開到那個她曾經客宿的旅店——辛娜小築的巷口。艾羅好生訝異地問：「你還和薩琪聯絡？」亞勒點點頭，應道：「嗯。」

原來陪艾羅租下蘭貝斯的公寓之後，亞勒自行前來歸還那雙借穿的鞋。薩琪趁機問了他倫敦的住處，由於歐特的家距離辛娜旅店只隔幾條街，此後他到倫敦時薩琪仍繼續以試吃為由，不時找他送糖送餅，而亞勒也時而以她喜歡的音樂唱片回贈。後來艾羅和凱諾在一起，亞勒沒再到倫敦，薩琪依然不時打電話到唱片行同他聊天，還和他約好一到旅館淡季就要去M鎮找他遊訪。而亞勒生性好交朋友，便也欣然應許了。

艾羅淡笑道：「你還當真艷福不淺。」亞勒道：「我就是妳。所以妳也艷福不淺不是？」兩人說笑一回，原本的嚴肅刻板也減去了幾分。

進了店門，正在擦拭餐桌的薩琪又驚又喜，丟下抹布把雙手朝圍裙上抹了抹，埋理頭髮，笑吟吟地迎上前去，喜道：「亞勒，你來也不通知我，我好……」話到半途，見艾羅隨後跟上，忙收口，笑容也斂下不少，硬生生地向艾羅問候道：「好久不見。」艾羅回道：「好久不見。」

時近打烊，店裡客散。薩琪請亞、艾二人在一張尚未收疊上椅子的餐桌前坐下，端來了三杯現打的葡萄柚汁，陪著他們一同坐著聊天。

閒聊一陣，亞勒對艾羅問道：「怎麼樣，還懷疑我是妳虛創的人物嗎？」艾羅笑道：「要是喬卉在這裡，她準要說連薩琪都是我的另一個人格。」亞勒道：「連這桌椅果汁也歸妳一人包辦如何？」艾羅道：「她肯定會愛上你的論點。」

薩琪沒聽懂他倆的對白，問道：「你們在說什麼呀？」艾羅於是把喬卉的話約略轉述一遍，當時憂懼到此已成詼諧笑語。薩琪並不從頭知曉艾羅失憶、斐恩車禍等事，聽得似懂非懂，斜著頭問道：「好深奧，所以亞勒是艾羅，斐恩的靈魂又是亞勒……」艾羅道：「總之是胡說八道，妳聽聽笑過就罷。」

原本艾羅在電話中因情緒慌亂說話不清不楚，這回冷靜了，言語自然清晰。亞勒重聽一遍，想起先前艾羅陳述一些關於喬卉的事蹟，神情忽然變得有些正色謹慎，沉吟少時，說道：「我覺得妳這個室友有點奇怪，好像不如妳表面上看到的簡單。」艾羅道：「她本來就瘋瘋傻傻的。」亞勒道：「我怎覺得她比誰都明白透徹，只是故意裝瘋賣傻？」艾羅辯護道：「她只有這回過分了點，平時待我極好的。也許是無心之過，完了也就完了。」亞勒道：「無心之過？我倒覺得像個精心佈局。」艾羅道：「她說總是想著我的事嘛！」薩琪見他倆爭論不休，不甘閒著，插嘴說道：「喬卉哪裡瘋傻？她兇得很、霸道得很，也精明得很呢。」

此話一出，現場三人，連同剛整理好廚房走出餐廳的辛娜，四人一同僵住。好半日，亞勒先回了神，鄭重地對薩琪質問道：「妳認識喬卉？」薩琪支支吾吾道：「我……嗯，我……」慌張心虛地垂下頭去。

辛娜走過來，臉上已重新打點好笑容，高聲說道：「是……呃，這喬卉是我們店裡的客人。」亞勒冷笑道：「她在蘭貝斯租房子，再跑來索頓住旅店？」辛娜道：「我沒說她住店，她常來這吃飯總可以吧。」

亞勒不再理會辛娜，直盯著薩琪，以審判的口吻厲聲問道：「妳要不要跟我說實話？」薩琪見他如凶神惡煞，再也不敢隱瞞，不顧辛娜連聲阻止，苦著臉說道：「喬卉她出了三千鎊，要我們配合她把這租屋資訊交給你們。她說她只是想有個年齡相當，且談得來的女生做她室友，沒有惡意。」

艾羅道：「我之前並不認識她，她怎麼知道和我談得來？況且她直接給我租屋資訊不更省事，何必繞這一大圈？」薩琪道：「這我就不清楚了。總之她為了妳，也給了房東一筆錢，還以雙倍價格租下整間公寓，但就是不許任何人跟妳提起這背後底事。」

艾羅驚愕不已。亞勒則是怒不可遏，嘩的聲拉開椅子，站起身來，拉著艾羅頭也不回地大步往店門走。薩琪跟著追至門口，攔住亞勒急切地說道：「我不是為了錢出賣你們，是喬卉跟我說，她會幫我看住艾羅好教你們兩個沒有機會發展……」亞勒聽了，怒意不減反增，冷冷說道：「妳這樣設計我們，從今以後大家不再是朋友。」說完迅速地往巷口走去。薩琪又追上，抓著亞勒的胳膊，雙眼盈滿淚水地看著他，哭道：「我知道錯了！」亞勒心灰意冷地扳開她的手，不再多言，絕決地繞過她，同艾羅一道離開了。

寒冬冷夜，亞勒卻為這突來的背叛青筋鬢汗俱出，只得脫了外套掛在肘上。出了巷道，艾羅嘆口氣，說道：「你何必對一個小女生這樣嚴格，她不過是喬卉手中的一顆棋子。」亞勒道：「那我們是棋子的棋子，所以該對棋子同病相憐？」艾羅道：「我不是這意思，但說不定……喬卉真沒惡意，就純粹想和我當室友。」

亞勒嘲笑道：「妳先說服自己相信她的鬼話連篇再說吧。」艾羅沉默不言，她的確難信這牽強的理由。亞勒道：「有時候我覺得妳的寬容和嚴厲、悲觀和樂觀常常擺錯了位。」艾羅哀傷地點點頭，坦言道：「我自己也不想這樣。」

亞勒見她如此愁鬱，不忍再苛責，說道：「我們回家鄉去吧，在大城市的恩怨紛擾就隨這個將盡的年歲一併結束，妳家人一定正等著妳回去過耶誕節。」

艾羅當下也正有此念。她轉過身去，沿著車身慢慢地走了一圈，四下街道闃寂深湛，室外氣溫已降至零度之下。樹禿花盡，酷寒時節，倍感思鄉情切。

一會兒，她停下來，語調緩和而穩定地對亞勒說：「我再留兩個禮拜，以耶誕為期。到了那時若一切還是晦昧不明，我會從此放棄，回家鄉去當作再度失憶，永遠不再在這些是非糾葛之中苦纏了。」亞勒問道：「妳是不是想到了什麼端倪？」艾羅看著亞勒，神色凝重而深沉，停頓了少晌，方說道：「我直覺喬卉和斐恩的事有關。」

亞勒雖在她開口前先有了心理準備，聞言仍不免一震，說道：「好吧，但妳總得先搬家，不能再住那兒。」艾羅卻搖頭道：「不，我留在那，才能深入虎穴。現在我知道了喬卉的預謀，不如將計就計，看看她真正目的到底是什麼。」

亞勒一點也不為這提議附合，他皺著眉，憂心地勸道：「我寧可妳就這麼算了，我不認為妳贏得了她。」艾羅道：「我們追了斐恩的消息那麼久，現在終於有點眉目，你打算放棄嗎？」亞勒道：「也許喬卉跟斐恩一點關係都沒有。」艾羅道：「你讓我試最後一次吧。」亞勒勸不住她，只能殷殷交代道：「妳自己凡事小心，隨時和我聯絡。不要老因別人一點言語搧動就捕風捉影，掉了記憶，更要依靠理性的判斷，記住『眼見為憑』。」

艾羅於是回到了蘭貝斯的公寓。

這小小寓所，曾開滿她和喬卉共植的友誼花苗，一度絢爛耀眼，充滿歡樂。艾羅怎麼也忘不了兩人聯床夜語，天南地北地通宵達旦，多麼離經叛道也無所顧忌，她該如何相信這竟然只是場騙局？她時常獨坐在客廳裡追悼這段變調的友情，有時甚至想說服自己，也許喬卉刻意接近她並非不懷好意，而是有什麼難言之隱。

另一方面，艾羅時時以亞勒的話自我提醒，別再感情誤事，留下是為了查斐恩的消息，而非留念喬卉。

艾羅著手搜遍了公共區域，除了一些柴米油鹽，並無所獲。她提著膽，像做壞事般心虛地去握喬卉房門門把。以前喬卉經常不鎖門，艾羅親眼看過她幾次拖著行李回來，門把一轉就直接進房，但這次卻意外地將門上了鎖，彷彿預知將有人乘勢闖入一般。

艾羅和亞勒反覆討論，仍無法由現有線索判斷喬卉是否真與斐恩有關。艾羅思憶起昔日對話：喬卉曾經探問過，要是找到那名肇事司機，想不想報復？亞勒思索片刻，問道：「除了當尹芳那八年，妳是不是還有其他記憶殘段沒撿齊？比方說，其實當時妳目擊了凶車？」艾羅又開始在記憶中四處碰壁，怎麼苦挖亂掘也想不起。

艾羅也推測過，喬卉曾幾次有意無意試探她對斐恩的情意。她會不會是斐恩的親人、朋友，前來尋仇？艾羅憂急地說：「要是這樣，那代表斐恩已經……」亞勒搖頭道：「這個假設若要成立，除非找到個合理的解釋——為什麼事情經過了那麼久才忽然來尋仇？」並道：「如果斐恩無恙，尋仇之說不攻自破；如果斐恩真的不幸……那誰來告訴喬卉當年發生之事，好讓她找上妳？」

兩人拼拼湊湊，總覺終缺一角。艾羅私心燃起希望，也許喬卉佈設此局根本不似他們想像的那般黑暗。

艾羅用白日時間理智臆測喬卉、斐恩等等事件謎團。一待夜闌人靜，與亞勒分別，忙碌喧鬧沉澱，那個教她牽腸掛肚的名字則悄然無聲地浮上。

她夜夜失眠，不再像從前至少能於夢裡貪歡。就算偶然掉入那淺淡睡眠，不及尋訪他遙遠的身影已先醒轉，覺來現實生活更是阻礙重重，夢裡夢外皆不可能相聚了。認真說來，少了尹芳那段，她和凱諾共度的時光並不長，怎卻如廝守了一生那般纏綿刻骨，一個擁抱都是漫卷史詩，一個眼神便是一次永遠。

時而她熾熱想著，真偽彰瞞不如一概相忘，此後她只想完全聽信於他。幾次她甚至已拿起電話，撥到最後一碼卻遲遲難下，一晌話筒傳來逾時嗡嗡聲，一切功虧一簣，她勇氣盡失地退回原點。想起喬卉面面俱到的友誼竟是作戲，不由事事膽怯，除了從自身記憶歷史中帶來的亞勒，再不敢輕信他人了。

日逝一日，耶誕漸至，她倫敦之期也愈近終點。艾羅掙扎著離開前是不是再見凱諾一面。這一走，雖還在同個時域季節，兩人從此卻再無交集，與遙隔萬里雲層、千山暮雪何異？每思及此，她總心痛如絞，潸然淚下。但過去幾次要走，恁般堅定終因放不下他而打消念頭，要是再見，難保這回不舊事重演，一直如此藕斷絲連也不是辦法。見或不見，思來想去總無從定奪。

自出事之後，艾羅一直設法將生活圈縮減到住處方圓之內，免得去了鬧市遇上熟人，讓人知道她尚在倫敦之事。平日深居簡出，食材日用只到附近店家補充，與亞勒大多約在自家裡，或臨近餐館見面。

這日艾羅忽覺鄉愁濃烈，欲進城買些耶誕禮物分送家人。她想了一想，凱諾今天下午固定門診，華廸姑媽則該在書店照應，於是決定冒然上街。

她來到倫敦市區，略逛一回，空中飄下這一冬季初雪。她站在騎樓下望著漫天盤旋的白絮，此時有個年長女士經過，停步看了看她，喚道：「尹芳？」

艾羅已有幾星期沒聽見這個名字，半晌才反應過來，問道：「請問妳是？」

那年長女士推推眼鏡，道：「我是琴醫生呀，前年還見過的，怎這回認不出了？」艾羅倒抽了口氣，又驚又疑，怔了好半日，結結巴巴地叫道：「琴……琴醫生？」

11

琴醫生下了課正準備回家，途中至市區稍作逗留，沒想到遇上艾羅，即興邀她一同去喝下午茶。兩人進了一家裝潢復古華麗的老牌店家，服務生領她們至一臨窗位置就座。艾羅一時想不到理由推換，只好在坐定之後盡量把臉隱在那紅色絲絨布簾之後，以防熟人經過認出她來。

服務生在完成點餐後自先忙去。琴醫生對艾羅問道：「妳和凱諾年初的婚禮還開心順利吧？真是抱歉，我正好到國外大學客座沒能趕上。」艾羅聽得此事，難免一陣酸楚。方才在來店的路上，琴醫生一直將她當作尹芳道長說短，艾羅當下尚未決定如何相應，總地含糊帶過。心下盤量著從琴醫生口中問出凱諾和華迪姑媽瞞她之事。急中生智，忽有一計，便決定冒險試探。

艾羅道：「琴醫生，其實我剛才並不是沒認出妳，而是我根本不記得從前的事了……」她接著對琴醫生說出自己因為出了車禍，想起原來「艾羅」的身分，回家之後才驚覺跳了這麼多年，於是決定重返倫敦尋找記憶。刻意隱去自己其實老早就來到了倫敦，還聽了許多人提及她過去身分的種種矛盾。這一藏話，就似她才初來乍到，凡事不曉，好聽聽琴醫生的說法會疊上哪方，抑或再有個截然創新的版本出來。經過了這些風風雨雨，她竟也歷練出這點心機詐術來了。

琴醫生好生慨嘆地說道：「這麼說來，妳也沒和凱諾結婚囉？」艾羅搖搖頭。琴醫生嘆了口氣，說道：「唉，怎會這樣，你們兩個……所以妳連從前住過我家，我還替妳取了個名字叫『尹芳』，這些事妳都不記得了？」艾羅又搖搖頭，說道：「我剛聽妳這麼叫我，一直想著妳從前應是認得我的，我想請求妳告訴我這八年到底發生了什麼事。」

服務生送來餐點，兩壺熱茶以及擺著各式傳統糕餅的三層架。琴醫生把錫蘭紅茶倒入那只白瓷玫瑰花紋杯盞裡，添了牛奶攪拌。帶著濃郁香氣的煙霧裊裊冒上，隨之緩緩開口對艾羅陳述起那個華迪姑媽已經說過的故事，以及其他讓人刻意漏掉的情節，「那年妳自我家搬出之後……」

那年尹芳自琴醫生家搬出後，原本院長預備將她送往精神病患收容所。除非她有大記起家來，否則大概一輩子都要耗在那裡了。大家雖然不忍，也別無他法。直到琴醫生一次偶然與凱諾提起，竟扭轉原局，尹芳改教華迪姑媽接了去，從此不再愁沒個安身立命之所。

相處了近一年，琴醫生自是掛念尹芳，雖然不能再收留她，仍會撥空至華迪姑媽家探訪，接她上醫院找嘉洛醫生問診。由於凱諾和尹芳皆屬緘私藏密的高手，琴醫生素來不曉他二人早有互動，還道凱諾只是心生惻隱，才拔刀相助。

百密總有一疏。一回琴醫生上華迪姑媽家看望尹芳時，正巧尹芳身體微恙，探問一回，便囑她休養，自下樓和華迪姑媽閒談幾句。聊著聊著，華迪姑媽竟誇起她這一兒一女如何相親相愛、如膠似漆。她非醫療體制中人，不知其中嚴重，她說得眉飛色舞，卻教琴醫生聽得臉色青一陣、白一陣，話題未了即草草推拖離去，又驚又怒地回到醫院直往院長室商議。

琴醫生懊惱而急切地說道：「唉，我早該察覺有異。依凱諾的個性，要沒瓜葛，哪來閒情管得這遠事。」院長思考了許久，說道：「幸好發現得早，得教他倆趁事情沒揭穿前了了，妳我還當什麼也沒聽說過。」琴醫生無奈地點頭，道：「也只能如此了。」

隔日院長和琴醫生共同會談了凱諾。寬敞而明亮的院長室中，卻似烏雲密佈。

院長開門見山，與凱諾剖心相談，希望他能理智決定，揮劍斷情。凱諾則自始至終沉著臉，一語不發，亦不否認院長指陳他和尹芳的關係。院長道：「你不辯解嗎？畢竟你和尹芳也不是直接的醫病關係，她的主治其實是嘉洛醫生不是？」凱諾道：「外界看來，就是摩里醫院的男醫師勾搭女病患，還把她誘到自己親戚家，不會有人去尋辨箇中細節。」

（是的，當時凱諾任職之所並非金達爾醫院。因此當艾羅向麥緹問起相關事蹟時，自然出現雞同鴨講情況。導致事件愈發糾結混亂。）

院長點點頭，不由地對凱諾在這種情形之下還保持如此不卑不亢深感佩服，說道：「我想不必我多言，你定也知曉嚴重性。這事一旦鬧出，則是椿杏林醜聞。不但醫院名譽受損，你自己也會落得身敗名裂。」凱諾探問道：「要是我們不教人知道呢？」院長道：「你有點在明知故問吧！你打算一輩子不公開，也把握防得住所有人嗎？況且我和琴醫生已知曉此事，我們豈能徇私枉縱，坐視不理？」

琴醫生痛心說道：「凱諾，你是我執教多年出類拔萃的學生之一，你向來最是冷靜果決，怎會犯下這種毫不專業的錯誤？尹芳不懂，但你該比誰都清楚，醫病戀是醫學倫理中的大忌，卻還讓自己陷了進去？」凱諾好生歉然地說：「對不起，琴教授，我讓妳失望了。」琴醫生起身在院長室中來回踱步，少頃停下，疾言厲色地勸道：「尹芳和你，也許只是移情和反移情作用，一時在這種依賴和被需要的緊密牽連之中迷惑不清。你此刻要能及時抽身，今天在這辦公室的一席談話，我和院長絕不會再提起，這是我們對你最極限的寬容。」

凱諾道：「我別無選擇了吧。」

院長道：「的確如此。」

凱諾停頓了好半晌，卻掙扎不定，懇求道：「能不能給我一些時間考慮？」院長和琴醫生無可奈何，只得暫時妥協，盼念他能有明智之舉。

往後幾日，院長和琴醫生時時苦勸凱諾，一再同他分析其中利弊得失。凱諾道：「琴教授，其實我這幾天也不停自問，尹芳和我之間也許真如妳說的，只是暫時的移情和反移情作用罷了。」琴醫生稍露喜色，迫切問道：「那你可想清楚了？」凱諾苦惱地搖搖頭。琴醫生一瞬間的希望又滅下，不悅地問道：「凱諾，你這該不會是在使緩兵之計吧？」凱諾想了一想，簡潔答道：「我這星期前給妳答覆。」當日已是週三。換言之，凱諾將於三日內做出決定。

原本，院長與琴醫生還頗為自信，以凱諾的決斷力和事業心，這事應該能速戰速決。只要他承諾和尹芳分手，即使是陽奉陰違，不教他們職責上為難，他們也不可能還時時去盤查監視。可他這會拖拖拉拉，讓案子懸著，琴醫生和院長皆是惜才愛才之人，一方面憂心逼他太緊造成反作用力，另方面則怕消息走露，屆時就毫無轉圜餘地了。

尤其琴醫生，她深知凱諾素來自律甚嚴，有時已經到達一日三省，過度苛求的地步。今日為此難堪之事猶豫不決，想來他心裡比任何人都折磨難受。於是她擅作主張，來到了華迪姑媽家，與尹芳關上房門私談良久，希望尹芳站過他們這方，好教凱諾死心。

自事發之後，凱諾一字也不曾向尹芳提起，兩人見面時，還像從前那般相處。現下經琴醫生說開，尹芳忽而憶起凱諾這幾日的確有些心不在焉，看著她時，眼神也較平常迷離而複雜，像是在拉扯取捨之間失了平衡般無助。

當晚尹芳立即證明這並非她的錯覺。

晚餐過後華迪姑媽兀自上樓，兩人一如往常地相依坐在後院那張帆布鞦韆上，秋風吹過，流雲秘異。凱諾輕聲問道：「冷嗎？」尹芳搖搖頭，卻躲進他的大衣裡，問起他這一日行事，凱諾斷斷續續地說了。語言白描而樸素，就像生活到此都還未曾參進一個難解的僻字，但句式文法卻不時出錯，章節之間亦不似從前連貫流暢。

週六下午，尹芳獨自去到了琴醫生辦公室，她並不知曉這日正是凱諾與琴醫生約定的期限。琴醫生見了她，顯得相當訝異。尹芳倒是平靜，一關上門便直接說道：「琴醫生，我想請妳幫我找一家不在倫敦的收容所，愈遠愈好，我離開之後便不再與凱諾見面了。」

琴醫生好生動容，久久說不出話來，開始為自己曾上門遊說一事有些後悔起來，問道：「凱諾知道妳的決定嗎？」尹芳搖頭，說道：「請妳千萬別告訴他。他問起，只說我恢復記憶回家去了。」那日琴醫生走後，尹芳腦海不時浮現著凱諾談起工作時的熱忱與振奮，甚至他們之間聊天的話題，總是三句不離他本業。縱使她只是靜默聆聽，都能為他那股強烈而神聖的理想深深感染。她明白當一名醫生對凱諾的重要性，那是他的靈魂與脈膊，於是她混濁的思緒慢慢澄澈，心想：「這兩天，讓我像平常那樣安穩地和他相守，就是最奢侈的訣別了。」

在尹芳與琴醫生談話的同時，凱諾則來到了院長室。他並沒有帶來教人期望的答覆，他是來簽辭呈的。

院長難以置信地道：「這是你考慮了這麼多天的結果？」凱諾點點頭，神情相當地沮喪落寞。院長道：「我知道你和琴醫生約定了今天的期限，但如果你還沒想清楚，晚兩天再來回覆也是沒關係的。」凱諾道：「不用了，晚幾天都是一樣。」

院長道：「想想你的初衷，你挑燈夜戰、苦心孤詣追求的理想，就這麼放棄嗎？」並說：「就算尹芳轉院治療，你也到別處謀職，你們關係一日不斷，難保有心人看你是個醫生，她是長期就醫患者，聯想翻查，證實了，你得重演今日局面，證實不了，還是人言可畏。總之你這一簽就要有永遠不當醫生的心理準備。」

凱諾咬著牙，院長的話針針見血，扎得他冷汗直下。他握著手術刀時，都不曾如此刻握著筆這般沉重。懊喪痛苦之下，把那辭呈上的名字也簽得歪斜顫抖了。

院長眼見大局已定，嘆口氣，平心靜氣地建議道：「你不妨先養精蓄銳，用時間把這件事冷一冷。以後情勢說不定會轉變，你也不要太絕望。但未來若想重返醫界，你和尹芳都要忍耐，你們曾在同一家醫院，以醫生、病人身分相識相戀這事，短期之內一定得低調。」凱諾感激地向院長道謝。至於低調行事對於他倆完全不是問題。

另一間辦公室裡，琴醫生站起身來，好生不忍地看著尹芳，說道：「其實妳還是可以繼續留在華迪姑媽家，把凱諾當作家人、朋友，也就得了。」尹芳道：「我……我沒辦法，我不能再見他的面了。」琴醫生勸道：「妳要是真去了收容院嘗到那般苦，後悔可來不及了。」尹芳曾多少聽聞了收容院那種對一群非正常人集體管制的悲慘生活。她仍決意地點點頭。心想：「反正已經到底限了，也不差這一條。」

尹芳走出琴醫生的辦公室，覺得整個人空蕩如虛殼，無心無腸，亦麻木無感。她不自覺地來到了那個開放式大廳，打通多樓層的巨大玻璃窗牆依然明淨地映照著壯麗的自然風景。她未及感傷，已先看見一個熟悉身影坐在窗牆前的長凳上，她猜不出那是不是刻意地在等待，收步不前，一時之間不知所措。

凱諾起身朝她走近，他已換下了醫生服，一身輕便，淡然而笑，蕭索之中卻含著瀟灑的況味，說道：「走吧，回家了。」

尹芳仍杵在原地。凱諾轉身走了幾步，不見她跟來，又折返。大庭廣眾下人群來往，他不能過去牽起她的手，只好柔聲催道：「快走吧，我停車證繳回去了，半小時之內不把車開走會給拖吊的。」

兩人於是參錯而行，一同穿過了大廳。正值大量落葉的深秋時節，玻璃牆外枯葉盤旋，天光灰淡。那是他幾乎難以負荷的一段路程，她緊緊相隨。

凱諾離職之後一度消沉度日。從前事忙，他總要偷空和尹芳相聚；現在閒下了，反而成日把自己關在家裡，無所事事，也拒絕尹芳和華迪姑媽的主動聯繫，把自己全然封閉起來，一概不理外事。即使當初離職正是為了尹芳，事後他卻害怕面對著她想起自身處境來，只得頹靡逃避，過一日算一日。

數週過去他才忽而醒覺。憶起院長的話，精神不由一振。幾番思量，決定先去進修，韜光養晦，以待時機。

課餘之暇，他又開始頻繁地往華迪姑媽家去。當他看到因為遭他冷落而變得更加憔悴不堪的尹芳時，霎時悔恨交加，自責著：「我自己做了決定，卻跨不過心理障礙，結果全數遷怒於她，簡直不可理喻。」睽隔有時，尹芳初始有些怯懾，擔心凱諾仍對她生氣，但見他言輕語暖，更勝從前，很快地轉憂為喜，與他相近相偎，關懷備至，連日傷心委屈卻隻字未提。凱諾激動地緊擁著她，那一刻他終於又記起當初做出選擇時的坦然和無畏。

琴醫生由三層架上取了一個三明治，續道：「後來一番波折，凱諾總算重回醫界，到金達爾醫院就職，一切重新開始。幸而他天資穎慧，並且專注用心，幾年下來也逐漸追趕上落下的生涯進度。而那時妳也已經停診斷藥，休養之下病情一日好似一日，整件事到此算是有個不錯的結果了。」琴醫生指指食物，問道：「怎麼都不吃呢？不合胃口嗎？」

艾羅強抑下內心情緒，隨手拿了個司康餅撥著吃，也忘了塗奶油和果醬。一心只想著：「先別又忙著感動，得仔細想想琴醫生的陳詞是否有破綻才行。」忖了又忖，問道：「那嘉洛醫生……」

琴醫生有些訝異，聽過舊事她首先發問的竟是嘉洛而非凱諾，仍耐心答道：「嘉洛醫生三年多前也轉到金達爾醫院任職了。妳如果去找凱諾，可以順道訪訪他。」

一切真相大白，艾羅再也無法克制內心波瀾洶湧，恨不得立刻飛奔至金達爾醫院找凱諾懺悔，當著琴醫生的面卻不好張揚，簡直如坐針氈，片刻不能寧靜。

琴醫生問道：「妳什麼時候去找凱諾呢？需不需要我替妳聯絡他？」艾羅在桌下不停搓著手，終於忍不住對琴醫生招出自己其實已與凱諾會面，再把先前因與麥緹對談造成誤解略說一回，並歉疚說道：「對不起，我真的是給這情況攪得一塌糊塗，絕非存心戲弄，請妳原諒我。」

琴醫生寬容地點點頭，似能諒解一個失憶者幾經猜疑所啟動的自我防禦機制，說道：「這也不能全怪妳，凱諾自來就有這瞞藏的習慣，好教人費解。尤其妳失憶，更禁不起一點曖昧疑竇。」啜了口茶，續道：「不過妳別怪他，當年妳為了他離職這事自責不已，病情還一度加重，他定是怕妳受到刺激還得吃苦，才沒敢告訴妳真相。」

艾羅沮喪地想道：「唉，看來，琴醫生都比我更了解他，他從前就曾默默為我張羅生活，我怎還想不透這點。我簡直不及尹芳萬分之一，不配他這樣深愛著。」不自覺地又把自己和這個已遺忘的前身當作兩人比較。

艾羅忸怩地看著琴醫生，難以啟齒地說道：「我想先……先……」

琴醫生直率地說：「妳想去找凱諾嗎？快去吧，從前那麼多困難都熬過了，你們沒理由這樣分開的。」艾羅歉然而感激地看著滿桌食物，說道：「真不好意思，這茶點都還沒吃完呢。」琴醫生道：「沒關係，我打包回去便是。」說著即招來服務生幫忙。

艾羅與琴醫生一同出了店門，雪已經停了，天色暗下，她倆在此擁抱作別。隨即艾羅拿出錢包略算現款，那是她這星期剩下的所有生活費，但也顧不得這許多了，她攔了計程車直往金達爾醫院，沿途交通繁忙，車速極慢，她頻頻引領，坐立不安。好不容易抵達目的地，已近晚上七點。

她下車快步進門上樓，想著凱諾門診時間到六點，但他通常不會立即離開才是，否則她也要再趕往他家去尋。

艾羅氣喘吁吁地上了六樓，來到櫃檯前對值班的護士說道：「我要找凱諾醫生。」那護士有些疑惑地看著她，道：「凱諾醫生出差去了，下星期一才回來。」艾羅忙問：「可是他下午不是有門診嗎？」那護士道：「是呀，他門診一結束就直接去機場了。」艾羅問：「他走多久了？」那護士看看鐘，說道：「快一個小時了。」又問航班，那護士只曉得大略的起飛時間和目的地，並道：「尹芳小姐，凱諾醫生怎都沒告訴妳呢？」

艾羅沒有回答，隨口道了謝，匆匆離開了醫院，拿出錢包探採，再度攔車趕赴機場，途中仍是塞塞停停，到達時早逾凱諾班機起飛時間。她氣惱地站在人來人往的機場大廳裡，心道：「也太靈驗，每回都正好趕上這時機！不過幸好下星期一還在耶誕前夕。」她轉身落寞地緩緩朝機場出口走去，忽而意識剛才的想法有誤，旋即在心中更正，堅定地想道：「不對，就算是一輩子我也定要等他回來！」

＊　＊　＊

嘉洛醫生坐在診間。送走前一名病患，他喝了口已冷澀的咖啡，順手拿過護士方送進來的病歷表，那是張初診病歷，除了患者基本資料，其他欄位仍空白著。他正準備按下跳號鈕，目光卻停在那姓名欄，手也隨之僵住。好半日，他定定神，無可奈何地接續完成上個動作。

沒多久，診間門開啟，一名女子踩著輕快腳步進入，臉上笑吟吟地和他打招呼。嘉洛指指椅子，道：「請坐。」那女子依言坐下。嘉洛道：「今天來看診，是發現有什麼問題嗎？」語氣親切輕緩，拿捏得如同一名專業醫生關懷病人般適中。那女子道：「我牙痛。」嘉洛道：「那妳該去看牙科。」那女子又道：「我指甲也痛。」嘉洛道：「那妳該看皮膚科。」那女子白他一眼，道：「我渾身上下都不舒坦。」嘉洛道：「那妳可能得去做健康檢查，找出確切問題來源。」

那女子咬咬牙，好生無趣地說道：「你現在是跟我玩角色扮演，還是真當我是個掛錯診的笨蛋嗎？」接著由包包掏出一本書，重重往桌上一擱，說道：「我是來還書的。」正是那本《人格三稜鏡》，而這女子自然是喬卉了。

嘉洛指著書，溫言問道：「讀完了嗎？有沒有什麼地方看不懂的？」喬卉道：「一個字也沒讀。反正就照你說的關鍵字演繹。憑我口若懸河，還不能把人唬得信以為真嗎？」嘉洛面露憂色，探問道：「妳跟誰胡謅去了？」喬卉瞇著眼但笑不答。嘉洛似有領會，語氣中帶著淡淡的責備，說道：「妳這是在蓄意誤導。」喬卉毫不在乎地接道：「你何必客氣，說『妖言惑眾』不更貼切。」

嘉洛嘆口氣，不欲與她爭論，低下頭在病歷表上寫著。喬卉起身，繞到他背後，雙手搭在他肩膀上，把頭探向前，好奇地問道：「你寫什麼？診斷出我的病症來了嗎？我是反社會人格，對不對？」語調竟充滿興奮和期待。嘉洛有些不自在地旋了旋身，暗示她將手移開，說道：「這還得經過觀察才能下定論。」

喬卉站直了身，嘲弄道：「你都觀察我這多年了還不夠嗎？你這樣算不算庸醫啊？」嘉洛也不動怒，耐著性子說道：「在這診間以外的並不算數。」喬卉道：「這也真奇怪，醫生都愛說什麼出了醫院所有人就還原成醫病之外的個體，卻設些禁忌來打破這邏輯，真教人百思不解。」嘉洛笑道：「怎麼妳這會又在意起邏輯來了？」

喬卉不理他這有意無意的調侃，板起臉，一本正經地道：「你當初轉來金達爾醫院，不正是為了我？這回我掛了你的診，成了你的病人，你都不緊張嗎？」

嘉洛聽了，有些失了從容，忙解釋道：「不是這樣……嗯，不全然……總之轉職也是經過多方考量評估，金達爾醫院在腦科各方面……」喬卉插嘴道：「你就是這樣，永遠都溫溫吞吞的，我跟你要什麼也不肯給。擺什麼官腔！你就不能有時候稍微放縱點、俐落點，說：『對，喬卉，我就是為了要看到妳，才千方百計換到金達爾。』嗎？」嘉洛道：「這……不全然……而且妳那些違反醫德的要求我怎能同意？」

喬卉惱道：「嘉洛，嘉洛叔叔，你都三十八歲了耶，為了當個偉大的醫生，一輩子不討老婆也不要緊嗎？」嘉洛應答不上。喬卉在他四周走來走去，他為了與她正面交談不得不一直旋轉著椅子，改變視線方向。

喬卉一晌忽而說道：「這樣吧，我給你個機會，我們來場公平交易。現在我們成了醫生和病人，你要敢為我去簽辭呈，我就為你簽結婚證書。」她這天外一筆成功地引起嘉洛的驚愕，他怔住，微張著口卻不得言語。不過幾秒，喬卉立即發覺自己不再像從前那樣，隨意信口開河也毫無顧忌了，她竟然有些害怕嘉洛會出乎意料地勇敢抉擇，於是忙搶道：「算了算了，我反悔了，你現在點頭也不算數。」

診間裡氣氛變得有些尷尬。又過半晌，嘉洛方回過神，說道：「這樣輕率，以後吃虧的是妳。」語氣並無責備，而是充滿濃濃的關懷與擔憂。喬卉心煩意亂地道：「交情不夠本來就只能靠交易彌補。」又道：「總之也不重要了。我已經遇到一個不需任何交易，讓我心甘情願就範的人了。他要是像這樣問我，別說一張辭呈，命我都可以給。」

嘉洛微微一震，問道：「是我認得的人嗎？」喬卉抿著嘴不答，回椅子上坐下，拍著病歷表道：「我們還是來煩惱這病歷該怎麼填，才不讓這場問診減了你的醫德——我看你這麼寫吧：此患者愛恨過於兩極，痛恨輕鬆看待痛苦的說法，認為稀釋過的感情顯得虛偽，因此粉飾太平的半調子溫馨寧可不要，是個正宗科班出身的恐怖份子……」

喬卉胡鬧完了，自行離開嘉洛的診間。她一臉深沉而憂慮，情緒浮躁不安，魂不守舍地往電梯方向走去，不停在內心自問：「剛才到底是錯覺，還是真的？我竟這等投入地在意起某人？」

正當她經過一扇門時，門內忽而一隻手伸出，將她用力拉了進去。喬卉一下子由神遊中給抓回現實世界，猛嚇一跳，差點要驚叫出聲。稍回神就發現自己站在關上門的醫療器材室裡，黑暗中一個護士正抓著她的手肘，緊張地將食指比在嘴唇上，悄聲說道：「噓，別張揚，是我。」

喬卉不留情地甩開她的手，厭煩地低聲說道：「見鬼啦！幹什麼老是窩窩囊囊遮遮掩掩？還癡心妄想誰看了喜歡？」

那個護士正是潔兒。

＊　＊　＊

到了凱諾的歸期，艾羅天未亮即起身呆坐。連夜失眠教她精神不濟，迷迷幻幻，偏偏一躺下思緒卻開始活躍穿梭，翻來覆去總難入睡。

自書店曠職後她經濟吃緊，那日為趕時間兩度搭了計程車，預算已遠遠透支，只得忍著寒冬苦夜，省些暖氣電費。心緒不靜、被衾不暖，雙重干擾下自難成眠。她不由地懷念起喬卉的安眠藥。

艾羅拉開窗簾，石砌小徑上透著一層前夜留下的薄薄白雪，天空灰雲靄靄，估計一整天大地都將維持這晦暗色調。

待及七點，她簡單打理後當即出門，去趕時刻表上第一班開往金達爾醫院的公車。沿途景物熟悉，她方意識，自己將再度循這路線與凱諾相晤。上回她這麼做時，是伴著滿懷歡悅欲與他共度遊船瞰燈的美好週末。孰知將近一個月過去，這路程乘載的已是天淵之別的重量。

此刻艾羅只覺擔憂沉重，她不曉得凱諾會不會原諒她誤解迴避在先，其後還聯合房東使計欺騙。她憶起當亞勒得知薩琪配合喬卉設局佈陣時，那股斷然絕交的狠勁，不由一凜，雖二者情況不能同日而語，總地皆歸謊言，對上當者而言，主謀和幫凶亦無太大差別。或者凱諾對她這反反覆覆早心灰意冷，寧可恩怨全數相忘。她甚至不能肯定他是否將拒她於門外。

及至醫院，不知情者仍熱切和她招呼。艾羅強顏歡笑回應，心中倍感淒清。上了樓表明來意後，櫃檯護士告訴她：「凱諾醫生正在急診部支援，妳要去他辦公室等嗎？」艾羅心想：「以真實情況來看，我現在真不該再任意進出他的私人領域。但我若說我要在其他公共區相候，他人必得疑心好奇，問東問西。偏偏我非趕著見他不可。」數番揣度，答聲附和，逕自往他辦公室去了。

艾羅關上門，在那張長沙發坐下，辦公室安靜溫暖，她在這暫時的安逸之下精神逐漸鬆散，等著等著，竟不知不覺地睡著了。睡夢之中她看見門扉開啟，凱諾入得門來，款步向她走近，來到她身旁將她緊緊擁在懷裡，一瞬間所有誤會和分離都於此冰釋化解。她於他胸膛上卸去心中積累拖曳的鐵圈枷鎖，累垮地靠著他再度深深睡去，睡得安穩香沉，再無掛慮。

好夢留人，艾羅這一睡已是兩三小時過去。長期失眠的疲倦竟讓這舒適宜人的辦公室成了她睡苗的溫床，一植下便倏地生根深扎。她揉揉眼，四下依舊空蕩無人，門扉緊閉。她瞥見掛鐘指著近午時刻，想他也許隨時會進門，趕忙起身欲動動筋骨，以驅趕睡意，才站起，一件黑色毛呢大衣順勢滑落於地。

艾羅彎身拾起，抓著這件熟悉的衣物久久未能反應。少頃，她把那大衣重新披掛到他辦公椅椅背上，跑出了門，通過無人的長廊向櫃檯詢問去。那護士道：「凱諾醫生又去急診部了，他剛才沒回辦公室嗎？」

艾羅無可奈何，調頭返回重新等待。心中又嘔又悔，氣惱地想道：「我怎這麼笨，居然睡著了！」

此後她不敢坐回沙發上，只在辦公室裡徘徊。她望著身側佔據大面牆的檀木書櫃，心想不如看看書，一來排解無聊，也能防堵睡意，避免再度和他失之交臂。

她來到書櫃前，循著腳步方向瀏覽著架上浩瀚如海的典籍，難以想像他怎有辦法把這些書給讀完。她看著那些書名已覺眼花撩亂，偶爾抽起一本標題似可推猜者，一翻起卻是大段她連單字字音也發不準的外星文湧來，她只得作罷，闔書放回。

行至臨近他辦公桌椅後方的一格書架，艾羅目光忽然停在一本書名之上——那是一部曾經一度列為禁書的文學名著，法國作家埃米爾．左拉所撰的小說《羞恥》。在滿山滿谷艱澀的醫學書籍中，忽而雜進一本文學創作，使艾羅不由地留神。再者，那還是本未經翻譯的法文原著，艾羅疑惑想道：「凱諾竟然懂法文？」旋即伸手抽看。

但書一抽下，卻比她原本預計的重量輕巧得多，再一細辨，才發覺那是一只中空的書盒，而非真實書本。她正想將之歸位，一拿直，指尖扳到了邊緣，那設計成封面的硬紙盒蓋上磁鐵彈開，稍稍移動，隨之從這縫隙中飄下了一張紙片。

紙片飄落翻轉，即刻停降在不遠處的地毯上。艾羅走過去看了看，那是一張陳舊的剪報，長方形的小小篇幅，朝上那面是經栽切過的半則體育資訊。她順手撿起以放回書盒之內，卻不經意瞥見另一面的剪報，報上那行粗字標題立刻悚然驚動她整個靈魂：

奧地利交換學生命喪異鄉　家屬悲慟領回遺體

艾羅抓著剪報，全身血液瞬間冷下，雙腳如釘入地面無法動彈。她直挺挺地站著，腦袋一片空白。良久良久，她機械般地走過去，掀開方才擱在辦公桌上的書盒，裡面裝著一卷《阿依達》歌劇原聲帶，其塑膠外殼上多處磨損，還有一條不規則的長長裂痕，但大致上仍保存完整。

艾羅小心翼翼地將那錄音帶拿起，新片應有的塑膠膜包裝已經拆除，她翻開封紙，打開外殼，拿出帶子。只見封紙的空白內頁上有一行褪色筆跡的題字，寫著：

亞勒：友誼長存　艾羅暨斐恩謹上

其後簽著當時的日期——九年多前那陽光明媚的仲夏時節，字跡一氣呵成，那是當時斐恩返回歌劇院購買原聲帶之後，靈光一現，向服務臺借了筆，匆匆撕開包裝所題。艾羅並不知曉此事，自然也未參與簽名。

艾羅放下帶子，按著心口，但覺呼吸困難，好似隨時都要窒息死去。她伸出手顫抖地拿起桌上的電話撥號到歐特家，不久亞勒即來接起，艾羅尚未從震驚中清醒，只不停地對著話筒喘氣。電話那頭亞勒則是聽辨少時，隱約認出她的聲音來，又憂又急連聲問道：「艾羅？艾羅嗎？妳怎麼回事？妳在哪裡？」艾羅仍是喘著氣不答。亞勒急壞了，嚷道：「妳在蘭貝斯的公寓嗎？我現在立刻過去找妳！」說完等了幾秒，不聞應答，掛了電話飛奔出門。

不知又過了多久，艾羅才放下已斷線多時的話筒，意識也慢慢回復。她再次拿起那張剪報，仔細詳讀內容，其上刊載的報導如下：

三日前，倫敦西區發生一起嚴重車禍。一名十六歲奧籍交換學生在過馬路時，經一輛黃色小型汽車飛撞，當場昏迷。路人於第一時間報案，並將受害人送至摩里醫院搶救，但由於傷勢嚴重，一番急救之後仍回天乏術，於當晚十一點宣告不治身亡。

死者原籍奧地利，利用暑期赴英短程學習，不幸竟意外客死異鄉，家屬接獲通知已於前日趕抵英國認屍，將擇期安排遺體運送返國。根據當時圍觀群眾說法，推測死者方由歌劇院離開，欲穿越馬路前往對面廣場。肇事駕駛現場逃逸，整起車禍調查尚在初始階段，警方將根據民眾證詞以及臨近道路勘察再作進一步搜證。

艾羅將文章來來回回讀了十多遍。苦追斐恩消息多時，每回只要預想他可能已遭不測，便教她傷痛難忍。此刻案底千真萬確地揭曉了，她反而連眼淚也掉不出來，在這毫無預警的情況下意外得知此事，她心中慌亂震撼更勝哀傷，不停想著：「我真的害死斐恩了！我真的成殺人凶手了……」

等到再度察覺自己身在凱諾辦公室，她慢慢記起從一早開始發生的所有事。她扶在桌旁將事情經過仔仔細細回想一遍，但覺毛骨悚然，疑竇萬千。

為什麼凱諾要把斐恩的死訊藏在書盒裡？那卷原聲帶他從何而來？他們二人之間是何關聯？雖然在凱諾面前，她不好老是大肆談論斐恩，更不曾將兩人曾戲言約賭一事對他說了，但略提一二還是有的。凱諾亦知曉她當年因目睹斐恩車禍而失憶一事，以及此番前來倫敦尋他下落的目的。再說那原聲帶上還提著她的名字，除非凱諾從不曾將那帶子打開看過——他明知此事與她密切相關，折磨了她這多年，幾乎主宰她全部心智，為何知情不告？

艾羅在一團混亂中試圖冷靜下來，想道：「我幾次沒查清楚，就胡亂誤會凱諾，這回絕對得記取教訓，不能再重蹈覆轍了。」

待稍微緩和了，她拿起剪報再次一字一句細讀過，盼能從中尋得線索。她目光停在「摩里醫院」上，似覺好生熟悉，半晌她終於想起，當下有了定奪，放下報紙，即刻離開史達爾醫院，往琴醫生任教的大學去。

琴醫生正在講課，艾羅在教室外等了好半天，才見學生陸續走出。琴醫生收拾著黑板字跡，忽見她立在門外，便停下手邊工作，走了出去，好生意外地問道：「尹……妳怎麼來了？」

艾羅道：「琴醫生，請問妳聽過『斐恩』這個人嗎？」琴醫生微仰著頭思考，艾羅補充道：「九年多前，在西區歌劇院附近的馬路，有個奧地利交換學生在那裡車禍身亡。」她盡力使聲音和表情皆顯得平靜。

琴醫生霎時豁然開朗，說道：「我想起來了——是凱諾告訴妳的嗎？唉，沒想到都過那麼久了，他這心結還是解不下。」艾羅沉默不答，以不變應萬變，琴醫生續道：「凱諾自小天資過人，在校成績向來非同儕能及，小學和中學時候還曾經兩度跳級，因此當他進入醫學院就讀時，是全系所最年輕，卻也是最優秀的學生。」

艾羅仍靜靜傾聽。琴醫生續道：「也許因為他總是處在人群巔峰，居高臨下，一旦挫折來時便措手不及。當年，那是他醫生生涯第一場正式參與的大手術，他自然看得比什麼都重，但結果卻失敗了。」琴醫生頓了頓，又說：「其實那名奧地利傷患送來時，早已氣息奄奄，就算是身經百戰的醫生，都可能無力回天。但凱諾卻一直認為是他醫術不精，才害死了那名傷患，尤其他自己的父母也是意外喪生異鄉。總之這件事對他打擊很大，他甚至說過那將是他畢生的最大悔恨和羞恥。」

事情落幕之後，醫院才發現那卷遺下的卡帶，並曾致電奧地利詢求斐恩家屬是否需要代為寄送，其家屬則表示由院方處理即可。凱諾將原欲銷毀的帶子拾了來，與那則相關剪報收在一處，像是一種自我懲罰，亦是自我提醒的方式，往後必時時以此為鑑，力求精進。

艾羅只覺渾身隱隱發麻，她強作鎮定，追問道：「所以當時不論哪個醫生來救都沒差，他都是必死無疑嗎？」

琴醫生搖頭，說道：「也不能這麼說，每個傷病患送來醫院時都有其存活率和死亡風險，其中牽涉了許多複雜因素。也許有個情況更嚴重的傷患，遇上技術低拙的醫生，最後卻活下來了也不一定。可能是那傷患本身身體底子好，可能送醫時機正好關鍵，或者其他原因，有時甚至只是運氣。醫生要是沒有誤診誤判等醫療疏失，其他的也只能盡人事而聽天命了。」

琴醫生話到末了，學生陸陸續續回到教室。她看看錶，對艾羅說道：「我得要回去上課了。」轉身前仍不忘苦口婆心地交代道：「妳是凱諾最親近的人，妳務必勸勸他，哪個醫生手術臺前不曾敗陣？何況這事並非他的過失，這麼多年也該放下了。凱諾是不是個認真負責的好醫生，大家是有目共睹的，他早證明了自己的能力。妳要幫助他走出這障礙，別再教他背著這個沉重的十字架了。」

另一邊亞勒接了艾羅的電話，聽聞她聲息怪異，立即奪門飛車前去相應。怎知她住處大門深鎖，鈴響半日也無人回答。亞勒束手無策地在屋外來回踱步，一會看見另一面牆上落地窗窗簾並未合攏，他湊近探看，昏暗客廳裡安靜無人，電話規矩地掛著。他視線移下，看見玻璃拉門的鎖扣只勾住半截，並未完全壓下。他尋思：「要是她在屋裡出事，沒人及時照應怎好？況且這公寓還是喬卉的佈局，其用意猶不可知。」當下顧不得這許多，動手握住玻璃門框兩側，來回搖動。

不久，那鎖扣果然給搖得彈開。亞勒進了屋去，扯嗓叫喚，前後找遍，就是不見艾羅蹤影。等了兩個多小時，亞勒無奈，留了字條在她房裡，請她回來速速聯繫，隨後鎖好門窗。離去。

亞勒出了巷子，往停車處方向去。經過一個路口時，偶然眼角瞥見一團鮮紅眩目之物。他轉頭一看，卻是一輛停靠路邊的大紅色奧迪跑車，在天色灰迷之下仍不減半分艷麗。

亞勒遲疑地走了過去，對著跑車來回看巡。少晌一抬頭，只見數月前邂逅那女郎正亭亭立於前方，睽違多時，她的容貌於他卻是日益清朗。如今見了，她那逸姿綽態更勝記憶中人。從前思慕無期，總嘆路阻媒絕，幽情難寄，現在人就在眼前了，反倒是千頭萬緒無從說起。一時之間也只是杵著，不知動靜。

兩人相望片刻，那女郎提步緩緩靠近，幾乎與他相貼對視。她以左手執起他的右手，再以右手執起他左手，神情端嚴深重地凝視著他。剎那間，她放任身子自由前傾，把臉面牢牢實實埋進他胸懷。亞勒依然怔怔站著，感覺到胸前來自她鼻息那暖流般的氣象，並慢慢地舉起手來，將她圈在自己的臂彎之中。

12

那女郎抬起頭來，細髮蹁躚，隨著寒風飄纏於她如雪的容顏，掠過他的下巴。亞勒雙臂仍繞肩圈在她背後，她因此不能抬手撥理被風拂亂的長髮。青絲半掩之下，她笑靨燦爛如花，秋波盈盈，輕聲說道：「好……好久不見了。」

亞勒斂著眉，只點點頭，「嗯」地虛應了聲，目如蒼鷹地直瞅著她。那女郎有些靦覥地轉開臉，亂髮愈發遮擋了她的視線，她只得說道：「你，能不能把手鬆開些？」亞勒這才察覺自態，忙鬆了手，那女郎將頰邊散髮撥夾到耳後。亞勒仍是靜默杵著，他這般遲滯讓她好生尷尬，忸怩地探問道：「你……你有什麼話對我說嗎？」

亞勒定定神，認真思考了好一會，開口問道：「妳叫什麼名字？」

那女郎聞言，先是一怔，忽而掙脫前晌的含蓄拘謹，咯咯輕笑起來。這直樸的問語，勾起了兩人初見時的場景，一下子把橫阻多月的疏遠都拉得近了。她心想：「和這人相處是不需虛偽的。」心一寬坦自也輕快從容起來，笑問道：「你平常想起我時，用的是什麼名字？」

亞勒這會卻不如她預想的率性坦然，思揣多時也不答話，教那女郎才釋下的生澀又提了上來，難為情地問道：「你該不會，根本不記得我了吧？」亞勒道：「我自然是記得妳的。」那女郎聽了，擔憂卸了大半，旋即又落寞地問：「那你便是從來沒想起過我了。」亞勒道：「自然是想起過的。」

那女郎喜上眉梢，朝他挨近了些，嬌憨地追問道：「你上回想起我，是什麼時候？」亞勒道：「兩三個小時前吧。」那女郎問：「那你上上回想起我，是什麼時候？」亞勒道：「三四個小時前吧。」那女郎笑得愈發清脆燦爛，續問：「那你每過幾天會想起我來？」亞勒道：「一天。」那女郎續問：「你每天又想我幾次？」亞勒道：「不一定，有空就想。」

兩人偕肩倚在那艷紅跑車旁恣意說談，寂寥禿樹皆似綻展的銀枝，映著濃雲裡的微弱光線竟也耀眼明亮。

他這番有問必答，讓女郎更是肆無忌憚。追回原題，問道：「那你還不告訴我，你都用什麼名字想我？」亞勒又躊躇了。那女郎好奇地催道：「快說嘛。」亞勒把手探進外套口袋，摸著那冰滑之物，猶豫良久，仍是說不出口。

那女郎噘嘴問道：「該不會是什麼『醜八怪』、『老婆婆』之類的代號，才教你這般為難吧？」亞勒道：「當然不是。」那女郎道：「你是故意吊我胃口。」亞勒道：「我是怕說了惹妳笑話。」那女郎道：「逗我笑不好嗎？」

亞勒索性不再瞞藏，掏出了手鍊，說道：「我總想著：『如果能再見那月桂公主　面，折我十年壽命也值。』」神情語調皆是充滿了誠懇與柔情。

那女郎見他竟將自己的手鍊隨身帶著，不由驚歎訝然，又聽得他把這番矯語說得如此情真意切，全無油腔滑調之稽，更是教她動容，抑著雜亂情緒，隨口問道：「見我一面只值你十年壽命嗎？三十年可不可以？」亞勒答道：「可以。」

那女郎不再嬉笑，深深注視著他。亞勒低下頭來，在這寒如冰庫的天地之間，兩人點著身側大紅跑車為篝火，燃起熾烈親吻，當下凜冽冬季都以彼此唇瓣為起點熊熊灼燒蔓延。

少時，那女郎欠身從車裡拾起了一枝筆，笑道：「快把你電話地址留下，公主我若需要人效命，定第一個找你。」說著遞出了筆，卻不將手收回。亞勒解得其意，依言在她手背上寫下了歐特家裡的聯絡訊息，一面說道：「其實我不是倫敦人，每回來時，都會借住在這個朋友家。」一問道：「要不要我把家鄉電話也寫了？」那女郎想了想，說道：「不用了。我下回隨興到訪，你正好在，不更顯得驚喜？」

說著收回手，對著那未乾的墨水吹了吹氣，要回筆，垂眼在手背上寫著。亞勒問道：「妳在寫什麼？」那女郎又把手背伸到他眼前，亞勒一看，只見那聯絡訊息前已給她加註了「大鞋俠士」幾字。

亞勒眼裡閃過一絲茫然，不解地問道：「這是什麼？」那女郎嗔道：「你怎這般憨傻，你拿手鍊給我取名，我就不能用你的鞋子給你封號嗎？」亞勒依然疑惑，將信將疑地探問道：「這麼說來，妳也曾想起過我？」

那女郎又煩惱，又無奈地長長嘆了口氣，道：「大鞋俠士，你這到底是在裝傻還是真傻呢？唉唉，我真的完全給你攪糊塗了！」她扁著嘴，一晌與他同時笑開來，笑聲疊映飄蕩，把整個沉寂大地點染得如春季提早覺醒了。而這般悠適愜意自也傳到了路口之外，巷道轉角處那雙隱蔽多時的眼睛裡。

艾羅轉身往巷道另端離開，心裡幽幽想著：「原來亞勒和喬卉早已認識，而且還是這般親密的關係。」她站得遙遠，未聞兩人談話，只看見那說笑擁吻畫面。而情境中人正自陶醉，否則以亞勒的洞悉力、喬卉的謀策心，怎不對一次於辛娜旅店前、一次於艾羅蘭貝斯租屋處附近相遇的巧合生出疑竇。

艾羅漫無目的地走著，但覺前路茫茫，不知所從。發現斐恩死訊、凱諾竟是關鍵之人，一天下來，她震驚痛苦的力氣也用完了，歸途中又意外撞見亞、卉二人那天雷勾動地火的重逢，疲憊更復絕望，心道：「亞勒，你曾囑我凡事眼見為憑，我時時以此為念，幾乎奉為圭臬，而今所見卻成一則最嘲諷的註解。」

她不知不覺地來到了泰晤士河畔，幾月未往，那河水潺湲如舊，徐疾流速從不因人世波瀾而更換。

她走上了石橋，眇眇遙望，遠樹近水，縱有千仞之岡、萬里之流，卻無一寸安穩之處能夠容身。天寬地廣之間更覺煢煢孤立。白露覆蓋百草，嚴霜遍結水裔，與她唯一吻合的，僅有這窮冬迫寒了。

艾羅倚在石砌護欄旁，欄及腰間，她彎身前傾，視線由極目遠眺縮至眼下，河水推波助瀾，起起伏伏如一座座突竄而起的小丘又瞬間塌下，層層疊疊推過她腳下聳立的拱形橋墩，去而不返。

酷寒北風吹得她頭痛欲裂，卻也吹覺了她的思考。艾羅凝望著水波揚滅，開始將一切人事恩怨逐項回想。

於斐恩，他無疑是整件事最大受害人。艾羅只於腦中稍稍回憶斐恩那明燦的笑容，眼淚即難以克制地潸潸而下。她知道她將竭此一生背負著罪惡的鐐銬，以銘記對斐恩的歉意。

於喬卉，艾羅至今還記著這段友誼曾經多麼絢爛輝煌。在她悒鬱時喬卉總有辦法逗她歡樂，專注聽她傾訴，和她同聲一氣。她失戀時是喬卉陪伴、照顧著她。而今仔細想來，喬卉嬉鬧之中似乎總潛藏著提示暗語，比如要她答謝曾經相助之人，進而造成了她和麥緹那場移花接木的誤解。她初提與凱諾的關係時，喬卉第一反應竟是醫病戀的違常議題。至於有意無意探問她對斐恩的心意、唆使房東欺哄凱諾等事，明著是順理成章，卻不知是否尚有其他暗意。艾羅忽然發現，喬卉隱約是對凱諾充滿敵意的。倘若喬卉真是斐恩親友，蓄意拆散她和凱諾便也不難理解。只是當初為喬卉預設此一身分時即有許多不合理處待解，而設局和她成為室友一事仍用意不明，喬卉來歷、目的還是一團疑雲。

於凱諾……憶及此名，未想其事，已先觸痛了艾羅心中那最深刻、最斑駁的傷口。她不知如何定義凱諾，在她孤苦無依的那八年，是他將她從深淵救起，但追本溯源，他似乎也是間接造成她流離失所的推手之一。琴醫生的話言猶在耳，斐恩的死並非凱諾之過，斐恩的死卻也確實讓她人生從此破碎淒慘，但要非凱諾堅穩的守護，她豈熬得過人生低谷？這其中過功是非暫且不論，就當她將永遠不再記起那八年辛酸歷程，這一年多來她仍為此事苦苦磨損，而他明知實情，卻袖手旁觀地任由她疲於奔命？艾羅咬著牙，對於凱諾，愛恨同深，卻不能相抵。其實她感覺得出凱諾對她並不是虛情假意，要非她意外發現那書盒，矇著眼一生一世地癡戀著他，不知是另一種悲哀，或者另一種福祇？

於亞勒。艾羅原以為，即使人事複雜，她至少還有亞勒最純粹而忠誠的友誼。他陪著她從家鄉到異鄉，一路探找斐恩的消息。兩人由初到倫敦在辛娜旅店周旋遭騙、他陪她日日四處忙碌找房訊、為了予她支援不惜兩地奔波、她在廣場上昏倒時，是他將她攙回家來徹夜看顧、她讓喬卉擾得神智迷亂，他二話不說直往倫敦……如果連亞勒都是假的，這世上還有何人可託，何事可信？艾羅猶記得亞勒和薩琪決裂的場面，當時他是那般憤怒堅決，怎才過沒多久竟與喬卉結好？除非他自始至終皆與喬卉共同主導這一切。

艾羅愈想愈瘋狂，霎時間她腦中某些畫面串連而起：一年多前她因車禍住院時，那名半夜到她病床邊切剖人腦模型的詭異護士。——那護士將手伸下時腕上若隱若現的銀鍊。——那日由亞勒外套口袋掉出，她似覺眼熟，但未細辨的月桂手鍊。——那護士利刃般的雙眼。——房東幫著她欺騙凱諾時，喬卉攔阻她出去相見的眼神似曾相識。——喬卉拿著《人格三稜鏡》對她胡說八道時，一面到廚房喝果汁，一晌櫥櫃遮擋了她口鼻，只有那雙熠熠星眸呈露著。——那詭異護士口罩掩面，濃長睫毛之下充滿敵意的雙眼。——每回亞勒到訪時喬卉正巧不在，他的鞋卻收在喬卉房間隱密之處。——大紅跑車前摟抱親吻的戀人……

是，喬卉正是一年多前在金達爾醫院裝神弄鬼的詭異護士。原來喬卉從那時便已針對她而來，並非她再次前往倫敦才初次佈局，而亞勒竟是她的舊識！

艾羅只覺不寒而慄，想想她原本都回到家鄉了，是亞勒提議她重返倫敦，也是亞勒獨排眾議，支持她鍥而不捨，而她不正一步步按他計劃走著？她認定了亞勒是喬卉同謀，即把先時對他肯定之事全數翻案。她甚至懷疑起當年亞勒送出那兩張《阿依達》歌劇票，促成她和斐恩倫敦之行都是一場預謀。

一個恍神之下，艾羅差點栽出護欄之外，幸而她及時抓住了護欄邊緣。站穩之後仍驚魂未定，但望著河水深緩，不似人世動蕩不安，不由想道：「如果剛剛真摔進了這河裡，不知道能不能結束一切詭局？」跟著探出身去，波瀾搖晃得她頭暈心脹，忽而她憶起家鄉父母，心下一陣愧痛，趕忙收回身子，離開那危險邊界，款步循原徑而回。

艾羅走出河濱之域。寒冬日短，此番流連，早是時過天晚。濃雲低垂，途中細雪有一陣、沒一陣地婆娑而下，沾覆了她髮間衣襟。

到了家門口，她意外地發現屋裡亮著燈，旋即領會，下午不是才在巷弄之外看見喬卉？這會想必是結束了約會回家來了。她忽然有個滑稽的構想：要是此刻亞勒正和喬卉在屋裡摟摟抱抱，她一打開門三人面面相對，該會是怎樣一場諷刺劇？

她打開門，客廳裡空無一人，喬卉那扇深鎖多時的房門輕掩，房裡的燈亮著。而緊閉的浴室門內則傳來嘩嘩沖澡聲。

艾羅有些失望地回到自己房間，才解下大衣坐在床邊歇腳，就看見亞勒留在床頭櫃上要她速速聯絡的字條。她忿忿想著，亞勒果然隨喬卉來過，要不他沒鑰匙怎進得了屋內？不知他倆在她房裡放這留言，又想耍什麼新花樣？霎時滿心憤懣難平，從前對亞勒的信任多重，對稱的怨責便有多重，想道：「不如趁喬卉正洗澡，去看看她房裡還藏著什麼鬼！」她向來自律，絕不願做出侵犯他人之事，經歷了重重虛偽，也無心再顧昔日道德。一面想，一面即往喬卉房間去，私自推開房門，強抑下那一絲罪惡之感。

進了門，未見任何驚濤駭浪，這房間仍舊如從前她與喬卉交好時，頻繁進出談天的鋪設。正要退出，忽見那張空坦的雙人床上一個木製相框倒蓋著，似有心似無意地醒目靜置於淺色床單中央。艾羅遲疑了一下，走過去，拾起那相框，翻面一看，瞬間愕然——那嵌於其內的照片，是張男女合影，女的自是喬卉，而她身旁的男子竟是凱諾。

照片略顯老舊，角落日期標示已逾十年之久。照片中人很年輕，但細辨卻是他倆無疑。其中喬卉以雙手環勾著凱諾的頸子，而凱諾則是單手摟在喬卉肩上，兩人臉頰相貼，皆笑得稚嫩純真。之前華迪姑媽向她展示凱諾成長歷程的相本時，從未見一張如此開懷之照，他亦不曾這樣緊摟著尹芳照相。再仔細一看，這相片背景還是在凱諾房間。艾羅認得那幅掛畫和那盞仿燭臺黑框壁燈。

這時，背後傳來喬卉的聲音，道：「怎麼樣，照片好看嗎？欣賞完了可得還我啊！」艾羅猛然回頭，喬卉身上只裹著一條浴巾，頭髮還濕淋淋地滴著水。

艾羅怵惕問道：「妳認識凱諾？」喬卉從椅背上拿起一條毛巾，悠哉遊哉地從艾羅身旁經過，走到床邊坐下擦頭髮，慢條斯理地說道：「可不是，要不這照片從何而來？」語氣就像平常聊天輕快。艾羅道：「所以妳從前也認識我……我是指，認識尹芳？」喬卉神秘地壓低音調，說道：「妳想不想再聽另一個新的人生版本？」艾羅搖頭。

喬卉撒賴道：「別這樣嘛！別人說的妳都聽，就單單拒絕我。我這版本保證別出心裁，不落窠臼。反正妳都收集這許多了，多一項又怎麼呢？就算當聽說書樂樂也不錯呀！」艾羅內心恓惶，卻冷聲應道：「好，妳說。」

喬卉一下神態遽轉，愀然厲聲說道：「其實，尹芳是個橫刀奪愛的第三者。」

房裡氣氛凝重。隨即喬卉卻好聲好氣地哀求道：「艾羅，求求妳離開吧，妳既忘了尹芳之情，何苦再來干擾我們。」艾羅警覺地說道：「不對，那亞勒，他不是……」一時也不知從何質問下午所見。喬卉道：「妳幹嘛突然把妳朋友牽扯進來？我們現在正談妳、我、凱諾三人不是？」艾羅只道她在裝虛推委。

喬卉續道：「以前，尹芳雖然有些癡傻，至少是全心全意對待凱諾。現在情況變得這樣複雜，妳還要留下，留下掙扎於『斐恩死在凱諾手術刀下』的矛盾中嗎？」艾羅嘶啞地說道：「不，不會……這件事並……並不是凱諾的錯……我知道他、他盡力了，而且……他也自責難過……」即使對凱諾充滿怨恨，有人詆毀他時，艾羅卻不由自主地出言辯護。而喬卉對此事竟瞭若指掌，先前還裝著記不住人名胡取代號，這會可說得流暢順口，教艾羅又驚又懼，一顆心突突作響。

喬卉冷哼了聲，大剌剌地打了個呵欠，嘲弄道：「自己都說得這般不肯定，還想說服誰啊？妳護著凱諾時，不覺得愧對斐恩？醫生盡力不等於傷患該死，不是嗎？」續道：「妳難道沒假設過，如果斐恩沒死，就算妳患了那什麼創傷後壓力症候群，把前事給忘了，斐恩清醒後難道不會來尋妳助妳？如此一來，妳也不用又失憶、又發瘋，整整八年回不了家，吃藥吃到胃都壞了、頭也鈍了，還險些給關進瘋人院。『如果凱諾當時救活了斐恩，我也不會……』這類句子妳保證妳永遠不會用到？永遠不會把這筆帳算到凱諾頭上？」

艾羅急促地呼吸著，怯聲說道：「明明是凱諾拯救了我，而且，那些事……我反正都不記得了……」沉痛地思悟：「是啊，我真糊塗，斐恩要非遭遇不測，必定早和我的家人聯絡，像我憂心如焚地尋他那般尋我，哪可能一聲不響就自行離開倫敦、離開英國，放我一人獨自癡傻了八年？」

喬卉反問道：「是嗎？萬一有天妳想起來了呢？」艾羅答不上話。喬卉雙腿交疊，繼續用毛巾搓著長髮，一面好整以暇地說道：「好吧，就當真如妳所說的好了。但妳確定選了凱諾，一定放得下斐恩？說不定哪天吵架，妳卻要想著，如果當初嫁的是斐恩，才不會為這種事受氣。然後又怪起凱諾沒治好他這事來？」這回艾羅倒是想也沒想，直言道：「我才沒那麼幼稚無聊。」

喬卉漫不在意地笑了笑，道：「尹芳的事妳忘了就算了。但自從妳變回了艾羅，不也繼續給斐恩的事困著？妳難道不怪凱諾為了逃避承認自己的缺失，寧可妳教這事拖垮，也不對妳坦誠，甚至再以保護者的身分讓妳依靠他、感激他？信任感一旦折損了，未來一點風吹草動難保妳都要小心提防著，猜忌他是不是又有事矇騙妳。」

艾羅如遭一記重擊，扶著窗臺，胸口悶痛不已。喬卉不欲罷休，勸道：「艾羅，朋友一場，妳聽我的，妳和凱諾已經不適合。我挖空心思想把妳送回原來的世界，好結束大家的不幸，偏偏妳總是自己跑回來。」語氣雖強勢卻也帶著真誠的擔憂。

艾羅閉上雙眼，喬卉雖然蠻橫直接，她卻不得不承認那些話針針見血。

見她似乎動搖，喬卉乘勝追擊，繼續分析道：「我們再說說凱諾吧，以前尹芳死心塌地地跟著他，現在妳卻是口口聲聲提斐恩。哪個男人受得了自己妻子一天到晚念著初戀情人？何況這人還紀錄了他不願想起的往事。」

艾羅虛弱地說道：「我常提斐恩，是想找他的消息。現在既已真相大白，我自當考慮凱諾的感受。」喬卉道：「妳嘴上不提，心裡也不想嗎？妳不是一直嚷著自己是殺人凶手，妳那些愧責後悔會自動消失嗎？」喬卉犀利的逼問教艾羅愈發難以招架。

喬卉續道：「沒有人比我更了解凱諾，妳是他醫界生涯的污點證人，就算妳打心底明白這不是他的過失。但連這種寬宥都會成為對他的污辱。妳在他眼前晃來晃去，等於無時無刻不提醒著他『失敗』的滋味，這情況下你們要怎麼相處呢？」艾羅緊咬著唇，只想趕快結束這場殘酷的談話。喬卉道：「還有，凱諾的個性，他可以為了妳披荊斬棘，但他絕對受不了不停分分合合，失敗和不確定是他的兩大致命傷，剛好妳全包攬了。妳忽來忽走，無疑是一次又一次地傷害他。」

艾羅道：「之前那樣是因為誤會，我……」喬卉有些不耐煩了，甩下毛巾，雙手環著胸，疾言道：「任妳苦撐，妳和凱諾之間的裂痕再不可能密起。勉強結合是走上一段鋼索上的婚姻，搖搖晃晃，隨時要墜毀。妳看著他，就會勾起斐恩慘死的畫面，以及自己支離破碎的人生。他看著妳，會想起一生飲恨的羞恥之事。說不定演變成紀堯姆和瑪德萊娜，連你們以後生出來的孩子都要長得像斐恩。」

在左拉的《羞恥》（即凱諾用來藏秘那只書盒）一書中，紀堯姆和瑪德萊娜是一對夫妻，而雅克則是紀堯姆的至交兼瑪德萊娜的初戀情人。瑪德萊娜懷孕時，因忘不了雅克，時時惦念著他，導致她和紀堯姆的親生女兒卻貌似雅克。夫婦倆一生躲不開雅克的陰影，終至釀成無法收拾的悲劇。

艾羅倚著窗臺，痛不欲生地按著心口，喃道：「我到底該怎麼辦？」喬卉道：「回家鄉去吧，永遠別再和凱諾互相打擾。」並補充道：「妳放心，我會替妳安撫凱諾，我們從小一塊長大，我最懂得他的脾氣。有我陪著，他不會有事的。」艾羅這才又意識到一開始喬卉要給她的「尹芳新版本」，問道：「妳和凱諾究竟是什麼關係？」

喬卉狡黠笑著，說道：「其實凱諾也沒妳想像的那麼完美，他明著要娶妳，暗地裡卻放不下我。我說他要是真和妳結婚，我就再也不跟他聯絡了，但他說什麼都不肯。」拿起那只相框，緬懷道：「在妳出現之前，我們關係可好得很。凱諾還說過，他會一輩子保護我。」

艾羅搖著頭，說道：「不可能，我絕不相信。」

喬卉把臉湊到她眼前，正色說道：「妳仔細看看我，妳真的不認得我了嗎？哪天妳調出尹芳的記憶來，妳就會知道我說的句句實言。」艾羅探問道：「所以，尹芳也知道凱諾和妳之間的事？」喬卉道：「再明白不過了。」艾羅尖聲說道：「那她還願意和凱諾結婚？」喬卉道：「沒辦法，離開凱諾，她能上哪？但是艾羅，妳不同，妳有選擇不是？」

艾羅難以置信地睜大著眼。喬卉道：「妳不是覺得我的跑車很漂亮，那是凱諾送我的二十一歲生日禮物呢，我還猶豫著，他就簽帳了。還有，妳不奇怪嗎？怎麼我和凱諾三天兩頭出差，日期還不時重疊？」

喬卉精準解得凱諾脾性，且對他過往生活如此熟悉，讓艾羅再不能懷疑他倆的親密。此刻她只覺齷齪而荒唐，提步欲離開這難堪之境。喬卉忽然拿起梳妝臺上的香水，拔開蓋子，朝空中按了下，問道：「妳認得這味道吧？」

幽淡冷斂的木質暗香，艾羅自然立刻辨出那是凱諾慣有的氣味。

到此愛恨都已迷了界，艾羅一心只想逃離這瘋狂而虛偽的人事，奈何喬卉卻攔著她，亂步旋身四處噴灑著手中的香水，頃刻小小房間裡瀰漫著教人窒息的濃膩香氣。艾羅不停搧著手，搧不出一點正常空氣來呼吸。這時門鈴聲頓時響起，喬卉稍一分神，艾羅趁機繞過她衝出了客廳，一時也沒多想，順勢應了門，門一開啟才見來人正是凱諾。艾羅驚慌失措地放開了門把，「啊」地尖叫出聲，退至屋內，一臉寒慄地直瞅著他。

凱諾走進來，神情悽惻地看著艾羅，問道：「妳都知道了？」他整日忙碌，直到近晚才重回辦公室，她已不見人影。桌上留著那只打開的書盒，他心中即有了底，又從護士那得知她上星期亦曾來訪，猜測她其實並未離開過倫敦，便趕到蘭貝斯一尋。

艾羅屏著氣顫聲問道：「真的是你醫死了斐恩？」鼻間麻木的氣味不知是喬卉手巾香水的殘留或者來自他的身上。凱諾閉上眼，點了點頭，臉色相當沉重而落寞。艾羅又問：「你從什麼時候知道我和斐恩的關係的？」凱諾道：「一年多前，我從瑞士回來後，陸續聽醫院同事提起。」

原來當年斐恩和艾羅是分別送往摩里醫院救治的，前後相隔有時，斐恩一直昏迷不覺，而艾羅醒後即失去記憶，沒有人知道兩人實為一道同行。凱諾與尹芳更是在月餘之後才偶然相識，凱諾自不知曉她竟是讓自己引以為憾的那名奧地利傷患的朋友，甚至還曾幾次向她提起對那場手術的痛悔以及對死者的歉意，奈何她那時早已將斐恩遺忘了，只當平時凱諾對她傾吐的話題那般默默聆聽。

去年八月，凱諾出國在即，她卻意外車禍住院，所幸傷勢不重，斟酌再三，他決定按原訂計劃飛往瑞士。她初醒時曾一度兵荒馬亂，護士找了他處理，隨後匆匆聽眾人七嘴八舌言述一陣，未逮她清醒親問，便得啟程，凱諾只好電請華迪姑媽回來照應，又對同事交代囑託。原以為一切安排妥善，回國後她卻已逃逸無蹤。

日後凱諾逐漸由與她接觸過的醫護人員口中片段陳述拼湊——她否認自己是尹芳，否認出車禍，還不停說著大家都聽不懂的身世背景，尤其時時刻刻惦著要找一名出車禍的奧地利男孩，名叫斐恩。

那時凱諾尚不能完全確定心中的猜測。直到半年後她重回倫敦，以「艾羅」的身分正式和他相見。

行程初始艾羅也曾向華迪姑媽問及斐恩之事。華迪姑媽雖略知凱諾有個大手術上敗陣的心結，卻不知詳情經過，更不知斐恩來歷名姓，自也無從相告。

凱諾與艾羅重逢之後，一度相當冷淡，除了本身性情使然，更大的原因是他實不知該如何面對她、如何向她坦言此事，聽得華迪姑媽說起艾羅正積極找尋斐恩下落，凱諾內心愈發掙扎不定。曾想過就此分手，一了百了，卻每每割捨不下，情不自禁地探問她的動靜、關心她的作息，一次又一次暗中照顧她的生活，見了面卻只能漠然相對。

後來狀況失控，兩人再度陷入情網。凱諾明知若要相處，他非得對她坦誠此事不可，但正如喬卉所言，他亦有那番顧慮。他深知一切真相揭曉後即是兩人感情破滅之端，幾回欲言又止，話到嘴邊總硬生生收回，以貪得一時片刻同心。另一方面，凱諾亦擔心她要是知道斐恩死訊，對她的宿疾勢必又是一場嚴酷的考驗。尹芳當年是如何歷煉的，艾羅忘了，凱諾可是牢牢記得，他確實不能不憂懼將再次推她入地獄的風險。而艾羅雖曾略提過斐恩，她只當凱諾毫不知情，因此也從未直言相詢，便讓凱諾虛聲應過了。

約莫一個月前——即兩人上回見面，艾羅因與麥緹談話，誤解琴醫生不存在，由醫院傍徨離開那日——凱諾原已下定決心並帶著書盒幾次尋來，最後卻遇喬卉攪局相欺，無功而返。一別多時，他當她真回了家鄉，苦無音訊，只得拖著。

而凱諾把證據放在她偶然造訪的辦公室開放之處，確實想過讓她自行發覺。他雖善藏私，但不屬埋贓之性，從前掩著秘密總深感不安，事件揭了底，就某層面反教他如釋重負。凱諾道：「我特地把那只書盒從家裡帶到辦公室，就是想找機會跟妳解釋，卻總是說不出口。」

艾羅臉色慘白，氣不暇接地哽咽道：「你好殘忍，你明知道這件事幾乎悠關著我的生死，卻不肯說……」話到半途眼淚已滴滴直下，一個踉蹌幾欲暈厥。凱諾當即出手相扶，緊緊抓著她臂膀，重重說道：「對不起！」

艾羅淚眼迷濛地看著凱諾，他似比從前憔悴不少，清癯的臉上稜線更顯分明，深邃而雋永的雙眼此刻盡是困挫與哀傷。她想起琴醫生的話來，竟是一陣難解的相憐和心疼。當下過往的甜苦雜沓，他對她的呵護關懷全數湧出，而他真誠的歉語直教她心碎痛楚，心一軟就要原諒了他。

此時喬卉已穿好衣服，走出客廳。她站在一端清清嗓，好叫醒正共同沉浸於悲傷之中的凱諾和艾羅。

二人同時回過頭去，艾羅還未及反應，卻是凱諾訝然奇異地瞅著眼，問道：「喬卉？妳怎會在這裡？」

艾羅聽他叫著喬卉的名字竟如此慣熟，這才憶起剛才在喬卉房裡發生之事。

喬卉隨興一笑，走了過來，挽過凱諾原本扶著艾羅的手，輕媚流轉地嗲道：「走吧，到我房間，我慢慢告訴你。」向艾羅瞟了一眼，眉目之間充滿得意勝態。

凱諾仍陷於一團迷霧之中，他看看艾羅，只見她先時的悽愴又添上了悲憤與鄙夷，沉著臉冷冷問道：「你到底還有多少事情瞞著我？」凱諾道：「我……」一時無言相告。艾羅見他答不上話，手臂任由喬卉勾搭，一切已不證自明。她咬咬牙，轉身奪門離去。凱諾正要追上，卻教喬卉強行挽住，並大聲遏阻道：「你去哪？留下來陪我！」

冷風侵骨，百草摧折。艾羅匆匆轉身，立即意識到她外套還遺在房裡。身上單衣不抵迫寒，沒走幾步，她連心臟都要給凍僵了，明明夜色深重，眼前卻一陣陣閃過飄浮白景，但憶及方才在公寓裡經歷之事，寧可路旁凍死了也不願折返。

艾羅縮著身子，彎腰駝背蹇蹇而行，天地之間，風霜塵雪拂衣刮面。

斐恩死了，亞勒和凱諾相繼背叛，她所信所愛之人原來皆屬敵黨，埋伏她左右，聽任喬卉隨時調兵遣將。她但覺窮途末路、四面楚歌。她步伐蹣跚地走著，想起喬卉說過，最大喜感莫過於潛隱幕後，靜看螳螂捕蟬，此刻她才翻然領悟了這一則隱喻。

這是一場死局。艾羅萬念俱灰地走上石橋，摸著護欄踉蹌地來到河流中央。暗夜裡河水陰冥，波瀾推移之聲如困獸低吼。

艾羅俯身凝望著那詭譎幽窈的絕境。想著，人生說來也不是全無徵兆，她早該意識命運予她的兩次明示——她需要的是真正的失憶，真正的淘毀銷蝕，而不是追蹤摸索、於箴言讒語間纏夾不清、為考證生平歷史受盡愚弄擺佈。腳下正是勒忒之泉（注），遺忘的入口即是絕望的出口，平靜安息，任蒼穹昊昊、黃沙滾滾將再也與她無關。她決定，那些虛虛實實、迷離莫測的華麗劇情就留給喬卉，或者其他以此為樂的人繼續搬演，至於她，她要謝幕退場了。

正自鐵了心，隱約聽聞遠處有人喚著她名字——那個即將除戶的名字——艾羅面無表情地緩緩回身，浩瀚夜空裡似見凱諾隨著飛降的雪片紛亂而來。她眼前升起一幕蜃景，多少年前，在那個同是耶誕前夕的飄雪之夜，那一身黑衣黑帽、屹立於琴醫生家門之外的男子，只因那幅素描他冒雪前來探看孤苦無依的她……

凱諾急切地四下張望，腳步不敢絲毫停歇，隱約看見石橋上的身影，他加快速度往前跑去。艾羅恍恍怔望，他疾奔的姿態和當年屹立門外那幕影像不停疊映切換，一次次離她愈來愈近。她辨不清真幻，忽而覺得這樣的結局安排也算不錯，背後河水吒歎如雷，聲聲催喚，她知道不該再拖延。

凱諾已踏上石橋，高聲說道：「喬卉是我妹妹——」

北風颯颯，一群寒鴉嘎嘎飛過，如嘹喨葬儀之樂音。艾羅只見他口裡白煙吞吐，她彎起左膝，以腳跟踩上石欄中央懸接的鏤雕，於心中道別：「凱諾，你送我到這裡就好。」以此為結界，生死之線一道劃開，任誰都不再能干預誰的場域。一切業障歸她帶走，讓她一人去給斐恩償命，所有愛恨情仇一筆勾銷，留下的人從這一刻起不用再背負任何罪孽。

艾羅踩上鏤雕，向後仰跌。街道。禿枝。熄滅的路燈。河岸古蹟建築。凱諾震驚的臉。灰雲。白霧。降雪的黑窿……迅速以各種角度抹過她面前。她身子凌空、下墜，一段段細碎零雜瑣事閃滅。疾風呼嘯，她髮散衣翩，加速掠過那拱形橋墩，筆直穿透河面激起一陣水花。

河水密起，繼續以穩妥流速悠悠推移。水面之下暗流凶險，她不斷向河底下沉，寒冰濩落襲捲而來，如千萬把凌厲刀刃絞裂她皮肉骨骸，剁碎她每根神經。

終於，她在這極限的凜冽中失去了所有知覺。

＊注：希臘神話中，位於波俄亞提的特羅服尼俄斯洞附近有兩口名泉：一為謨涅摩敘泉，即「記憶之泉」。一為勒特之泉，即「遺忘之泉」。

13

失去雙親那年，凱諾十一歲，喬卉年僅五歲。華迪姑媽接獲惡耗，前往料理後事，將這對頓失怙恃的兄妹攜回英國撫養。

面對喪親之痛，性情原已相當內斂的凱諾日益沉默；而年紀尚幼的喬卉則對這突來的遽變毫無抵禦能力，在陌生環境中磕跌碰撞讓她逐漸以浮誇華麗的叛逆自我防衛。兄妹倆一冷一熱、一收一放，外人摸不透的心思他倆卻如血脈相連、靈犀相通，只有在彼此面前才能昭揭脆弱，肆意悼忌傷痛，真心相憐。

華迪姑媽竭心盡力想彌補他們家庭溫暖，但喬卉對於這種蓄意隱藏悲傷、迎造美好假象的行徑厭惡不已。每當華迪姑媽笑嬉嬉地對他們說話，指著一桌豐盛菜餚逐項介紹，喬卉心想：「我剛死了父母，正好教妳擺宴慶祝嗎？」她看著華迪姑媽為她佈置的粉紅色床單窗簾，一室娃娃布偶，咬牙切齒地慍道：「她真把我當成寵物了！」凱諾道：「妳總得告訴她妳要什麼。」喬卉道：「沒有用，有些人就是聽到你得了絕症、全家死光，還要教你閉上眼睛想像碧海藍天、世界和平，說些渾話嘔死你，還自以為很激勵人心。」凱諾道：「妳不試試怎知道？」喬卉道：「我證明給你看。」

為了避免勾起孩子創痛，華迪姑媽絕口不提他們父母亡故的慘事。喬卉便刻意去問，華迪姑媽笑道：「爸爸媽媽變成天使守護著我們呢。」說著伸出雙手，比出翅膀的姿態，喬卉對此深惡痛絕，私下回了凱諾：「看吧，真是可笑，不但有碧海藍天，還加贈天使呢！」接著撕心裂腑地痛哭起來。

華迪姑媽丈夫早逝，膝下無子，得了凱諾和喬卉這對出色的孩子，好生欣慰得意，不時對人說起。舉凡穿衣飲食、學校課業，都成她茶餘飯後中心話題。除此之外還硬愛拍照作成相本，親朋好友來訪時好順勢分享一番。

喬卉冷眼看著那些朗朗笑談，心道：「好一群矯情的善男信女。」某日撿來了一本三流雜誌，從中剪下許多淫穢不堪的春光圖偷偷和相本裡的照片調了包。等下回華迪姑媽又要向人炫耀時，拉著凱諾躲在一旁靜候好戲登場。果然相本一翻開立即驚動四座。來客有的假裝咳嗽忍笑，有的起身推說上洗手間，有的呆著不知所措。喬卉永遠也忘不了華迪姑媽當下那尷尬困窘的表情，從此再不敢隨手一抽胡亂獻寶。

喬卉拍手笑彎了身，說道：「總算出了口怨氣。」凱諾道：「妳也真是胡鬧。」喬卉道：「是嗎？比把我們父母變成天使胡鬧嗎？」凱諾沒再多言。喬卉知道，凱諾其實也討厭讓人這麼品頭論足。她知道他們是一國的。

隨年齡增長，喬卉隱約明白華迪姑媽私自垂淚，在他們面前只言歡樂的苦心，但她就是不能適應這種故作溫馨的表象，更無法忍受華迪姑媽老把他人生活瑣事當聊天話題的習性，尤其逢年過節還得以孤兒的身分偽裝得幸福洋溢，與人道賀寒暄。

對喬卉而言，她只想依著情緒對親信之人大哭大笑，一味盲目的樂觀令她憎恨，不分親疏遠近的熱絡直教她瘋狂，因此到了中學時，即主動提出住校就讀的要求。當時凱諾已成年搬出華迪姑媽家自立，喬卉更不願一個人留在那裡。

喬卉雖然經常放縱無禮，華迪姑媽卻寬憐她年幼遭厄，始終認作女兒，自不肯讓她隨意離開，一番堅持爭鬧下，才終於忍痛妥協。

喬卉進入布里斯托爾一家女子中學住校就讀。異地求學孤獨聊賴，大半時間都在學校過著規律嚴格的群體生活。喬卉表面上和同學嬉嬉哈哈，談論餐廳菜色、流行資訊、苛毒地批評老師，或領頭起鬨、搞小圈圈結黨排孤，或聽著誰又愛上鄰校男生，有門不走，偏要攀著圍牆偷渡情書等流言。一回身卻嘆氣嘲笑著：「我的天！一堆不識疾苦的幼稚鬼，自以為在演羅密歐與茱麗葉嗎？」眾醉獨醒、群濁獨清的傲慢讓她倍覺心境上孤立絕緣。而幼時在華迪姑媽粉飾太平的耳濡目染下，竟練就一身八面玲瓏的本事。

那時喬卉唯一的期待，便是偶爾放假時凱諾來訪，將她由那龍蛇雜處的濁境提領出去。兄妹倆沿著大街小巷四處遊賞，如同幼時在家鄉美景間攜著手玩耍流浪，時而他們父母也追上來參與著輕談笑語，那一沙一世界的快樂。

喬卉自幼聰明伶俐，且生得明眸皓齒，長大後愈是出類拔萃。在那個個出身不凡的女子中學裡，她不似其他人有著家庭的光環，但各項學業優異超群，容貌艷冠群芳，加上世故狡黠，在同性間竟也極少遭妒，人緣奇佳，於校外異性更是人人夢寐以求的仙偶。

縱然眾星拱月，在喬卉心裡，卻直把凱諾當作典範標竿。同年齡的男孩子大半幼稚膚淺，高檔中學生活圈集三千寵愛於一身、不食人間煙火的公子哥兒占了一定比率，舞會聯誼上盡是譁眾取寵的炫富弄俗，在喬卉看來簡直丟人現眼、醜態百出。她個性上有個很矛盾的癥結，一方面鄙視裝腔作勢之徒，一方面卻把偽裝說謊當作自衛的本領，她像隻變色龍那般隨境敷衍，內心卻渴求遇上了相融之景，既得安全又不需變裝。

如此複雜難纏、定規設限讓喬卉在情路上失望透頂。舌燦蓮花者她一眼看穿，不道破地留著擺佈利用，厭煩即丟。大部分帶著幾分誠意投入者，見了她驕縱拔扈本性立即落荒而逃。偶爾有挾真心而來者，卻給她故意出招考驗，重重嚴苛怪異關卡下宣判出局。她不時想著：「為什麼全天下只有一個凱諾，偏偏是我親哥哥！」而她總之無心，朝秦暮楚感嘆真愛難覓，但從不為此傷神憔悴。

一日喬卉參加了凱諾的大學畢業典禮，嘉洛正好以校友身分受邀致辭，兩人因而相識。嘉洛個性溫文保守，即使心中傾慕，僅止關懷問候，從未有驚人之舉，因此根本不教喬卉瞧在眼裡。

當時嘉洛雖已是個前途看好的腦科醫生，站在喬卉那一群千奇百怪的追求者中卻顯得平淡無奇。喬卉心想：「此人不高不矮、不胖不瘦、不俊不醜、不冷不熱，真是集天下無趣之大成。唯一可取之處大概就是和凱諾同行，都是醫生應該會有些共通點吧。」初始只是抱著這個想法，忙著從嘉洛身上尋找她期望的特質，卻很快地敗興而返。

原以為只要比照其他獵艷之徒辦理，擱得久了自然就散了，但幾年下來過客匆匆來往，卻只嘉洛一人守在那裡不進不退，無論她怎麼張牙舞爪他都能淡然處之。她傷心時他悶不吭聲地遞上紙巾，時而嘮嘮叨叨地在一旁好言勸慰，儘管她真正想要的是一個熱烈的擁抱。

喬卉對嘉洛這種平板溫吞的脾性又厭煩又依賴，無形之中把他設成自己感情的末道防線。嘉洛雖癡迷喬卉，卻不於公事上護短，幾次喬卉想為凱諾審核伴侶，前來找他索討尹芳的病歷時，嘉洛立即以病患隱私為由嚴正拒絕，令喬卉好生下不了臺，與他賭氣多時仍不見效。後來凱諾於金達爾醫院就職，一年後嘉洛跟著轉來，喬卉憑著時機、言談推猜嘉洛好像是因為她有時會到醫院找凱諾，欲增添與她見面的機會才特地換到凱諾赴任的醫院，偏偏他打死不認，喬卉一時的感動只得因此作罷，不了了之。

由於喬卉一向把凱諾預設為完美人格的最高標準，對他未來伴侶自然另訂一套相對法則。中學時只要聽同學提起：「妳哥哥好帥，下回約出來一道玩。」她當即臉色遽變，心道：「憑妳這等庸脂俗粉，給凱諾提鞋都不配。」從此把那人認作妖魔鬼怪，深深痛恨著。

偶爾她於媒體上看到哪個才貌雙冠的名人女星，想著：「至少得要有這等級才堪配凱諾。」少晌那女星張嘴打個飽嗝，她立刻冷下，又將此人認作妖魔鬼怪，覺得愈看愈不順眼了。

可想而知，當喬卉得知凱諾竟與一名貌不驚人的精神病患相戀，還因此落得丟官棄職時該有多驚訝憤怒，當下校規也不守了，蹺課由布里斯托爾飛奔倫敦，直搗華迪姑媽家。自搬出之後她從不曾再回過這屋子。

那日華迪姑媽照例一早就到書店去，尹芳獨自在家，開了門，喬卉來勢洶洶，劈頭質問她憑什麼勾引凱諾，連篇污衊罵辭，教尹芳瞬間成了天下第一等鮮恥的女人。

其時已是凱諾離職數月之後。凱諾深知喬卉之性，這事要讓她知道了非鬧得雞犬不寧不可，索性一直瞞著。可惜紙不能包火，喬卉還是在一次致電醫院找不到凱諾時得知他離職一事，立刻明查暗訪翻出了自尹芳搬進華迪姑媽家後種種事蹟經過。

喬卉罵了好半天，面紅耳赤，氣喘吁吁。尹芳卻是杵在那，眼神茫然，如聽著成篇陌生的閃族語，全然不受激怒，一句話也不反駁，這教喬卉更加氣急敗壞，尖聲問道：「妳為什麼要毀了凱諾？他和妳有仇嗎？」憶及自小與凱諾聊起未來夢想的情景，喬卉更覺心疼而憤怒。

尹芳蹙了眉，欲言又止，只幽幽地嘆了口氣。喬卉瞇著眼半認真半嘲弄地問道：「妳到底會不會說話呀？我聽說妳是個瘋子，怎沒人告訴我妳還是個啞吧？」尹芳咬著唇，依然沉默著。喬卉冷哼了聲，鄙夷地說道：「我看妳根本在裝瘋賣傻吧，妳真的失憶嗎？還是只是藉此逃避過去的醜事？」

尹芳微微一震，想起嘉洛醫生也說過類似的話，霎時對自己過往究竟發生過什麼難以面對之事不由害怕起來，只覺胸口隱隱作痛，氣息開始調不過來。喬卉見她面色慘淡，心下得意不已，想道：「總算讓我找著妳的弱點了。」趕緊趁機添油加醋，昂頭說道：「我聽說呀，妳那什麼創傷壓力症候的通常是受了重大刺激引起，一大堆女生給人強暴以後就失憶了，因為她們不願面對這等恐怖噁心的經歷。」和嘉洛來往，喬卉多少聽得一些心理學專名，使望文生義自行拿來瞎編胡扯。

尹芳漸覺全身麻顫，頭暈目眩。失憶一事是她的死穴，空白無知已教她跼促不安，若得他人肆意挑唆，縱使是再荒誕不經之言都可能將她擊倒，何況喬卉說的也非全然空穴來風。她摸著沙發，舉步艱難地想到廚房找水和藥服下，喬卉見她轉身要走，舉起手用力拍著電視櫃，把整個客廳拍得砰砰作響，一面加補一刀，自她背後大聲說道：「妳八成是給妳親爺爺迷姦了，順便還傳染了他的老年癡呆症，才這般又瘋又傻……」

話未說完，尹芳心一痙攣整個人委倒於地，摔落之時額頭撞上了沙發邊桌桌角。她躺在地上，一手按著頭，一手扶著心口困難地呼吸著，鮮血由她指縫竄湧出，染得滿手滿臉，她像個厲鬼般面如死灰地瞪著喬卉。喬卉原不知輕重，當下怔住，一時間竟不知所措。好一會兒，才拿起電話急急撥到凱諾家，尖叫道：「你快點過來……」一面將話筒丟到尹芳頭邊，讓凱諾聽得那哭喘聲得知地點，旋即慌慌張張奪門而逃了。

凱諾趕到時，喬卉早不見人影，而尹芳則已暈厥片晌。她頭上撞出了一個深可見骨的窟窿，一番急救，縫了十來針情況總算穩住。那傷口雖深，正巧在額邊髮際，拆線後疤痕藏在頭髮裡，以指尖觸摸才找得到。

原本尹芳因為自己累得凱諾離職一事已深深自責，病情每下愈況，數月調息終得慢慢平穩下來，現經喬卉一鬧，惡言狠語如滔滔洪水，三兩下就把辛苦砌築的堤防衝垮。而這些話亦成了尹芳日後最大的陰霾，即使後來她停診戒藥了，偶爾憶起那日情景，茫茫憂懼著喬卉所言會不會正與自己遭遇吻合。想著總不免一陣心悸，伸出雙手發現十指仍不停顫抖著，連一只水杯也拿不住，胃裡翻騰扭絞，好不難受，她趕緊轉移注意力不去猜想失憶的原因。

尹芳甦醒後，事情雖有驚無險地落幕，凱諾和喬卉的兄妹之情卻從此變了調。凱諾不願相信，也不能接受自己的妹妹竟然這般狠毒。從前她雖刁鑽古怪，常使些小手段捉弄他人，還不至於闖出大禍來。

喬卉苦著臉委屈地辯解道：「我不是故意的嘛！你想想看，我要是真夠陰狠，何必打電話讓你來救她？」凱諾道：「妳隨便打了電話就跑掉，當時我若沒能聽辨，後果誰來負責？」憶及尹芳血流滿面，氣息欲絕地靜臥於地，大門還敞開著，凱諾但覺餘悸猶存，扎扎實實地捏出把冷汗，又把喬卉說了一頓。

喬卉恨恨地咬了咬牙，說道：「早知道我連電話也不打，來個死無對證，你這會兒還知道要到這裡來罵我嗎？」凱諾聽得此番歹毒之言，心中一凜，厲聲問道：「妳知不知道自己在說什麼？我當醫生一心救人，我的妹妹卻視人命如草芥？」喬卉倔強地頂道：「你早就不是醫生了！」見凱諾臉上掠過愁悒，喬卉自悔失言，轉移話題說道：「我……我哪知道會這等嚴重，不過隨便和她聊幾句，要死要活的。唉唉，果然是瘋子少惹為妙！」凱諾既心痛又憤怒，責問道：「妳到底跟她說了什麼？」

喬卉心虛地乾笑幾聲，撒賴道：「別這麼好奇嘛！總之她也沒死，你還想怎樣？」說著就要上前去挽凱諾的手，像平常那般和他親近，凱諾卻抽臂閃開，嚴峻地瞅著她，鄭重說道：「我要妳向尹芳道歉，直到她原諒妳為止。」喬卉表情彷彿聽聞一則荒誕的笑話，怔在那裡，久久才以怪異的聲調爆出話來，喊道：「你休想！」

兩方各自堅持，情勢凝成僵局。從來相知相惜的兄妹情誼一夕破裂，誰都不欲讓步。

對於凱諾，尹芳受傷已令他惋憐難受，喬卉成了這等蛇蠍心腸亦教他痛心疾首。情人和妹妹兩邊失守，工作理想也丟了，人生簡直一敗塗地。原以為不作醫生還能好好守著尹芳，讓她安穩養病，結果她卻差點被他自幼發願保護的妹妹害死。

其實凱諾多少看出喬卉藉馳騁口舌以掩飾肇禍的恐懼，但她如此蠻橫，險些鬧出人命竟連一聲道歉也不肯，還盡說輕率的風涼話。凱諾鐵了心，這回她若不痛改前非，取得尹芳的諒解，他說什麼也不能再縱容她。

而喬卉見凱諾如此絕決，以往兄妹偶爾小吵，只要她撒撒嬌兩人立即言歸於好，多大的過錯凱諾從不和她較真，這次卻為一個外人拒絕了她，反倒把原本還存著的一丁點猶豫全數略下。心裡怨著：「我怎這麼倒楣，明明她自己愛跌倒撞傷，我可碰都沒碰她一下，還救她一命呢。弄得頭破血流就了不起嗎？分明在使苦肉計！」一個歪曲念頭想久了，很容易信為真理。喬卉在不斷自我催眠下，愈發覺得自己無辜冤枉，何況她對尹芳原本就有著高高在上的優越感，道歉一事正是「免談」。

冷戰了幾個月，適逢喬卉中學畢業，她原想藉此機會和凱諾和好。事情過這麼久了，想來他應該已經氣消，哪料到他竟連她的畢業典禮也缺席，喬卉一個人孤伶伶地看著同學個個攜家帶眷，四處拍照應酬，而她卻只能獨自坐在偌大禮堂面對人群穿梭，忍淚回應偶爾過來探問兩句的朋友及其家人。

喬卉為此傷透了心，決定使出殺手鐧看看凱諾是不是真的不要她了。

其時她正好成年，繼承了半數遺產。她開始著手申請澳洲的大學，準備回到幼時居住的房子重建家園，心中卻想著凱諾必定出言相留，或者至少關心她此舉的詳情計劃。只要他開口，話題一開，長期的針鋒相對便有緩轉的希望，屆時她自當隨便找個理由改變心意留下，兩人一旦和好了，她是不怕在他面前要賴示弱的。

這招以退為進喬卉十分把握，凱諾怎可能不聞不問地讓唯一的妹妹遠渡重洋，隻身流落於外。待到申請的學校陸續寄來入學許可，喬卉迫不及待地拿著那些邀請函去找凱諾，明著是前來道別，暗裡卻別有用心。

聽到喬卉要離開的消息，凱諾果然為之動容，差一點要說出關心的話來。但想及那日怵目驚心的失血場面，以及當時的決心，又強忍住，只淡淡地說道：「看是何時的飛機，再跟我說一聲。」

計策失敗，喬卉一出了凱諾的家門當即沿途痛哭起來。自憐著：「我真的成孤兒了……」臉上流著淚，心也跟著淌血。失望灰心之下，乾脆假戲真演。總之凱諾不要她了，她要自我流放，隔著千山萬水至少還能在山水之外想像他也正掛念著自己，只怪路途遙遠不能照應。

喬卉去了澳洲之後，初始一年仍與凱諾維持著先時冷漠關係。她認定凱諾拋棄了她，對她不再存著兄妹情份，不願自作多情與他聯絡，整整一年連一通電話也不曾打過。對於喬卉的斷音絕信，凱諾自是憂心不已，動用一切人脈以確認她在異地是否平安，臺面上卻分毫不教她知曉。平時報刊電視看到澳洲相關報導，總特別留意，街上偶然瞥見姿態與喬卉幾分類似者，難免愁眉不展，不時掙扎自問：「我這麼做到底是對是錯？」想起自己還有尹芳和華迪姑媽相伴，喬卉卻連一個親人也沒有，想起昔日兩人共度的時光，不禁愈感迷惘而煩鬱。但當尹芳不忍見他困愁，主動勸他去找喬卉時，他卻立即斷然回絕了。

一年之後，喬卉首先忍不住。一次半夜裡又因深刻的孤絕感而失眠，她爬起摸黑打了越洋電話回英國，歇斯底里地哭道：「你打算要處罰我到什麼時候？你有人陪了，再不屑理我了是不是，我也一頭撞死你會不會來替我收屍……」她情緒崩潰，泣不成聲。凱諾嘆口氣，說道：「決定權在妳，妳要不要道歉自己看著辦。」

不久，尹芳收到一封寄自澳洲的國際函件，以高檔的正式信封封緘，收信人抬頭稱謂為鋼筆正楷書寫，各欄位無一馬虎，並以昂貴郵資最安全迅速項目投遞。拆開一看，裡頭一張珠光信箋整齊摺疊，其上字跡刻劃工整，寫著：

〈道歉啟事〉

給親爺爺最愛的親奶奶：小妹先時年幼無知，妄言冒犯，罪該萬死。盼您貴人多忘事，不「記」前嫌，銷案赦免。千恩萬謝，喬卉叩首。

字字句句含沙射影。尹芳讀著，恍若重回斯情斯景，她抬手觸摸髮際上微微凹陷的疤痕，忽覺傷口瞬間又要裂將開來。她慌亂地摺回信紙，塞入信封，起身從抽屜裡取出抗焦慮藥物囫圇吞下，閉上眼等待一陣震盪過去。

隔日見到凱諾時，尹芳對他說道：「你快跟喬卉聯絡吧，她向我道歉了。」凱諾半信半疑，問道：「真的？」尹芳拿出那只信封作證。凱諾見喬卉以如此嚴謹的形式勇於對犯下的過錯負責，自是欣慰不已，心想這一年多來的堅持總算沒有白費；但顧慮尹芳的心情，也不好張揚喜色，誠摯說道：「縱使她道了歉，仍要妳點頭才算數。」又道：「我知道她傷妳很深，妳就算一輩子不能釋懷，我也一直會在妳這邊。」

尹芳好生無奈地說：「只要別再教我見著她的臉，不要在我面前提起她來，其他的便是你們兄妹之間的事。」尹芳深知，若要與喬卉井水不犯河水，這是唯一的辦法，否則喬卉往後仍會為了凱諾繼續對她頻出怪招。她對喬卉有著很深的恐懼和陰影，只盼能遠遠躲開，永不交集。

而喬卉則想，定是先時惡言相向的內容太羞辱，尹芳再怎麼與凱諾親密，也難對他啟齒，推測她這回應該也不會拿著信去告狀，於是姑且一試。此法若奏效，既能不必低頭且教尹芳知難而退，還能重拾凱諾的關懷信任。沒想到一舉成功。

自此凱諾和喬卉又開始斷續聯絡，隔著赤道與季節逐漸修復兄妹情誼。凱諾遵守約定，若不是非說不可的大事——比方幾次他要上澳洲探訪喬卉——平時絕口不在尹芳面前提起喬卉的名字及其相關事蹟。

喬卉自從見識了凱諾扎實的上乘冷戰功夫，並於其中吃足苦頭，不敢在破冰之後輕易造次。雖然仍對尹芳多所不滿，認為她高攀凱諾，但拖了年餘的道歉事件讓喬卉清楚明白了尹芳對於凱諾的重要性與影響力，知道此人不可小覷，不可再一味以凱諾唯一妹妹的身分輕敵。因此日後縱想離間，僅於指桑罵槐、點到為止，察覺凱諾稍有不悅之色立即乖乖閉嘴，免得再度失了他的心。時而不平地想著：「我樣樣比她強，怎就沒一個如凱諾般像樣的人愛我！」而那些微詞讒語分毫動搖不了凱諾對尹芳的情意，自不必多提。

如此幾年下來倒也相安無事。尹芳和喬卉在不同時域裡各自過著平行的生活，凱諾平時與尹芳相守，偶爾才飛到另一個半球短暫看訪喬卉。

喬卉大學畢業後，順利進入了職場。她原本即聰明敏捷，幾年隻身單打獨鬥的留學生涯讓她城府謀略日益深穩。內心憤世嫉俗，自命非凡，形於外的卻是長袖善舞帶點遺世笑傲的新鮮。實力加上手腕，喬卉短短數年事業成績扶搖直上，成為一名國際級的服裝設計師。人前出盡風頭，散場卸了妝卻倍感空虛乏味，總自忖：「若有個人像凱諾對待尹芳那樣待我，我必以最脆弱的赤心相報。從此做個迷糊天真的女人。吃虧受傷也無所謂。」夜闌人靜不由淚流滿面。

她離開澳洲，在歐洲各國間來來往往，每回回英國時總要想盡辦法與凱諾見上一面。此時凱諾已重拾舊業，進入金達爾醫院任職，兄妹倆於自各戰場拼打天下，行程難調，雖距離縮減了，還是聚少離多。

至於尹芳，這一切倒與從前無異。凱諾仍恪守舊規，把「喬卉」設為他們之間的禁忌話題，無法分毫干擾她的世界、重啟她的傷痛。喬卉正如徹底消失了，尹芳甚至對她這些年去向一無所知。對於凱諾這般周全的保護，尹芳心中自是感念不已，她知道自己和喬卉同是凱諾最在意之人，曾想過有朝一日別再讓他於她們之間苦藏。但事隔多年，她試著回憶喬卉的臉，那惡言譏笑仍遠遠超出她能力所及的負荷範圍。那是個她過不去的關卡，尤其她還在失憶狀態，喬卉之語殺傷力絲毫不減當年。若真見了面，喬卉又說出不堪的話來，她該如何是好？想著已不由地恐慌，忙止住思考，免得心下還要掀起一陣風浪，也辜負凱諾處處替她遮擋的用心。

這正是喬卉對艾羅說的：「明著要娶妳，背地裡卻放不下我。」暗語的真彰了。

凱諾和尹芳訂婚以後，某日，喬卉忽然拿了幾張婚紗草稿給凱諾，說道：「你看，這是我特地挑燈夜戰為尹芳設計的嫁衣，你幫我拿給她選，好不好？」以前喬卉總對尹芳多有微詞，這會突來示好，讓凱諾一時間不知如何反應。

其實喬卉此舉，純粹是為討好凱諾。過去還抱著他倆說不定有一天會分手的希望，多少挑撥。現下走到這步，她只得改變戰略，盤算著：「凱諾吃那套苦情記。我如果假意送禮，尹芳必定拒絕，屆時情勢看來便是她強我弱。男人最是同情弱者，說不定凱諾因此覺得她小心眼，事情過六、七年還在斤斤計較呢。」

凱諾疑惑地問：「妳怎突然要和她修好？」喬卉笑道：「唉呀，以後就是一家子了，總不能再像陌生人一樣避不見面吧。」凱諾道：「不行，除非她主動要求見妳。」喬卉嘔氣想著：「好哇！妳真當自己女王陛下，見面還得要奏請恩准？」一面打哈哈陪笑道：「你替我打先鋒獻上誠意，美言幾句嘛！」說著硬把那些畫稿塞給了凱諾。

凱諾攜回畫稿，隨手擱在桌旁，還未想到該如何處理。不久尹芳進來，他未及收下，她已然瞥見，順勢翻看一回，問道：「這都是喬卉畫的？」紙張下角有著簽名。凱諾點頭。這多年第一次聽她重提喬卉名字，他心中仍有著很深的歉意和擔憂。每當偶然觸及她髮間疤痕，他噙淚虔心親吻，一如舐傷之痛，教他心碎。

尹芳問道：「她……托你傳話給我嗎？」凱諾道：「她請妳挑選婚紗。」尹芳放下圖稿，面白如紙，虛弱地笑了笑，說道：「我改天再選。」說罷自去。

翌晨天剛亮，凱諾即找尹芳，握著她的手，說道：「我把圖還回去了，我說我們有自己的計劃，不勞她費心了。」

尹芳聽了，既感動又心疼，想道：「他這般顧慮我，我再不為他設想，也太自私。也許喬卉那時真是年幼無知才口出妄言。現在大家都長大了，成熟了，只要她別再拿失憶的事譏諷我，我自當練習面對她。」於是說道：「你邀請她來參加婚禮吧，我不要你有遺憾。」

凱諾乍聽之下甚是歡喜，但旋即明白尹芳的用心和權衡。喬卉這些年來性情日益乖僻張狂，雖然總在他面前裝得率真，凱諾卻深解其底性。他知道喬卉對尹芳始終抱著敵意，一言一行都有侵略性的引伸暗意，言談之中聽不出對當年之事有所悔悟，凱諾有時甚至懷疑道歉一事的真假。

其實尹芳沒要求他與喬卉徹底斷絕聯絡，已是相當貼心與寬容，雖然血緣關係難斷，凱諾至今仍無法徹底原諒喬卉當年之過，兄妹感情早已變質，他對喬卉存著父母亡故下的長兄責任，不再是從前的知心相契，自然也不奢望尹芳和解。喬卉曾讓他差點兒失去尹芳，加上日後還時時不忘搧弄，她現身他倆婚禮實有違和，若因此影響尹芳的心情，才真是終生憾事。想著，那喜悅之情一閃而逝，取而代之的是深思熟慮後的斟酌，說道：「這件事還是以後再說吧。」

＊　＊　＊

墜河的剎那，艾羅腦中飛逝而過一截截人生風景。她自幼成長的家鄉。親人朋友。快樂的童年。無憂無慮的青春……乃至倫敦目睹斐恩車禍之後，以摩里醫院為起點的八年歲月。包括了醫院冷漠的泥牆。消毒藥水氣味。機器運作聲。眼淚。同房間臨寢病人的咒罵聲。琴醫生家中格局。在病歷表簽上「尹芳」一名。嘉洛醫生的診間。巨型玻璃牆大廳。兵凳和咖啡機。護唇膏。疾病與藥物帶來的痛楚。後院鞦韆。蠶繭鎖環。華迪姑媽的書店。海涅詩集。第一次陪同凱諾出席醫生酒宴。訂婚。車禍再度失憶。在金達爾醫院種種離奇經歷。那名詭異護士——即後來化身她室友的喬卉，凱諾的妹妹。以及分別以尹芳和艾羅的身分兩度閱覽的那疊婚紗圖稿、那則新聞。

尹芳和凱諾開始為結婚事宜而忙碌，兩人攜著手一同選婚戒、試婚紗、規劃婚禮排場和未來憧憬。

這日，正是凱諾赴瑞士出差前一天，早上仍與尹芳四處張羅婚禮項目。回到家用過簡單的午餐之後，兩人接著來到凱諾的書房裡，拿出一整個早上收集的多項方案，逐一討論著繁複瑣碎的細節。一路風塵僕僕走來，這會的繁文縟節反倒成了輕巧而甜蜜的點綴，毫不令人厭煩。

一晌，凱諾書桌旁的電話鈴響。他接起，說談幾句後即掛上話筒，匆匆說道：「醫院臨時有點事，我得過去一趟。」一面收拾著東西，由書櫃抽了個檔案匣，出房下樓。

尹芳送他至門口，囑道：「開車小心。」凱諾應了聲，道：「等我回來。」在她臉頰上輕輕一吻，快步向車庫走去。

目送凱諾的車揚長而去，尹芳關上大門，回到書房動手整理一張張攤展在桌上的婚禮資料，疊起擱放一旁，以免凱諾一會要用書桌桌面卻雜亂無章。收妥後她一抬頭看見書櫃上斜卡著一本檔案匣，估計是方才凱諾順手抽出隔壁一冊才跟著掉出半邊來的。她踮起腳尖想把那匣子推回原來的狹縫裡，但由於位置頗高，書擺得過密，推拉調整之下，半櫃書籍檔案竟嗶的聲砸了下來。其中也包含那只裝著《阿依達》原聲帶以及斐恩死訊的《羞恥》書盒。

弄巧成拙，一陣書籍亂下之後，書房總算又安靜下來。尹芳看著一地零亂，檔案或開或闔，書籍或疊或折，深怕弄壞了凱諾重要書卷、文件，給他帶來麻煩，當下也顧不得挨砸的疼痛，忙蹲身著手收拾。撿到半途，忽見地上一張由那只攤開書盒裡掉出的剪報，尹芳目光停在那行粗體標題：「**奧地利交換學生命喪異鄉　家屬悲慟領回遺體**」心想：「這就是凱諾說過的，那場教他引為羞恥失敗的手術嗎？」

尹芳不甚確定地拾起剪報，讀了一回。從前聽凱諾提起，多是訴說他的悔恨之情，現下剪報裡詳載著死者年齡、身分，事發時間、地點。她讀著，但覺心中有股難以言喻的躁動，彷彿這一切正與她切身相關。

她怔了一會，伸手拿起落在書盒旁的《阿依達》原聲帶，逕自走到客廳音響前，將帶子嵌入播放，並握著卡帶塑膠空殼，坐在臨近的一把籐椅上靜靜聆聽。

跌宕華麗的歌劇響起，滿室氣勢磅礡的交響樂此起彼落，這客廳霎時成了紅布幔，高穹頂，萬人坐席的喧囂劇院——軍隊聲高亢嘹亮，舞臺神廟、巨柱、埃及法老王佈景。凱旋之歌、安娜瑞絲公主的計策、拉達美斯將軍與戰俘阿依達至死不渝的愛情。她縛困多年的記憶在這聲聲輝煌燦爛的音樂中層層抽絲剝繭。唱片行就地而坐的夜后之爭，廣場上斐恩說：「讓我當妳的拉達美斯將軍。」鐘鳴、鳥散、煞車聲……

尹芳倏地直起了腰桿，低頭看著手中卡帶盒裡題著「**亞勒：友誼長存　艾羅暨斐恩謹**

上」字跡，不由渾身發冷。

她僵著。不知又過多久，音樂早已停止，卡帶捲至單面盡頭，音響播放鍵自動彈起。她起身將錄音帶迴轉至原處，並取出收起，回到書房繼續將地上剩下的書籍歸位，連同那剪報和卡帶也放入書盒擺回書櫃上。房間恢復了正確整齊，如同砸書一事從未發生。然後她帶上門，離開凱諾家。

這些年她無一日不為記憶付諸闕如而愁困，尤其想起喬卉的話，她惶惶畏懼著：「若真記起，我能不能挺得住？」凱諾道：「我會陪妳。」她憂道：「多大的創傷，你都願意陪我嗎？」凱諾道：「只要妳希望我陪著妳，我就會一直陪著妳。」她曾於那堅定的眼神中緩和了。

一路上，她漫無目的地走著，正值艷陽高照的仲夏午后，街景漶漫。她一面走，一面不停自問：「怎麼辦？我們這樣算不算聯手殺了斐恩？我是主謀，而凱諾是幫凶。我們還要結婚嗎？我們還能像從前那般純粹完整地相愛嗎？」目不交集，眼前看到的盡是八年來與凱諾共同經歷的風風雨雨，夾雜著斐恩橫躺街頭的慘烈畫面。悵悵惘惘，一不留神，竟給一部按著喇叭迎面而來的汽車撞個正著。

待到在醫院清醒，她已再度作繭封禁了難以抉擇的記憶，跳接回八年前剛出事的夏天。「艾羅」的身世終於破繭而出，卻把尹芳和凱諾執手偕老的約定，連同那卷揭端的卡帶一並牢牢困進另一只情繭之中……

喬卉和尹芳雖然自從多年前交惡後便不曾再見面，喬卉對於這個破壞她和凱諾兄妹之情的闖入者卻始終懷恨於心，明察暗訪，希望能找到破綻逼尹芳退出。於喬卉心中，只凱諾一人是她親信，是她唯一想傾力關懷保護之人，她絕不允許凱諾原本大好人生讓一個瘋子毀了。

自從到布里斯托爾留校就讀，喬卉極少再與華迪姑媽來往，每回華迪姑媽主動關心都讓她視為矯情和壓力，予以拒絕，逢年過節寧可獨留校舍也不願回倫敦瞎湊。尹芳寄住華迪姑媽家後，喬卉有時為了窺得她消息只得和華迪姑媽虛與委蛇，心想幸好還有個口風頻漏的長舌婦可以利用，才不至於讓這兩個悶騷客真作了祕密情侶。

喬卉多方佈陣，善用人際。嘉洛醫生雖正直，但其生性誠樸，在她巧言探套下多少略有所獲。凱諾至金達爾醫院就任之後，喬卉又偶然間勾搭上了護士潔兒。潔兒單戀凱諾多時，卻礙於他身旁一直有個尹芳。在喬卉眼裡，潔兒自然是癩蝦蟆妄想天鵝，但為聯合次敵打擊主敵，信口應了潔兒，好令她配合監視尹芳和凱諾一舉一動。

當尹芳於金達爾醫院醒轉，變回艾羅身分，四下瘋狂地搜找斐恩時，多數人只當她因車禍驚嚇理智暫失，依程序為她安排相關檢查，潔兒卻即時回報了喬卉。喬卉當下震撼不已。當年凱諾於第一場手術敗陣，一度相當沮喪，其時兄妹尚未有嫌隙，喬卉時時陪伴安慰著凱諾，對於此事她再清楚不過，甚至還是她看著凱諾將剪報和卡帶親手放進那只《羞恥》書盒之中的。怎地教她厭惡多年的尹芳，真實身分卻是卡帶封紙內署名的「艾羅」，還與斐恩關係密切？

喬卉這一驚非同小可，她深知凱諾若真與尹芳結婚，將終生為此事牽絆干擾，走上毀滅與不幸之途。至此她再不能被動等待時機，適逢凱諾和華迪姑媽皆不在，尹芳一人孤身住院。喬卉即刻規劃、展開行動，命潔兒裡應外合，卯足全勁終於成功將人趕出醫院、送上火車。

凱諾回國後，自然要四下打聽、尋找。喬卉明白，君子可欺之以方，凱諾雖然善察，卻不難以合理的謊言誤導。教唆潔兒故意向他報了艾羅家鄉的錯誤地點，好讓他縱有本領把全鎮掀了也找不到人。至於後來遣房東欺騙亦是依循此一原則。

另一方面，喬卉再顧不得惹凱諾不快，不時向他分析利害、耳提面命，苦求他放棄這段感情，威脅他若執迷不悟，堅持結婚，她將永不再與他聯絡，屆時要他落得親情、愛情兩頭皆空。要是平常，凱諾自是不會因他人弄舌而動搖。他從來認定外界風暴再大皆不足懼，但這回是一條人命，橫貫於兩人心結，直接或間接地造成了八年遺憾。喬卉之言雖不中聽，卻不能不教凱諾深思自省。

半年後艾羅重返倫敦，至金達爾醫院欲找凱諾問詢斐恩消息，潔兒見了她即於第一時間找喬卉報信。平息半年，喬卉知道這回更加棘手，故而決定親自下場，化身成艾羅的室友，就近監視。

深諳人性貪嗔，喬卉或以錢收買，或以情利誘，找了間不起眼的公寓，經由辛娜與薩琪母女、房東夫婦等一道道合理租屋程序，讓艾羅毫無戒蒂地租下了蘭貝斯的住所。

此後喬卉便以室友身分和艾羅相遇相處，投其所好，取得信任，和她成為無話不談的知交，好讓她心甘情願地主動把所有心事外事皆一一傾訴告知。又拐彎試探艾羅對害死斐恩凶手的看法，審度她對此事的在意程度。明著揚斐恩而抑凱諾，用意則是希望能喚起艾羅初戀情懷。如果艾羅認定自己最愛的人其實是斐恩而非凱諾，不必人趕，便會自行離開。適逢那時艾羅正把凱諾忘了，只從他人口中聽得過去事蹟，且一心惦記斐恩，喬卉抓緊時機，不時批評凱諾，即是想藉此銷蝕艾羅對凱諾那似有若無的情愫。

另一邊喬卉也不放棄苦勸凱諾。

喬卉對凱諾說道：「說不定她根本什麼都記得，裝得不認得你，好伺機報復。」凱諾道：「她並不像妳詭計多端。」喬卉道：「她早就不是你的尹芳了，誰知她本性如何。」凱諾神色哀傷，一時間答不上話。喬卉續道：「你要娶那傻尹芳，我也認了，至少她無害。現在演變成這樣，你們要真結合，三天兩頭也得為這事鬧離婚。說不準哪天她半夜裡夢到斐恩，一個衝動拿刀把你殺了，或在你餐裡下毒，那可怎好！」言語雖跳躍卻有著濃濃的擔憂。

凱諾道：「我擔心的倒不是這些。」喬卉道：「你不怕，我怕！我可不許任何人奪走我唯一的親人。況且斐恩的死原本不是你的錯。就算她為此失憶發瘋，你也在不知情下為她盡心盡力，照顧她這多年。沒有你，她人生才真是徹底完蛋呢！」凱諾忡忡自問：「我到底該怎麼跟她說斐恩的死訊，才不教她受了刺激又發病？」喬卉冷哼道：「你裝什麼情聖！」續道：「你還是煩惱你苦心瞞她，她領不領情吧。還有，哪天她發現你也會為私情掩飾缺點，你在她心目中崇高形象會不會一瞬間垮了呢？」

艾羅向喬卉提及凱諾時，卻是另一番完全不同的光景。直感嘆他冷漠無心，絲毫不念舊情，懷疑兩人過去是否曾真心相愛過。喬卉一面順勢挑弄，一面回想著自己初到澳洲時，也曾一度以為凱諾就此對她不聞不問了，許多年後才知曉他當時竟在暗中關心自己。這回艾羅描述的情況似曾相識，但又想，凱諾不是糊塗之人，也許在她苦口婆心的提醒下，理性思考，明白了他倆複雜的恩怨糾葛，決心疏遠，逐漸抽身退出，也非全然不可能。喬卉摸不透凱諾真正的心思，進而出奇招試探，慫恿艾羅扮成尹芳和他相見，看看他面對這舊愛還能把持幾分。

奈何艾羅對凱諾雖忘其人，不忘其情。從一開始凱諾若即若離，她已患得患失；待到確認他亦有情意，兩人關係一點即燃，縱使一度分合，她卻終不死心。喬卉挨得好生厭煩，決定斷出狠招，破壞凱諾在艾羅心中的地位，要她以為凱諾用情不專，由愛轉恨，徹底絕念。原本計劃尚在醞釀，那日忽而接獲潔兒情報，說尹芳小姐於凱諾醫生辦公室等候多時，神色倉皇地匆忙離開，辦公桌上擱著一只打開的書盒。喬卉至此知道箭已上弓，不得不發了。

這一方凱諾對喬卉私下的佈局毫不知情，雖然她曾揚言要插手，但久久不見動靜，還道她像過去那樣只在他面前說長論短，不會真從艾羅那邊下手。

凱諾初始帶艾羅到書店訪舊時，交代華廸姑媽三事：其一不以他們分手之事予她為難；其二不提他曾為了她離職之事，以免她心生虧欠而思償；其三不提喬卉。末兩事皆一應增害其病，凱諾特別顧慮小心。當年喬卉傷害尹芳後，華迪姑媽也盡量不在她面前說起喬卉之名，幾年下來早習慣緘口，自然不是問題。而喬卉每回在艾羅面前總把華迪姑媽和凱諾貶得一無是處，盡情揶揄悉落，艾羅也不好向他二人說起，只略提過她有個善解人意、情同姊妹的室友，任誰也不會聯想到喬卉身上來。

其實喬卉怎可能沒想到提防這一環節。初始也考慮過編造一個名字與艾羅相識，但總覺這麼做顯得彼高我低，再則她生性好狹弄，嚴事之中總要找點樂子冒險犯難，於是開始以真身與凱諾玩躲貓貓遊戲，他來時她便藏著，依然用本名、開原車，只是每回都把車故意停在幾條街外，要他有機會發現卻頻頻略下。數月下來竟瞞天過海，妹妹埋伏在情人屋裡，神不知而鬼不覺。

直到出事當晚，凱諾看到辦公桌上的書盒趕來蘭貝斯找艾羅，在她公寓裡見著喬卉，凱諾意外不已，以為喬卉必是以他妹妹的身分來找艾羅麻煩。既然在他到達前她倆已先接觸，艾羅當然早知曉喬卉是誰。斷沒想到喬卉扮作室友多時，前一刻還在房裡故意以言語誘使艾羅誤認他們的關係。當艾羅傷心欲絕地質問凱諾尚有多少事相瞞時，凱諾以為她正反問、指責他為何隱瞞有個妹妹之事，舊時約定一時之間也說不清，就讓她跑出了門。

艾羅逃出公寓之後，喬卉才在凱諾逼問之下避重就輕地將事情經過略說一回。凱諾聽了自是怒不可言，無法相信喬卉竟有此等荒謬絕倫之舉，一心憂急，沒空和她算帳，匆匆轉身往寒夜裡尋人去了。

艾羅步上石橋，但覺冷到極至一切反漸麻痺。望著冥河絕境，忽然聽聞背後隱約呼喚，黑夜白雪之中真幻相倚。她一心求死，不願給人阻攔捉回，繼續輪迴於記憶校讎之苦中。當即於心裡向前方拔步而來的凱諾訣別，恍恍想著，以此畫面作為人生終景也算得厚遇了。

她縱身而下，一幕幕舊事壓疊而過，尹芳記憶片片破繭飛出，與她合而為一，共同墜入那深不可測的河心。

＊　＊　＊

艾羅微微睜眼，朦朧開合的視線裡，隱約看見兩張惻怛而蒼老的面孔。一個熟悉的聲音說道：「艾羅，艾羅，妳醒了嗎？妳看得見媽媽嗎？」推著身側之人，催道：「你快去通知醫生，說艾羅醒了。」艾羅一腦渾沌，重覆忖道：「醫生……」

一會她意識逐漸轉醒，父親隨著一名矮胖風趣的醫生以及兩名跟診護士回來，一番檢查處置，交代她寬心休息之後，自去。她正在蘭貝斯近河的一家醫院裡。

艾羅的母親抱著她哭了一陣，啜泣自悔，說道：「早知道會成這樣子，我們當時寧可把所有事情對妳說了，絕不讓妳再來倫敦尋什麼記憶……」

艾羅家裡長年訂報，父母素來有閱讀報章的習慣。那年，艾羅失蹤後，她父母日日憂懼不已，更加留心每則平時翻過即忘的新聞，盼能看得相關消息，尋回愛女。

當他們看到那則奧地利學生車禍身亡的報導時，還曾一度慨嘆。艾羅的父親道：「真是可憐，好好的一個孩子，那麼年輕，竟發生這意外。」她母親道：「十六歲……唉，我真怕我們的女兒也……」說著潸然淚下。發生不幸之人只要和艾羅有一點相通之處，都要教他們驚惶聯想。

八年後艾羅出其不意地現身家門外，口口聲聲說自己只是前幾天到倫敦看了場歌劇，同行的朋友是一名叫「斐恩」的奧地利交換學生，他於當地出了車禍，才耽擱了行程。

其時艾羅的父母早忘了她十六歲生日會上曾向他們介紹過斐恩。那場合人多言雜，交際不斷，只出現一回的名字多年之後毫無印象也是自然。但艾羅不時說起：倫敦、歌劇院、同年齡奧地利交換學生等，且時近八年前她失蹤的那個暑假，令他父母忽然間回想起那則新聞。

為了查證，他們去了圖書館調出舊報，重讀一回，雖然事事吻合，文章中卻沒有確實報出死者的名字。艾羅的父母好生掙扎，到底該不該向她提起此事，私下商量道：「看來艾羅精神好像出了問題，老把時間混淆，每次提起那車禍就恐慌不已，說什麼自己是殺人凶手。要讓她知道那男孩死了，可不亂上添亂。」另一個道：「我們還不能確定報上那死者是不是真與艾羅的朋友為同一人，若不是，說了不徒增她罪惡感？我看我們還是先想辦法把事情查清楚再說吧。」

於是姑且壓著。艾羅問起，只不安地回說他們不記得「斐恩」此人，讓她愈來愈懷疑自己虛構人物的可能性，為此鬱悶不已。直到她欲往倫敦追查，夫婦倆再度交戰於說與不說之間，最後還是存著一線希望，盼她尋得斐恩並非報上那名死者的結果，將一切圓滿落幕。

就這樣，每個人都瞞一點、說一點，或丟下些片面之詞、曖昧表情教她自行揣度，自以為善地代她決定她該知道什麼、忽略什麼，使她在那些漫天飛舞的真言、卮言、謊言中左支右絀、迷惑不堪，怎麼也拼湊不出沒有蹊蹺矛盾的原相，終至一步步將她逼上絕路。

隔天傍晚，艾羅覺得精神好些了，獨自坐在病床上望著窗外發呆。少頃敲門聲響起，她應道：「請進。」來人手抱盆栽，大紅大綠的葉片遮住了臉，艾羅傾身張望，不能肯定心中猜測是否正確。直到那人把盆栽擱上邊桌，回身向她，才見分曉。來者正是亞勒。

死而復生，艾羅心下算得平靜，舊時恩怨恍若前世，皆已雲淡風輕。因此見到亞勒，倒不特別怨恨失望，念著兩人曾有過的友誼，對他淡然微笑點頭，請他隨意就坐。

艾羅本不願再追究、過問前事，清醒後她即當所有不堪的記憶皆於凜冽河水中淹死流去，一如她投河前遺忘的決心。但亞勒怎可能不向她解釋真相緣由，那天晚上他左等右等，不聞她回覆，心急之下又往她住處一尋，在那裡遇上了喬卉，一切謎底終得揭曉。當時艾羅和凱諾皆已先後離開，喬卉應門見了亞勒，憶起自己說到和凱諾要好時，艾羅忽然間提起亞勒來，才恍然大悟艾羅必是在下午已偶然看見他倆於鄰近巷道之外的親密之舉。

亞勒向艾羅概述一回，兩人前嫌盡釋，本來就是陰錯陽差誤會一場，說開了，自然隨之回復昔日情誼。艾羅指著邊桌上的盆栽，怪異地說道：「哪有人探病送這個的。」亞勒道：「我替妳補過耶誕，不好嗎？」她昏迷逾一天一夜，節日已過，亞勒特地搬來一盆聖誕紅充場。

艾羅笑道：「你要真有誠意，怎不扮耶誕老人教我歡樂？」亞勒道：「我倒真給妳帶禮物來了。」說著由提袋拿出了個紙盒，盒中裝滿令人垂涎的黑醋栗酥餅。艾羅看著紙盒上的標誌，半信半疑地驚問道：「這家烘培店不是我們家鄉有名的嗎？你不會……特地從倫敦跑回去買吧？」

亞勒笑了笑，遞上酥餅，道：「嚐嚐看，中午才出爐呢。」艾羅拿了一個，細嚼著遙遠的家鄉味，感動不已，隨口說笑道：「你還是別對我這等浪漫體貼，免得我又無端成了眾矢之的。」亞勒道：「別擔心，我下回送妳一塊盾牌。」兩人自是不約而同地想起薩琪等事。事過境遷，當時忿忿，這會竟能拿來當作玩笑話題了。

說談一陣，天色漸晚，艾羅父母過來相陪，亞勒離去。

艾羅恢復得甚好，休養兩日，已得以出院。

這兩日來她父母相繼照料，溫言安慰著，所有苦難都已結束，待得出院，立即攜她回家，艾羅應肯。從前懷憂時總想逃離倫敦，現下內心澄澈，反而不甚在意身在何處了。

亞勒亦日日來訪，給她帶許多吃的玩的來，兩人對坐相談甚歡，聊些家鄉人事、詼諧趣聞，約定回鄉後要一同光顧的美食據點，默契地不提隻字沉重，不觸及任何關鍵詞彙了。

偶爾她臨窗而望，見禽鳥棲在枝葉間，吱吱咂咂跳著，沒一會比翼雙飛而去，難免觸景生情，望物興感。然而一抹淡愁掠過，即刻化解。領悟到，早在投河當下便已訣別，他按照她原來設定離開，沒預測她倖存這意外支線，回到那與她現在所處照明一致、氣味相似的另一家醫院，繼續沒日沒夜地忙進忙出。而她也即將返回屬於自己的世界，從此與他不再相問亦不再相擾，不正是符合了她原初的宗旨。一切歸零，化繁為簡。

出院這日，艾羅的父母先自回旅館收拾，亞勒則陪她回租賃公寓搬行李，再載她去和家人會合。

艾羅問道：「你和我們一道走嗎？」亞勒道：「我晚幾日。晚上歐特約了幾個朋友來家裡喝酒。」艾羅道：「好吧，那到時候家鄉見。」亞勒道：「當然。」

進了公寓，四下冷清。喬卉早已搬走，房東只交代把鑰匙擱在門外踏墊下，以迴避見面的尷尬。

艾羅打開房門，她的父母已大致替她打包妥當，於是和亞勒參差行進，沒一會便將房間搬空。艾羅覺得心中亦如這空坦的屋室清淨了然，背起包包，逕自往房門去，一面爽俐說道：「走吧！」

行了幾步回頭，卻見亞勒臉色猶豫地站在原處。艾羅問道：「怎麼了嗎？」亞勒躊躇半晌，有些為難地說道：「有件事，我想我得告訴妳。」他神色凝重嚴肅，艾羅隨著緩下，應道：「嗯，你說。」

亞勒欲言又止，低頭沉吟一陣，方下定決心，說道：「那天妳墜河之後，凱諾醫生也跟著跳下去。是他拼命拖著妳游上岸，耗竭了體力，只好以他的體溫替妳保暖。他自己卻因此嚴重失溫，合著過程中的傷損，現在還躺在加護病房，尚未脫離險境。」

那晚亞勒在這公寓與喬卉意外發現彼此的真實身分後，喬卉便對他如實供出事情經過，從當年凱諾為斐恩動手術、與尹芳相識，一直說到他們重回倫敦後種種遇合。近十年的漫長故事結束，那黑色轎車還停在門外，卻遲遲不見凱諾和艾羅二人回來，各自牽掛，於是決定一同出門尋找。

亞勒和喬卉沿著淒清空巷查訪過一條又一條街道，一面高聲喚著，但總無回音。最後他們在河畔一棵樹下發現蹤跡。其時二人皆已失去意識，相偎坐臥，凱諾緊緊抱著艾羅，將她包覆，盡量讓寒風細雪只落在他的身上。正值大節前夕，天氣又壞，路上蕭索無人，直到亞、卉趕到，一陣忙亂聯絡處理下終於把昏迷有時、濕漉漉的二人送入臨近醫院急救。

亞勒即時通知了艾羅的父母，二老連夜趕至倫敦，聽了亞勒略述原委，淚眼婆娑地拉著他，哀求他艾羅醒後斷不可橫生枝節。一度生離與死別，他們只想帶著女兒回家過平靜安定的生活，縱使這麼做顯得冷漠負義，但和再度痛失親兒相比，卻顧不得這許多了。

亞勒完全不能認同這作法，自然從未應許。原本打算艾羅一醒即把此事據實相告，但見她難得清閒無罣，身體調養得快，一時不忍揭穿，卻時時不忘自我告誡道：「之前會那樣，主因即是所有人都自行把事情裁切修剪。她死裡逃生，這回合最不該再經歷的便是謊言，否則難免悲劇重演。」另一邊艾羅的父母不停私下拜託他緘口，而艾羅本人則一副漫不在意。亞勒好生為難，幾度琢磨，思慮再四，還是在最後一刻做出決定，盡了告知義務，去留之權仍然在她。

艾羅難以置信地怔著，先前輕快瞬間除下，支吾其言，不知從何應答。

亞勒道：「妳都不覺得奇怪，妳住院他怎從沒來看妳嗎？」他隨時在等她開口發問，卻總等不到。艾羅道：「我……我只當他以為我死了，才……」亞勒搖搖頭，嘆了口氣，說道：「好了，我說完了，我們走吧。」艾羅泫然欲泣，顫聲說道：「可是我……」亞勒道：「走吧，回剛才的醫院不是？」揄了下手，先行往門外發車。艾羅一會提足追上，跳上車，飛馳趕往與原定地點反向的目的地。

14

那加護病房位處醫院別棟，專置重症垂危傷病患者，周全戒護，嚴格控管，每日僅兩個時段開放外訪，一為上午十一點，一為下午四點，每回各以兩名訪客、三十分鐘為限。其餘時間若非患者情況危急，皆不許閒雜人等任意進出，以免干擾病人休養。

當亞勒和艾羅驅車趕返時，正值中午，不上不下，二人只得等在鋁門外，頻頻看鐘，張望著門內筆直長道後，視線不及的彼端。艾羅憂躁不已，不時跺步徘徊、長吁短嘆，整個下午如坐針氈，恨時間行速遲緩。

好不容易熬到近時，廊道上陸續來了幾名等候進入的訪客，低聲討論著如何陪伴他們的親屬安詳走向人生終點。其中一個道：「醫生說可能就這幾日了，今天晚上我們趕緊聯絡其他人，媽媽一定希望能向大家道別。」另一個道：「我真不知怎麼開口……」又一個道：「媽這病拖很久了，這回大家聽說進了加護病房，其實多少已有心理準備。唉，但願這對她是一種解脫。」

艾羅聽了，再壓抑不住情緒，當即「哇」一聲哭出來，雙手摀著臉抽搐不止。亞勒一時不知從何安慰，只能抱抱她，拍著她的背。原本一旁說話那幾人也暫且停下，走過來問候關心，遞上一包面紙。艾羅耽溺悲傷，不覺外事，亞勒權先代為道謝接收，待她情緒平復些，抽了張紙巾，說道：「把眼淚擦擦再進去吧，我在這裡等妳。」

進了那幽閉禁地，艾羅依著醫護人員的指示換上隔離衣，洗了手，戴上口罩，一翻整頓後終得來到病房門前。

那領路護士交代兩句，自去。艾羅提步走入，即見凱諾雙眼緊閉，一動不動地躺在房間外側的病床上，全身各處安著縱橫管線，連接至四周嗚嗚運作的儀器，有的監測著他的生命跡象，有的代他維持最基本的呼吸能力。他臉上幾處青紫，面無血色，嘴唇蒼白，要非心電圖尚有波動，看上去正如灰冷的屍體。

艾羅來到床邊，輕聲喚道：「凱諾……」半日不聞動靜。她握住他的手，他五指鬆攤，不再像平時總收掌回握。艾羅望著他那消瘦嶙峋的臉，無助地想道：「那時我劃地與你訣別，卻讓你硬闖了過來，轉成這易位之局，眼下無橋無河，要我去哪裡尋你？只得暫留你在生死邊界孤獨徘徊……」不敢淌淚抹眼，氣噎喉堵，更是肝腸寸斷。

相見時難，相聚時短，前時苦候，僅換得這片晌相聚。三十分鐘轉眼即逝，臨走前，艾羅拉下口罩，彎身於凱諾眉梢輕吻，並湊近他耳邊，說道：「我明天再來看你。」方轉身一步三顧而去。

出了病房，艾羅適才強忍的眼淚再禁不住連連下墜，腦海中揮不去凱諾氣微昏迷的畫面，一路哭至鋁門門檻之外。亞勒即刻趕上來，關切問道：「怎麼樣？情況都還好嗎？」艾羅痛不欲生地抓著他，說道：「我連續殺了斐恩和凱諾……」亞勒還未回話，一婦人先自喚著「尹芳」走來，正是華廸姑媽。

艾羅用手背抹了抹雙眼，上前深深擁抱，問道：「姑媽，妳剛才怎沒進去看凱諾？」華廸姑媽指指亞勒，說道：「我聽說妳在裡面，讓你們單獨聚聚也好。」問道：「凱諾還好嗎？」艾羅應答不出，眼淚先湧上，惹得華廸姑媽跟著悽愴，含淚問道：「妳會留在倫敦支持凱諾吧？」艾羅點頭。華廸姑媽欣慰地拉著她的手，道：「既然這樣，妳住我那好不好？從前的房間還擱著呢。」

艾羅道：「不用了，我守在這裡，有事就能隨時照應。」華廸姑媽道：「門都關了，妳守著也進不去，不如先和我回家，明天我們再一同來看凱諾。」亞勒和道：「我贊成這提議，比妳再隨便找陌生人租房子安全得多。」艾羅道：「我哪兒也不去，只留在這裡，我怕見不到凱諾……」話到半途哽咽難言，「最後一面」之語怎說得出口。

華廸姑媽和亞勒苦勸不下，只得由她。待二人離去，艾羅逕自來到廊道外的樓梯間，在那一排塑膠椅揀了張角落位置坐下，打算以此為暫時安身之所。

時值隆冬，入夜之後，各樓層多方關閉，這偏僻晦暗的樓梯間接收不到室內餘溫空調，雖有牆垣擋風遮雨，仍冷冽難熬。艾羅內心淒楚，合著外境艱苦，漫漫長夜倍感絕望，醒一回、睡一回、哭一回，零碎不安，加之那座椅僵挺搖晃，一夜下來，不免腰痠背痛，但想及這是距凱諾最近之處，再辛苦也決計忍耐下去。

捱到隔日十一點，終於又是病房開放外訪的時間。艾羅依著昨日經驗穿衣洗手，來到房門邊，未及進入，即收步不前——房裡一個熟悉的背影立在床側，擋住了病人臉面半身，而那人正是最教艾羅膽寒怯拒的喬卉。

喬卉悵然怔望，專注憂戚，並未察覺背後門外的艾羅。心道：「凱諾，你這樣睡著我還能來看看你，一旦你醒了，大概永遠不想再見到我了吧。」想到這裡，只覺沉痛難當，閉上雙眼待一陣撕絞過完，旋即又想：「如果你能醒來，就算要我從此消失於世上，卻有何難？凱諾，凱諾，我只恨不能拿我的命和你交換，是我把你害慘了！」

艾羅躊躇片刻，調頭走開，隱在過道轉角，盼著喬卉在會客時間結束前出來。哪怕分秒也好，至少能進去看他一眼。奈何事與願違，直等到時段末了，也不見喬卉出來。加護病房門將關閉，艾羅只得遵從規定離開。

她怏怏地走出過道，思忖著下午絕不可再錯過。正當時，喬卉退出病房，兩人正面遇上，停步互視，無處閃躲，皆不免尷尬訝然。艾羅別過頭原想看著別處迅速離開，喬卉仍佇足不動，下晌開口低聲問道：「妳很恨我吧？」語調空寂貧乏，除卻了一貫的抑揚頓挫。

艾羅再度斂步回眼，沉著臉，重重一點頭，說道：「不過妳也沒差不是？」

喬卉並未敏捷地回應，她看起來相當疲累頹怠，往日跳脫輕邪之氣全成一種鉛華落盡的蒼老。艾羅想起從前失憶時竟將此人認作知己，對她掏心掏肺，仍覺餘悸猶存，怵惕不已。再無心去細量喬卉這回正上演哪齣真偽戲碼，提步匆匆由另一側出口自行走開。

下午的探病時段喬卉並未出現，艾羅順利地進病房陪伴凱諾半個小時。出來後意外見到亞勒於門外相候，詢問她昨晚在何地過夜，艾羅便將那樓梯間如實說了，亞勒不可思議地問道：「妳不知道醫院附設了日夜開放的餐廳嗎？妳怎從沒為自身的安全設想過！」說著即攙她前往，道：「妳真的要守，至少得找個有人、有燈光的地方吧。」又買了餐點強迫她吃下。艾羅深知他言之有理，倒也事事依從，拿起匙叉食不知味地將盤中食物送進嘴裡。

待她快吃完，亞勒猶豫地拿出一張紙遞上，其上寫著一長串數字。艾羅問道：「這什麼？」亞勒停頓少頃，道：「斐恩奧地利家鄉的電話。」艾羅不由一凜。

原來亞勒從不看報，在他們苦查斐恩下落時，自也未曾想過調閱舊報一途。直到由喬卉口中得知所有事情經過，他著手查訪，經由報社為媒，輾轉徵得斐恩家人同意，取得了聯絡電話。

亞勒道：「我有個想法。等凱諾醫生醒了，我們三人一起到奧地利，去看看斐恩和他的家人。這件事拖了這多年，也該有個結束了。」語中滿是誠懇與翻悟。艾羅怯然問道：「你打過電話了？」亞勒搖頭，道：「我想該先和妳商量。」艾羅低眉不語。亞勒道：「我知道這是一趟很沉重的旅程，像修行，過了這關，才能到下階段。」艾羅點點頭，道：「但願斐恩的家人願意見我們。」

數日後，亞勒來傳話。與艾羅商談的當晚，他即致電奧地利，向斐恩的家人大致陳述了當時如何贈票慫恿，以及艾羅和斐恩去了倫敦後延宕至今的種種遭遇，並表示相訪之意願。對方聽了，沉默一陣，僅漠然回應道，斐恩去世多年，他們只想平靜度日，不願相關人士打擾，重新揭起舊日傷口。

亞勒忙連聲道歉，留下自己的聯絡方式，請他們有朝一日若是改變心意務必知會。

原是懷著無計之計姑且一試，過幾日竟意外收到回音。

對方說，當年斐恩在英國出事，他們悲痛不已，卻只能接受事實。那肇事司機很快落網伏法，其後他們也認定此事已然落幕，斷沒想到尚有另一番曲折餘事。

這些年來，他們試著釋懷，情緒安定不少，內心深處總還放不下斐恩。斐恩過世之前，時而從英國打電話回家，興高采烈地說著遊學趣事，若非發生意外，想必是場豐饒之旅。所以當報社相詢，才會同意透漏音訊，盼著事隔多年還有機會聽得當時片段，如同斐恩平安回來暢談見聞那般。但當他們確實接到亞勒來電，告知事情背後的隱藏橋段時，一時間也難以判斷思考，也怨恨著要非這些細瑣環節，豈會造成一場悲劇，讓他們與斐恩天人永隔？

然而冷靜想想，若照此理，當年全力支持斐恩申請英國交換學生的家人及師長也有錯？再往前推，舉辦這場活動的學校、將斐恩送進這所中學就讀的父母……如此牽拖不完，實非理性。尤其艾羅等人還為此付出了慘痛代價。

雙方懇談甚久。亞勒可以感覺得到，這回他們已不似先時處於相對立場，而是站在同為關懷斐恩之線。電話中，甚至頻頻勸慰亞勒別再自責，說他們這多年來總試圖修復平撫，怎麼這端反倒愈演愈烈。還要他代為轉告，他們其實一直感激著曾全力搶救斐恩性命的醫生，也歡迎斐恩的朋友造訪，對他們說說斐恩當年遊學英國的生活點滴，聊慰斐恩不及親口分享之憾。

* * *

這一邊凱諾於加護病房吉凶未卜。

自得知此事，臨時將回鄉行程篡改了之後，艾羅終日以淚洗面，神銷氣損，把初時那重生的曠遠襟懷全數撤下。原以為自己死過一回，從此舊日恩仇再不縈心，豈知流水不滌常愁，既活了下來人生也不得攔腰截斷……其實局勢倒非真斷不了，只消蔽了眼打定原初的豁達，按照計劃隨她父母回家，就此不再過問故人故事。可惜總不到無情捨得境界，一任路阻而思蹇，寧可負累，不願負心。

白日裡她整日守在加護病房鋁門之外，那日和喬卉意外碰了面，兩人猶似默契般地相互迴避，此後喬卉只在上午時段探病，下午則換了艾羅進去。一天十來小時的站哨卻僅三十分鐘聚合，那時段她擦乾眼淚，著裝清洗，朝聖般地來到他面前，握著他的手或靜默陪伴，或輕談舊事，昔日的情深意篤至此倍成辛酸。若遇上華廸姑媽或其他同事朋友來訪，便連這半小時的專注也教分割了去。

入夜後艾羅來到醫院附屬餐廳，隨便點份餐將食打盹。如此以院為家，一此從簡，連沐浴盥洗都賴醫院公用澡間迅速解決，唯恐離凱諾太遠。縱使大半時候隔著重重泥牆、曲折樓道分處一內一外，至少還在範圍之內，依著方向惦念著他。

艾羅將自己的行蹤告知了加護病房的護理站，請他們萬一有什麼臨時狀況務必於第一時間通知她，醫護人員們起初只笑了笑，說道：「妳還是先回家去吧，必要時我們會依照程序聯絡病患家屬。」往後見她如此不離不棄，也覺癡心可憐，自應許了她的請求，卻不解地問道：「妳上午怎都不進來探病呢？每床病患可同時開放兩名訪客的。」艾羅只得回答她和喬卉有些不方便見面的理由，所幸護理師們也算解人，沒再往下追問。

時日久了大家對她這等執著更加感佩同情，幾次喬卉缺席，或提早離開，即有人走出門來叫她趕緊把握時間進去探訪，有的護理人員則教她一些實用的病人照顧常識和技巧，說有天凱諾若能出得加護病房，這將派上用場。艾羅用心牢記，對此感念不已。

慢慢地，艾羅習慣每回探病出來，經過護理站時上前招呼，詢問幾句，聽醫護人員耐心地將凱諾情況鉅細靡遺相告。艾羅心緒隨著那些專詞和數據起伏不定，有時聽聞一些前例惡耗，彌留、不樂觀、轉入安寧病房、迴光返照、處理後事……等相關字眼，不覺栖栖惶惶，冤結不安，待到退出眾人之外，立即涕淚滿襟。偶然看見身穿白袍的醫生，一時迷亂忘情，竟認作凱諾，旋即想起凱諾此刻正穿著病人服，插著管子躺在病床上，再不是昔日身負重任的主宰者，怎不倍感淒涼而酸楚？

一日晚間，外訪時段已過，一名護士忽而推開鋁門，向她招招手。艾羅心一沉，想道：「莫非凱諾撐不下了……」舉著鉛重腳步走去，那護士卻面帶喜色，告訴她凱諾已醒，在她耳邊說道：「妳快去準備，護理長特別通融妳進去，但只能停留十分鐘，也請妳一定要保持安靜。」

乍聞佳信，艾羅疑信相雜，跟著那護士款步入內，但覺渾身輕飄飄的，只剩一顆心突突作響。

那護士陪她走至病房門口，舉起食指比在唇上，指指房內示意她自行進去。艾羅頷首致謝，懷著一種難以言喻的近鄉情怯之感一步步靠近，看見凱諾緊閉多時的雙眼終於睜開，目光直視，似焦非焦，她當下竟差點哭出聲來，連忙用手掌緊摀住嘴，讓眼淚沿著面頰滑過手背墜下。

艾羅強抑仵激動情緒，拉下口罩，像先時那樣握住他的手，並前傾了身，把臉移到他視線上方。凱諾眼神依然遲滯，艾羅不確定他是否看見了她。少晌，她似覺他唇邊微微牽動，勾成了一個虛弱的弧度，那鬆攤多時的手指隱隱彎起。艾羅屏氣凝神，謹記護士的交代，不敢作聲，低頭於他唇邊輕輕一吻。

艾羅未及抬頭，卻聽得儀器聲突然大作，發出尖銳刺耳之音，而凱諾又閉上了雙眼，如之前一般沉寂。艾羅頃刻方寸大亂，手足無措。醫護人員不久即聞訊趕至，略過她直向床邊忙碌，艾羅情急之下也忘了噤聲的警語，緊張地問道：「他怎麼樣了？」無人分神理會，她慌張地抓住一名護士啞聲問道：「快告訴我他怎麼了！」那護士推著她，令道：「妳先出去好嗎？這裡由我們處理！」艾羅深怕礙事，無奈地退出病房。

整夜艾羅不敢半步離開，守在鋁門外希望下晌即有人出來告訴她凱諾的消息，另一面又怕聽到惡訊寧可別有人出來才好。折騰拉扯，終至心力交瘁。

臨近清晨時，她實在累得站不住，走到一旁，背靠著冰冷牆壁就地坐下，不覺間懷憂瞑目而睏，睡了一會，似覺有人搖著她的肩膀，她當是前來報信的護理人員，連忙睜眼，卻是凱諾彎身看著她，單手扶在她肩上，說道：「我要走了，妳也快去休息吧。」艾羅道：「你要去哪？」

凱諾沒有回答，自顧轉身而去。艾羅慌忙站起，忍著雙腿麻痛，拐跌地拼命往前追，聲嘶力竭哭叫著他的名字。凱諾卻不曾回頭，從從容容與她距離愈拉愈遠，她徒勞無功地繼續追趕，直到他背影完全消逝於清景之中……

艾羅倏地醒轉，回想適才夢境，不由冷汗直下，忐忐忑忑，呼吸快調不過，連嚥口水都覺困哽。這時一名護理師正好下班走出，艾羅摸著牆勉力爬起，踉蹌上前顫聲問信，那護理師悠然答道：「他情況不錯，再觀察一陣子，如果穩定就可轉到一般病房去了。」說畢自去。

艾羅虛脫地躺在牆上，渾身仍顫巍巍地，長期積鬱蓄愁，龐大的壓力一下子也難說放就放，不知從何化解，一任淚水答答滑落，自混濁直流到清澈。

幾日後，凱諾狀況穩下，退出了加護病房，換到一間單人普通病房持續治療與休養。華廸姑媽見艾羅連日煎熬之下，早是頭髮零亂、精神萎靡，故意派她到凱諾住處收拾些換洗衣服，頻頻囑她不妨順便好好睡一覺再回來。

艾羅到了凱諾家，即動手打包，見床被柔軟安逸，尤其她久未沾床，更顯得格外誘惑，但想及凱諾尚在醫院，便一刻也不願逗留，毅然甩下睡欲離去。

凱諾雖脫離險境，初始還是昏昏沉沉、意識蒙昧。

轉入普通病房不再有森嚴的門禁，艾羅終得結束於門外流浪苦候之期，日夜相伴相守。她依照先時護理人員教導的方式，為他更衣擦澡、按摩拍背、翻身餵水、清穢理雜，時而將他抱下床來，推著輪椅四處走走，日日忙得肩痛臂顫，灰頭土臉。夜晚她則來到床尾嵌於牆上的陪客椅屈膝躺臥，雖僅是一處窄短簡陋的偽榻，比起餐廳那些僵硬、直角椅背的座位卻是強上百倍。況且和他一室而寐，他稍有不適她便能即時照應，不必再於門外苦苦猜疑，最是教她寬慰之處，只是每當想及他所受之苦，仍不免心痛難當，面向牆而躺，暗自墜淚至天亮。

凱諾日益好轉，清醒時間愈來愈長，雖仍不能言語，看著她時眼神逐漸聚集，那瞳眸彷佛一度枯竭的海洋又一點一滴地蓄積深湛，唇邊笑容也愈發清晰。每回遇上他這等溫柔依戀的神情，艾羅總想微笑回報，但嘴角才揚起，眼淚跟著掉下。有時他望著她的臉，似深情似神祕，她疑惑不解，心道：「你正想著什麼呢？」怎那些教她看得心疼皺眉的打針治療他倒像漫不在意？

一日，她見他唇瓣乾澀，依例拿著棉棒替他沾水溼潤，半途他雙唇微微啟合，似乎在說著什麼。艾羅放下水杯，欠身將耳朵湊近。凱諾艱緩地抬起手來，輕觸著她累累垂淚而紅腫不堪的眉眼，輕聲說道：「妳現在的樣子，真像又回到了我們初識的情景……」

＊　＊　＊

正值寒冬晌晚，細雨方歇，積雲低垂，街道冷清黯淡。亞勒將車停妥，信步向巷裡走去。

及至門口，他找出鑰匙正欲開鎖，屋子另端一個人影走出。亞勒轉過頭，看見喬卉立於身側，她神情蕭瑟而肅穆，原本明盼的秋波已成風乾秋葉，荒疏寂遠地瞅著他。

兩人自從知曉彼此身分之後，不曾再有交會，見到了她，亞勒著實意外，默然杵著，也忘了左手還握著插在鎖孔的鑰匙。好半日，喬卉方幽幽開口，說道：「我找你好幾日，總算遇上了。」語調淡然如一句無關緊要的開場白。

亞勒嗯了聲，答道：「我回家鄉處理些事情，正好忙完回來。」亦是再平常不過的問答。說完即回頭繼續適才未完成的開門動作。

亞勒開了門，逕自邁入，沿穿堂熟稔地找到門牌再次開門進屋，既不邀請喬卉同入，也不按理將門關上。喬卉在門外站了一會，有些遲疑無措，他無所表示，她只得撐著場子走去，硬生生吞下尷尬，說道：「我是來道別的。凱諾沒事，我也該離開了。」

亞勒點點頭，並不多問。斯情斯景令喬卉憶起那年因誤傷尹芳與凱諾鬧僵，孤注一擲地使出以退為進之計，計策失敗終至負氣遠走他鄉。這回她確實要走，其中無欺無詐，只是亞勒這等漠不關切仍教她傷懷失落，她哀傷地想著：「倘使我真把故計重施，結果想必並無二致吧。」

亞勒仍然沉默著，喬卉續道：「我的飛機幾個小時後起飛，你不耐煩暫且忍著吧。我要回澳洲去了，往後工作和生活都在那裡。就當臨走前最後一面，你要是遲些回倫敦，便連這一面也錯過了。」悲觀地猜測道：「你現在是不是想著，早知道慢一點回來呢？」亞勒道：「妳不必替我決定該怎麼想。」

喬卉道：「不管你信或不信，我從無意害人性命，我想把她送走，如此而已。」語氣慵懶，似也不盼人了解。

提及此事，亞勒有些失了冷靜，此言若屬實，他與喬卉不正於無形中各自使力將艾羅往相反方向驅趕。當年他兩張歌劇票把兩個初始結交的朋友送上一死一病之路，自與艾羅重逢，聽得她這段遭遇，他無一日不自感愧責後悔，這回又讓艾羅在最孤絕時意外撞見他和喬卉的邂逅，致使她誤以為自己眾叛親離，於她劣境中雪上加霜。雖是無心，確為她步上絕路推力之一。假使她真的死成了，亞勒實不知將如何自處。事後憶及，仍覺驚異驚悚，言語也不由地苛刻起來，說道：「要不是連累了妳的親人，別人死活對妳而言大概也不足掛懷吧！」喬卉未答。亞勒有些激動地說：「我十分懷疑，我到底是不是原本就在妳算計之中？」

喬卉蒼涼地笑了笑，道：「我對你是問心無愧的，否則那晚我大可再編個謊話欺你，何必在你一進門就主動把所有事情對你招了……也罷，怪我千算萬算就沒算到會遇上你。」亞勒問道：「若能提早預料，會不會影響妳的決定？」喬卉雙唇微啟，旋即閉上，垂著眼沉默不應，片晌反問道：「你呢？要是知道是我，你還那麼殷殷期盼著，甚至許下折命相見這等傻願望嗎？」

亞勒不覺將手探進口袋，觸及那冰涼之物，半點迷幻參雜著半點會悟，心道：「但願折命換得不曾相見。」

喬卉見他動作神態，似已了然於心。斷了話題，由提袋拿出一只鞋盒，置於地上，掀開盒蓋，正是兩人初遇時亞勒慷慨相授那雙布鞋。喬卉道：「你能不能再幫我穿上這鞋子，陪我走到巷口，我開著車離去，從此不會回來，當作那次分別之後你我便無緣重聚。任小巷長年封緘，故事停在那裡，不曾走樣，我們僅能在一片未知中期盼與追悼，想像有生之年再見的情景，懷念著絢爛的遺憾，編織近乎矯飾的童話。」

亞勒點頭應許。喬卉脫下高跟鞋，由盒中取出那雙大鞋套上，亞勒蹲身替她將鞋帶繫緊，兀自褪去了鞋子，留襪與她一同走出大門。

兩人相偕而行，一路無話，此道並非原道，與初時遇合那條巷子還差了幾條街平行相隔，一如時序之軸的挪移，相似表象之下，其質地早已面目全非。北風凜冽，知更不在，路旁大樹早在秋盡時落了葉。

及至巷道末段，那易辨的紅漸漸鮮明，如一盞停阻的警告指示，雨洗後色彩更顯果斷清楚。

喬卉站在跑車前，回身向他，啞聲說道：「再見了。」亞勒點點頭，道：「再見。」喬卉無聲地輕輕一嘆，轉身上車，催下油門揚長而去，沿路正巧連連綠燈，便不曾停下地往前疾駛。直到道迢路阻，一隻貓忽而竄出，閃過車前，她急急煞停，身子一傾，索性伏在方向盤上痛哭失聲，撕心裂肺的，也無暇理會正壓上了喇叭，靜巷裡頓時鳴起震天大響。

這邊亞勒怔怔立著，車逝半日方回神折返，路程中天色漸次暗下，他踩著濕冷堅硬的柏油路，路面積雨早浸透了薄襪，雙足凍得僵麻，卻倦怠未覺。

途中他偶然看見了路旁垃圾桶，一念乍生，走上前去，掏出口袋中的銀鍊，置於掌心，將手伸至桶口上方微旋了胳臂，掌上之物順勢滑落。當鍊子就要脫離他手掌向下墜毀之時，卻即時收拳握住，小指緊緊捏住了銀鍊最尾端的環扣。

亞勒惆悵不解，當決心棄了這累贅卻同時換得莫名寥落，最後千鈞一髮救回時則有一種萬幸之感。他自垃圾桶旁走開，踏上草地徒手將鍊子掘洞埋了，完了默默盯著那填平的掩土好一會，才自提步歸返。

＊　＊　＊

凱諾自離開加護病房後，情況一日好過一日。他專司其職，雖一時淪為病人，設備療程卻是一目了然，對自身復元狀況也估得八九分，自無驚怪，配合得宜，加上平日正確養生，身體底子健朗，康復效率甚佳，不久之後大半生活已能自理。

這日近午，凱諾做完復健，坐在病床上隨意翻著書報。一會艾羅捧著斟滿的水瓶回來，凱諾抬起頭，指著窗臺上的果醬罐問道：「妳怎把這也帶來了？」小巧精緻的玻璃罐裡，裝著些許色彩深邃的紅土。

艾羅道：「我到你家打包衣服時，看見你房間窗臺上放著這只罐子，便權且帶上，盼你見了相同的擺飾心裡舒坦些。」說著走到窗邊將那果醬罐取來給他，卻因長期勞累雙手顫抖不止。凱諾見了忙伸臂代她拿過罐子，不瞧一眼直往一旁櫃子擱下，拉她坐在床邊，注視著她憔悴倦容，聚聲說道：「謝謝妳。」

此刻能聽得他無恙的親口謝語，艾羅霎時百味雜陳，眼眶一紅差點又要灑下淚來，強忍著，想想兩人歉仄恩謝其實早說不清楚，索性略下，笑說道：「怎麼樣，我這看護還算合格嗎？凱諾醫生。」凱諾道：「還差一點。」艾羅原想聽他稱讚兩句，聽到這話，好生委屈地問：「差了什麼？」凱諾道：「妳轉過去，我來教妳。」

艾羅依言背向他而坐，凱諾舉起雙手，開始於她的頸項肩膀按摩，指腹溫暖足勁地按壓過她的骨節肌腱。艾羅閉上眼，徐緩地呼吸，陶然享受著這暢達的舒適。凱諾沿著她的肩頸順勢而下，將她痠麻的雙臂也一一調治過，再拉她回身，低頭執起她磨損泛紅的指掌繼續捏著揉著。親吻了她的手背，輕聲問道：「好些了嗎？」艾羅含笑點頭。

下午，難得天光破雲，一方明亮的日光印在床被之上。艾羅扶著凱諾下床，他已稍能行走，她攙著他，另一手推著空輪椅緩步走出病房，一路上他走一會兒、坐一會兒，兩人行行停停，來到了醫院前庭花園。園中有一座池塘，其水清碧，風靜紋平之時，流雲投影，艾羅偕凱諾坐於池畔，人身更在水幕流雲之中，似疊似掩，形廓抖移。

凱諾拿出適才出門時帶上的那只果醬罐，凝神看望，如有深思。

艾羅問道：「這罐子有什麼特別意義嗎？」凱諾沉靜一會，方道：「妳知道我父母過世之前，我一直是在澳洲生活的。」艾羅點頭。

凱諾抬頭望著前方，彷彿思緒潛進了無限遠的另個時空，說道：「我記得小時候，我們那區域裡有個原住民的大孩子，名叫瑞西瓦，時常領著我們這群年紀較小的男孩遊玩。瑞西瓦相當活躍，體力奇佳，上山下海皆難不倒，模仿動物叫聲動作唯妙唯肖，不但會許多種舞蹈，還吹得拿手的木管樂器。」艾羅專注聽著。

凱諾續道：「也不知道為什麼，所有孩子裡，他待我特別好，教我種樹、游泳、辨識花草。有一次一群人上叢林探險，到了半途許多孩子累得走不動，瑞西瓦便叫他們循原路回家，輪到我時，他卻二話不說背起我。他那只寶貝的木管樂器從不許人碰，見我好奇，也破例讓我玩。那樂器叫做『的爵瑞都』，是澳洲原住民特有的傳統樂器，取白蟻蛀空的樹幹刨削製成，約有一公尺半長，其上彩繪著族紋圖騰。瑞西瓦教我怎麼震動嘴唇才能吹響象徵呼應神旨的音樂，我屢試屢敗，最後終於成功時，他跳著高聲歡呼，比我還要高興。

「有一天，瑞西瓦突然不見了，大家說道一陣，逐漸淡忘，過回原本的生活。半年後，他又出現，卻像變了人似，瞳眸炯亮，雙唇飽滿，皮膚更加黝黑，透著紅潤血色，全身上下脫胎換骨般地，成為一個強壯而自信的男人。

「眾人見了，自然要追問，他只答說去旅行，卻把我單獨找去，問我想不想知道這半年他去了哪，我說，當然想。於是瑞西瓦把他的經歷對我娓娓說了一回。

「他說：『我們原住民文化裡常是這麼來去，不必有特定理由，僅只是離開，也許數月，也許數年，如果途中遇難，或者找到一處新境，便永遠不回頭了。這半年來，我直往內陸走，身上只帶一袋簡單的行囊，出了群居地域，沿路逐漸荒涼，蒼茫天地中彷彿剩我一人獨行。行了不知幾日幾夜，眼前一片平沙莽莽，廣袤沙漠上是一望無際的赭紅沙土、赤練枯黑的巨岩土丘，頂上晴天萬里，湛藍寬闊不雜一片行雲。傍晚攀爬上岩石看沙漠夕陽沉入地平線。入夜以地為榻、天為被，擁著繁星蒼穹入眠，隔日教曙光喚醒，仰望日出東山。

「『愈是往前，路程愈加艱難，一任日曬雨淋，正逢夏天，頭頂教熾熱太陽燒得光禿禿的，千奇百怪的飛蟲直撲而來。沙漠中要存活凡事只能依靠雙手，我牢記祖先經驗，覓食、找水，磨練那些生活技能。我沿著植物生長之處尋找水源，趴著身子在地面拍著摸著，用手掌貼在火烤的土地上仔細感覺活水流動之處，待到開始動手挖掘才知水源竟在那般深底，非到筋疲力竭不得泉湧。

「『一度我的體力幾乎到了極限，要真敗了這考驗，也只好隨地躺了就死，最終是撐過來，才得在此與你雜說。但那赤土群岩、寒星烈日，那粗獷原始的天然風光豈得言語重現。』說著拿出這只果醬罐贈我，這是他掘土汲水時掬起的一把紅土。他說：『在自然中人如此渺小，但總還能握一把屬於自己的泥沙。』我當時似懂非懂，他瀟灑一笑，說道：『不足追究，也無關於什麼深奧偉大的哲學。』

「我問他，為什麼是我？他說：『每次其他小孩熱鬧玩耍時，就你一人獨自安靜坐著，所以我直覺要把這罐子送你。』雖然我也不知道這兩者有何關聯，總之他說是『直覺』了，便沒再多問。」凱諾一面說，一面把玩著手中的果醬罐，旋開了蓋子，竟把留存多年的罐中紅土傾倒於掌上，握拳展臂，任那沙土自拳縫漏下，婆娑散置於身旁一棵大樹之下。

艾羅忽而想起亞勒先前提議同往奧地利探訪斐恩家人的修練苦行之說，便把雙方聯繫情形對凱諾略提一遍，問道：「你看去奧地利這計劃可行不可？」凱諾仍專注俯視著流瀉於樹根周遭猶如沙畫的紅土，應道：「可以吧。」艾羅道：「但願這將是個轉捩。」

光影在談話中略偏了位，陽光沒入雲裡。一陣冷風吹過，凱諾輕咳起來，艾羅忙催他坐上輪椅，拿毯子替他蓋上，匆匆離開花園，至室內溫暖空調中避寒。

經過樓層大廳時，艾羅指著廳側一片明淨落地窗，說道：「你看，這像不像我們從前那面玻璃牆？」一時無限往事，如何從頭細說。這落地窗其實只單樓獨扇，哪裡及得上過往那打通多樓層、環牆而建的壯景之萬一。然而境由心造，兩人偕看窗外景致，顧此憶彼，倒覺相看如昨了。

回想過往那段殘破的歲月，艾羅不由酸楚，悵然道：「那時，多虧了你給我領路。」凱諾望著她仍浮浮帶紅的眼瞼，說道：「我初醒時見到妳的樣子，心裡總想，若再不好轉，害瞎了妳這雙眼睛，可不難治。」艾羅笑道：「你當真是阿斯克勒庇厄斯降世，自己朝不保夕，還在管別人的眼睛。」阿斯克勒庇厄斯是希臘神話中的「醫神」，他所持的「蛇杖」於今仍為西方世界廣見的醫療標誌象徵。

凱諾道：「我那時昏昏愕愕，一心把妳認作尹芳，想的也盡是舊事。」艾羅道：「現在呢？」凱諾道：「現在自然是再清楚不過了。」艾羅轉頭看著窗外暮色，未再發言。

晚上艾羅協凱諾理容盥洗，吃過了藥，早早準備就寢。艾羅送他到床上躺好，關上燈，道了晚安，自要往陪客椅上休息，正欲轉身，凱諾卻先抓住了她的手，一面往床側挪騰出一個位置，掀開被單，說道：「這床還夠寬，妳躺上來，睡得舒服些。」

艾羅初始有些遲疑，聽他說得確定，即依言爬上床去。兩人併身擠在這張單人病床上，各自靜默仰面而躺，卻始終手握著手，十指相扣。

任星辰低轉，鐘繞時移，艾羅低聲探問：「凱諾？」凱諾亦未入眠，應道：「嗯。」艾羅道：「不管我是艾羅，還是尹芳，你始終是我唯一深愛的人。」纖細的語言在幽靜房間裡字字清晰而完整。凱諾翻身側躺，熠熠注視著她，說道：「不管妳是艾羅，還是尹芳，妳也是我始終唯一深愛的人。」艾羅轉過頭，黑暗之中似見他睫毛上沾著晶瑩淚光，不及細辨，凱諾倏地以手臂探過她的頸後，將她一把捲了過來，把頭埋在她的臉頰下，重聲說道：「妳要記住！」艾羅伸手回抱住他，哽咽說道：「多苦我都不會再忘了。」她感覺到他胸膛起伏，她頰邊的溫熱，枕上參差交落的淚滴之聲，屋室裡她和他相疊的呼吸聲和心跳。

從此兩人影不離形，夜夜同衾，直把這生老病死的小小病房當成了燕爾新房，結髮交頸，低低絮談，相擁而眠。歡愉今夕，燕婉良時，死生繾綣不過如此。但問夜如何其？未央未艾。但問夜如何其？只恨更深夜短，語淺情長……。

一日早晨，艾羅醒來，見身側空坦，四下巡視，皆不見凱諾蹤影。她倚窗而立，若有所思。半晌聽得背後動靜，即回身。華廸姑媽進得門來，艾羅並未慌亂迎上詢問。

華廸姑媽走上前，說道：「凱諾參加了國家醫療救援組織，清早隨隊出發到西非去了。」當時，凱諾誤信了房東之言，以為艾羅已回鄉定居，正為這一波三折、相見無期煩鬱時，意外於舊物中找到了幼時友人相贈的紅土。他把那果醬罐挑出，置於窗臺之上，省度前事，念頭萌生，且日益肯定。那時他已然開始著手計劃、申請這趟行程。雖然後來發生了諸多事端，耽擱進度，也令他躊躇猶疑，終未磨滅當初審思了多時所做出的決定。

艾羅問道：「他說了什麼時候回來嗎？」語氣倒是靜穆平常。華迪姑媽無奈地嘆著氣，道：「也許數月，也許數年吧，唉，誰知道。」艾羅點了點頭，沒再續問。記得歌時，莫忘歡會，惆悵之外，倒也心領神會了。

華迪姑媽從皮包拿出一卷卡帶，正是那張藏於書盒多年的《阿依達》原聲帶，說道：「凱諾托妳把這帶子物歸原主。他說，如果你們真去了奧地利，請代他向斐恩的家人致歉。」艾羅應許。接了卡帶，找出凱諾家中鑰匙請華迪姑媽轉還，推拖一陣，才教收下。

艾羅又問：「凱諾還留了什麼話給我嗎？」華迪姑媽道：「他請妳務必珍重。」艾羅淡然一笑，道：「我會。」

兩週之後，艾羅和亞勒一同來到倫敦希斯洛機場。艾羅將原聲帶交給亞勒，把情況略說一回。亞勒點頭說道：「這樣也好，他的關卡畢竟不在『斐恩』，不當由奧地利尋去。」

等待艾羅辦理登機手續時，亞勒先到另一處確認班機時刻表，偶見一株不知名盆栽，高拔參頂，形如月桂，竟不覺出神，看朱成碧。一抬頭把看板上的「奧地利」錯認成「澳洲」。

艾羅來到櫃檯前照著指示出示證件、交寄行李，熙攘的廳堂和起落廣播聲讓她忽而想起那次連搭計程車飛追伊人的情景。想著：「不知道凱諾是不是也與這辦事人員交談過……」一會兒，那辦事人員已妥理程序，艾羅道謝領回護照和機票，會上亞勒，推了他一把，問：「想什麼這般失魂落魄？」亞勒回過神，道：「我們進去吧，要準備登機了。」

兩人偕步前走，踏上這場延遲多年的訪舊之約。

～完稿於二零一三年三月十日，美國幽雅圖

後記

《情繭》是十多年前構思的故事，久到已經記不清正確年代、記不清靈感的來源。初始只預計寫成四、五千字的短篇，人物也只有艾羅、斐恩、凱諾，都規劃好了段落大綱，卻遲遲沒有寫出。幾年後我到英國念書，想起這小說背景設定正好也在那，不如藉著情境將其完成，此後便日日把稿紙攤在房間那張大木桌上，每每要趕報告、寫論文、查字典，需要空閒，才暫時收進抽屜裡，課餘之暇再拿出來，如此反反覆覆不知收放了多少回，稿紙都弄得皺巴巴了，小說進度卻始終停在初始的段落，最終還是淹沒在繁忙的行旅以及課業之中，不了了之。

又過幾年，我修「變態心理學」的課，某次上到「創傷後壓力症候群」這一節，講師說起了一個案例：有一個青年，騎車載他的小表妹出門遊玩，天氣冷，他便把防風外套反著穿，忽然一陣風吹過，外套翻起，罩住他的頭，他一時視線受阻，撞上了卡車，重傷下雖得倖存，後座的小表妹卻因此喪生了。傷癒之後，這青年認定是自己害死了表妹，他走不出那場車禍的陰影，長年將自己纏困在愧責與懊悔的罪惡裡，飽受精神疾患的折磨。那時，我又想起這篇小說來，想著：「哪一天把這個故事重新寫了吧！」卻也沒有真的付諸行動。

二〇一二年是個多事之秋，特別是下半年，要忙著從澳洲搬到美國（這些年來搬家常以國家為單位），中間空檔回臺灣一趟。八月八日夜晚才抵臺，外婆卻在八月十二日去世，他們都說，外婆向來與我最親，她這樣是在等我回來見最後一面。適逢鬼月，依習俗告別式順延至九月下旬，因此赴美行程必須更改，項目和細節之冗雜直教人心力交瘁，這期間我昏憒傷神，逢單七去作法會，三不五時由公館搭接駁車到二殯祭悼，我向來不太相信異世之說，那卻是我第一次虔誠希望靈魂的存在，希望殊途之外仍聚合有時。寫到這，心中仍曲折不堪……

告別式隔天我們直飛美國，頭兩個月住在公司提供的臨時寓所，那房子像個半穴居，必須走下幾格階梯才開得大門，屋裡不分晝夜昏昏暗暗（艾羅蘭貝斯住處的由來），我也昏昏暗暗地延續著悲戚，成日渾渾噩噩，練習用豎琴彈奏外婆喜愛的曲子，調時差，強振精神打理日常俗務，找房買車，偶爾讀讀三島由紀夫的《金閣寺》，用電腦觀看「稼軒詞」和「東坡詞」的大學開放課程。

年底，驚覺韶光暗換，絕境之中我又想起了寫作來。《情繭》前三章是在那半穴居房舍寫的，那裡沒有多餘的房間，每天夜裡，我就坐在客廳唯一一張書桌前，腳下是轟轟運轉的暖氣出風口，落地窗外樹影颯颯。

原先，我只是想在頹靡中找寄託，當時心境荒蕪、時間破碎，一開始並沒有抱太大期望，但愈寫愈投入，到了後來，每天像走火入魔般惶惶不安，焦躁又亢奮，連睡覺時都夢到人物的對白，比原本預計的字數還多一倍，排好的大綱，到後期全數徹下重擬，我寫作方式有些老派，靈感雖然即興，下筆前卻總要琢磨至架構臻備，因此這樣失控的情況，是前所未有的，讓我不得不相信小說中的人物真的會違逆作者的駕馭，自行表現個性、發展情節。

以上略記此書創作歷程，從冬季寫到了春季，都忘了冬天應該要寒冷。完稿時，已是在那光線充足的新家書房中。當人真是一件奇怪又困惑的事，我忽然想起梵谷說過：「如果還想畫圖，便應該努力存活。」並癡癡相信著過客中總還有幾個知己，我想寫作之於我亦如是。

最後，謝謝我的外婆。也謝謝 Tim，我的繆思兼幕後功臣。

What's novel 001

情　蘠

作　　者：韓商羚
總 編 輯：許汝紘
副總編輯：楊文玄
美術編輯：楊詠棠
特約排版：沈　園
行銷企劃：陳威佑
發　　行：許麗雪
出　　版：信實文化行銷有限公司
地　　址：台北市大安區忠孝東路四段 341 號 11 樓之三
電　　話：（02）2740-3939
傳　　真：（02）2777-1413
www.wretch.cc/ blog/ cultuspeak
http://www. cultuspeak.com.tw
E-Mail：cultuspeak@cultuspeak.com.tw
劃撥帳號：50040687 信實文化行銷有限公司

印　　刷：上海印刷廠股份有限公司
地　　址：新北市土城區大暖路 71 號
電　　話：（02）2269-7921

總 經 銷：聯合發行股份有限公司
地　　址：新北市新店區寶橋路 235 巷 6 弄 6 號 2 樓
電　　話：（02）2917-8022

2014 年 8 月 初版
定價：新台幣 280 元

國家圖書館出版品預行編目(CIP)資料

情蘠 / 韓商羚著. -- 初版. -- 臺北市 : 信實文化行銷, 2014.08
面；　公分. --（What's novel ；1）
ISBN 978-986-5767-34-1(（平裝）

857.7　　103014366